春迎花，夏削暑

秋钩果，冬挥雪

斩邪恶，护贤良

断纷争，构和谐

快意恩仇公廉威

逍遥剑法

萧逍遥 著

CTS 湖南文艺出版社

图书在版编目（CIP）数据

逍遥剑法 / 萧逍遥著. -- 长沙 : 湖南文艺出版社, 2023.10

ISBN 978-7-5726-1463-7

Ⅰ. ①逍… Ⅱ. ①萧… Ⅲ. ①中国文学－当代文学－作品综合集 Ⅳ. ① I217.2

中国国家版本馆 CIP 数据核字 (2023) 第 187241 号

XIAOYAO JIANFA

逍遥剑法

萧逍遥 著

出 版 人 陈新文
责任编辑 唐 敏
装帧设计 汪 勇

出版发行 湖南文艺出版社
经 销 全国新华书店
印 刷 湖南省众鑫印务有限公司
开 本 889mm × 1250mm 1/32
字 数 255 千
印 张 12.5
版 次 2023 年 10 月第 1 版
印 次 2023 年 10 月第 1 次印刷
书 号 ISBN 978-7-5726-1463-7
定 价 63.80 元

电话 0731-85983029

看剑法逍遥

王跃文

我印象中的肖新平先生是一个充满朝气的文人。他在繁忙工作中，以“萧逍遥”等笔名，写了不少小说、散文、随笔、评论，颇受好评。他后来竟然成了公正司法的法官，这个转变不可谓不大，肖新平先生先后任娄底市中级人民法院院长、长沙市中级人民法院院长，达十年之久，是登上中国高级法官层级之巅的一级高级法官。当法官很忙，当中级人民法院院长，特别是省会法院院长更忙，文学创作少了，但论文写得更多了。在娄底市中级人民法院院长任上写了一篇法学长文，竟然夺得全国法院系统一年一度的学术论文大赛一等奖，一扫湖南法院系统24年未获一等奖之大憾，湖南省高级人民法院党组忙着给他记功。最高人民法院通知他去北京领奖并代表全国中级人民法院在大会上做经验介绍，10分钟充满文学色彩的经验介绍共获得5次掌声，其间被热烈的掌声打断3次，传为美谈。他在长沙市中级人民法院院长任上，2020年1月年度总结表彰大会原定做90分钟的主旨报告，竟然临时赋诗一首，仅仅5分钟就讲到位了，全体干警喜笑颜开、掌声雷动。看来，文人当了法官骨子里还是文人。文学无所不在。

收录在这本集子中的小说、散文、随笔、评论，绝大多数是萧逍遥发表在全国各种报刊的作品。发表在《湖南文学》小说头题的《三夫子养鸡》，广受好评，多次获奖。小说语言洗练、冷峻、幽默，描述了边城西湘中学的三位老师与鸡之缘，既令人扼腕，又令人捧腹。小说不刻意铺陈故事，用素描之法描画三个夫子的百味人生相，展示了几个时代的风云变幻，引人入胜，别具一格。

萧逍遥文学功底扎实，作品语言颇具张力，其早期的小说《眼儿老师》描摹人物已显端倪："踯躅之际，猛见左边一栋又矮又旧的平房前弹出一个人来，只见他戴着一副圆圆厚厚的白眼镜，走起路来像醉酒似的一晃一颠，仿佛一脚穿平底鞋一脚穿高跟鞋，鞋底安上了性能良好的弹簧；步子极短却极快，因而身子高频率地一弓一腆，俨如一只饿极了的瘦公鸡在急急地啄着米。"

萧逍遥的小说写校园，写文坛，写青春，写世情百味，写人与动物。本作品集写校园的小说，冠名《校园风月》，既写高中校园，也写初中校园；既写城里学校，也写乡野学校。有的侧重描摹人物，有的侧重讲述故事，多为短篇小说、微型小说。《青春有悔》中的《微笑》别具一格，颇具哲理。《文坛剑影》中的《无聊的屠夫》发表在《作家生活报》上，文笔犀利，针砭的是考试的时代之间，发人深省。《温柔的绞杀》看似荒诞，实则真实可信。《动物奇缘》中的小说《奇袭》发表在《西北军事文学》，构思巧妙，别开生面，初看是人与动物的惊心动魄的奇诡故事，实则引入的是人与自然如何和谐共生、人与动物如何和谐相处的世纪课题。《世情百味》中的小说探索性强，故事大多怪诞奇异，却发人深思。《灵仙床上的春梦》描画了独特时代老光棍儿的独特悲情心理世界。《魔夜》写官场文化与人性扭曲，深刻。《魔怔先生》显然是一篇荒诞小说。

萧逍遥的散文色彩丰富，情感与哲理并重。发表在《中国作家》的散文《穿鞋》生活气息浓郁，展示的是鲜活的生活美。《说话》《担心》《我本歌星》在风趣幽默中针砭时弊，嬉笑怒骂，读来忍俊不禁，回味无穷。《纯净之美》三言两语把隆回二中所有的老师同事形象勾画出别致的神韵，颇见功力，广受好评。2022 年创作的《三响腊肉》把南方人，特别是南方“吃货”的胃口全吊了起来，乃美食神篇。2022 年创作的《喜头鱼儿》，写得跌宕起伏，引人入胜，一鱼一乾坤。气象散文《乱季长沙》内容独特，角度新颖。2023 年创作的《鸭毛西施》流淌着美丽邂逅的温馨记忆。《人间第一美》写尽花与时代、盛世与花。

萧逍遥的随笔别开生面，颇有亮色，时代性、可读性强。在《中国文艺家》上发表的《天下文章三不看》，立意独到，刀光剑影，笔法逍遥，大气、傲气、正气融为一体，可谓随笔中的精品。发表在《人民日报》上的《濯洗心灵的蓝天》，气象清明。《人性的光辉》中伟大的母爱父爱感人至深。《文人相轻好？》别开生面，一反陈说。《丑陋的嘴巴》则把人人都有的寻常五官之一的嘴巴，写得内涵丰富，乃随笔妙章。《享乐的反动》从心理学、伦理学、社会学和法学的角度，大胆探索人类生存快乐的发展轨迹，其分析与揭示鞭辟入里，凝聚着作家深邃的思考。

萧逍遥的评论也是写得风生水起，先后在《当代电视》《电影世界》《文化娱乐》《文化时报》等多家报刊发表的评论、随笔别具风格。《电影世界》头题发表的《解读水均益现象》，引发共鸣。

《逍遥剑法》是一部文字洗练、风趣幽默、内容丰富、引人入胜的文学作品集，题材新，涉猎广，品类多，文笔好，时代性强，让喜爱小说、散文、随笔、评论的不同层次的读者都能找到自己的所爱。作品集取名《逍遥剑法》，源于作者的微信号“逍遥剑法”：“春迎花，夏削暑，秋钩果，冬挥雪；斩邪恶，护贤良，断纷争，构和谐，快意恩仇公廉威！”好一个法坛剑客，文苑侠士！

是为序。

（王跃文，湖南溆浦人，著名作家，代表作《国画》《大清相国》《漫水》《家山》）

目录

小说

校园风月

青春有悔

文坛剑影

世情百味

动物奇缘

散文

随笔

评论

小说

校园风月

青春有悔

文坛剑影

世情百味

动物奇缘

校园风月

三夫子养鸡

那城墙，矮矬矬的，委实没得半点威武，却也羞羞答答将古城围了个囫囵。城墙围着的古城呢，怕有千把年了，改朝易代，千把年来，硬是没见得膨大；人丁住户呢，生生灭灭，总保持着恒数。古城人的日子，也是过得千年一日，没得多大的变化。因为，这是一座有些偏僻的山城。

不想近些年，古城一时就闹腾起来，人丁大增，店铺大开，矮矮的城墙外，眨眼就冒出幢幢小山式的楼房来，走近房脚望楼顶，脑壳上的帽子便往下掉。一幢幢的楼房前，都挂着好生气派的牌子，么子"公司"啦，"工厂"啦，"商场"啦，把人眼都看花了。一时间，古城人的腰包都多多少少胀了起来；物价呢，也猛猛地涨，连毛兜粪的活鸡婆，毛重一斤竟卖到三块多，贼贵！于是这古城冷不丁便掀起了一股轰轰烈烈的养鸡运动，干部职工，居民住户，三教九流，家家户户织笼养鸡，连古城中央的县委、县政府大院内，亦是鸡鸣不已。一时间，小小边城，雄鸡喔喔、母鸡咯咯，热闹着哩。

顺着矮城墙下的一条青幽幽的石板路往西走，不久便可看见斑斑驳驳的一道围墙，墙内便是有些名气的西湘中学。在小城的人们大兴养鸡之时，这风儿自然也刮进了儒士荟萃之地。于是西湘的老薛、老秦、老司马三夫子，一一与鸡生出一段不是故事的故事来。

薛夫子与鸡

薛夫子，名高，今年五十有九，生得方面大耳，牛高马大，浑身尽是肉，肚皮子特大，且凸且圆，宛如怀胎七月的孕妇；节假日往大街上一站，不明就里的人满以为小城来了位部长、省长。可我们的薛夫子只任着学校的语文组长，股长级也够不上，寒碜。

不过，这并不影响薛夫子在西湘中学的声望，西湘的人们，是从心底里崇敬他的。

这当然不光是他教学效果好，在教育界声誉高，一身挂有不少头衔，县语文教学会副会长啦，地区语文教研会理事啦，省语文教材教法研究会会员啦，一大串的；也不光是他崽女生得好——薛夫子一崽一女，大崽在军队当官，小女生得丰腴俊美，活脱个薛宝钗似的，光艳照人，高中一毕业，便以令人惊羡的成绩考进北京城，毕业后分在一家大出版社干了编辑，嫁得一个攻取博士学位的郎君，好不风光！最主要的，还是薛夫子的戏功、武功，他打抱不平的义举，他整个的为人。

先道薛夫子的戏功吧。胖胖肥肥的薛夫子嗓眼儿特好，中气十足，不过极少唱。那年子古城兴唱样板戏，西湘中学也拉起了班子，日日夜夜排练《沙家浜》。一次，全校师生坐在礼堂屏声敛气看演出，不料戏到高潮，“胡司令”的肚皮下忽地掉下一个枕头来，大肚皮倏地瘪了。扮演胡司令的秦夫子一时脸色大变，顾不得“司令”的威严，丢了手枪慌忙去拾枕头，台上顿时乱了阵脚；台下呢，早已笑得东倒西歪，抹泪捶背、喊爹叫娘的一大片。台上只得匆匆闭幕收场。西湘的第一鉴赏家、刚刚啃完半边鸡肉来礼堂的薛夫子看到这，硬是稳住没笑，蹙着眉腆着肚，悻悻然离开礼堂。三天后，由薛夫子扮演“胡司令”的西湘《沙家浜》演出队，于古城样板戏汇演中大出风头，一举夺得头名，扛回大红锦旗一面。一时间，薛夫子名声大噪，西湘的人们皆刮目相看：啊呀呀，这胖墩墩的薛夫子，原来戏功非凡哩。

岂止是戏功非凡，薛夫子的武功据说也是非凡，这几年练得更是了得。每日鸡儿打鸣，他便沿着校园围墙的青石板路出城门练功去了。他那卧房兼书房的墙上，分分明明贴着龙飞凤舞的几个字——“闻鸡起舞”。尽管有人说薛夫子早起并非练功，而是在城外的田野上散步吸风，喝新鲜空气延年益寿，但谁个相信？人家练功时还得让你瞧见？！又有说薛夫子身子胖墩墩的，不像练功夫的人，且从未见其露过一手。但立刻有人反驳，说是电影上有好多胖墩墩的汉子亦是武功非凡，去过少林寺的人还说那儿有个舞月牙铲的和尚叫释永文，胖得比薛夫子有过之而无不及。至于未见露一手，自然是“真人不露相，露相非真人”。

薛夫子因着出色的工作、引为骄傲的崽女、非凡的戏功和武功，十分愤世嫉俗，爱打抱不平。谁个先生与老婆闹拐了，他前去三言两语，便把人家夫妻拽出笑脸。谁个因小事龃龉，他施展三寸不烂之舌，十有八九双方会“化干戈为玉帛”。周末假日，茶余饭后，总有那么几个先生聚于薛夫子门下，听他谈国际形势、中东战争，谈世事变迁、阴阳更替。看到一记者因伸张正义在街头遭到流痞殴击致死而围观者皆麻木不仁的报道，夫子怒发冲冠，拍案而起，大詈国民之劣根性！又见报载：公共汽车上，一大官被人扒去钱包，一好汉擒住小偷，大官不敢承认自己被窃，致使好汉被小偷一刀捅伤。夫子看后，怒不可遏，当即铺纸挥毫，作一长杂文投诸报社，立时发表于头版，引来一片赞赏之声。西湘的几位先生甚至言称，倘派夫子去抓治安或主持市政，定会大大改观城市面貌。

且说古城的养鸡之风漫进西湘，住在学校的男女先生纷纷置笼买鸡，忙乎乎养起鸡来。薛夫子一时就看不顺眼，大谈校园乃是校园，焉可变成鸡园！坚决反对夫人养鸡。无奈看到大势已定，一人无力回天，且瞅着人家天天吃蛋、隔三岔五杀鸡，竟冒出一丝丝羡慕来。在夫人一再催促下，夫子终于战胜了来自“左”和“右”两方面的思想干扰，原则上同意养，至于做笼子、买鸡雏，自然得让夫人去忙乎。

笼做好了，鸡买来了，可是没有地方养。西湘中学虽然历史悠久，先生们的住房却有些儿寒碜，就是薛夫子这般有名望的先生，也是住在教室中间。一栋平房，两头作教室，中间的两间就是薛夫子的“华堂”。西湘的先生们大多将鸡笼搁在房前的窗台下。薛夫子呢，硬是将鸡笼放在房中的角落里，道是搁在房外的窗下有碍观瞻。笼子用报纸捂着，那异味儿总也袅袅兮钻将出来，鸡却是一日比一日蔫。经不住夫人的唠叨数落，夫子最终还是与夫人一道将鸡笼抬到了窗台下。笼子用砖头垫得高高的，下边铺一层煤灰，每有鸡屎于笼底漏下，便连灰一道扫去，一日几次扫过，异味儿全无，而鸡崽吸风饮露，下午更沐浴些斜阳，竟是疯长。至于有碍观瞻，看得久了，也便习惯了。

薛夫子的日子过得愈加可心了。一天上完两节课，摸本书就往椅子上一挺。听到窗外咯嗒一声，遂起身将热乎乎的蛋捡起，磕破于杯中，掺一勺白砂糖，用开水一冲，一搅，连着热气一并喝下去，五脏六腑里那个快活劲，可就别提了。剩下的蛋存起来，或炒或蒸或包花卷。对长得威风凛凛不下蛋的公鸡，便七到十天宰一只，因孙崽孙女都不在身边，老两口每只都是从头吃到爪。抿一口酒，啃几口香鸡肉，有滋有味地咽下去，酒酣耳热之际，夫子便嘭的一声拍一下肚皮，鼻孔里哼起《沙家浜》选段来：“想当初，老子的队伍才开张……”

薛夫子是有声望的人，一言一行，抬脚举手，都受到西湘人的尊敬，在家里，却要受夫人的闲言碎语。譬如这养鸡吧，薛夫人日日操劳，颇为辛苦，看着别的男人帮自家夫人忙这拿那，久而久之心里便有些不悦。夫人令薛夫子去城里的混合饲料加工厂买饲料，夫子没去；又令夫子派学生去买，夫子便以纯洁师生关系为由拒绝遵命；再令夫子清晨去城外练功时带一掐鲜草回来，夫子也硬是不从。想想，薛先生干这些事儿，岂不有辱斯文？因之，老婆子的嘴没轻饶他。唉……谁叫她是夫子的老婆呢？

不过，夫人对鸡始终是一往情深的，一笼鸡被她喂得冠红毛亮，可爱至极。人人路过，皆少不得要夸上几声。

岁月静好。

忽有周末之夜，月明星稀，清风习习，三更时分，西湘校园里蓦然一声大叫："抓贼哪——"惊起众多先生。一时间，叫喊声、脚步声搅混于校园内。待人们醒过神来，立在薛夫子门前议论方才的惊吓时，薛夫子着条花里胡哨裙子似的大短裤，吭哧吭哧返回了，身后跟着老夫人及两位年轻先生。夫人行至窗下，瞧着空空如也的鸡笼，倏地蹲下身子，手摸笼门呜呜哭骂起来："哎哟哟……好你个死人，看着贼偷鸡都不敢吱声！还说练了武功哪……哎哟哟，好你个死猪脑壳……我的鸡哪……"

这到底是怎么着？个中情由，原是这般的：薛夫子与夫人香香睡着，忽闻外屋窗下鸡笼响，且有闷闷鸡叫声。夫人便叫夫子去瞧瞧。见夫子出去好久皆无声响，夫人便穿好衣裤也去瞧个究竟。踱至外屋，但见夫子两腿颤颤，全身打摆子般乱抖，耸着肥臀，缩着脖子，撩起窗帘一小角往外窥视。夫人三步踱至身边，就着夫子撩起的一小角往外一瞧——天呢！就着明月，只见一尖嘴猴腮的汉子，尻上吊一把弹簧刀，双手在笼内摸鸡，摸一只，就用手将鸡脖子猛猛一拧，便塞进蛇皮袋内，笼中只剩下两只了。

夫人差点气晕过去，正欲高呼，夫子忙用手掌将夫人口捂着，待毛贼背着满满一蛇皮袋鸡离去，方拉开房门，拽着夫人跳到屋外，高声一呼："抓贼哪——"复又不敢动，待听着四处有众人嗒嗒脚步声时，才朝前急急追去……

人们听明薛夫人叫骂个中情由，一时面面相觑，继而爆发出一阵轰轰笑声。

翌日清晨，薛夫子第一次未去城外"练功"，那孕妇肚皮呢，亦瘪下去许多……

秦夫子与鸡

秦夫子，极爱名。

懵里懵懂念完中学，十八年纪的秦夫子，脑壳开了窍儿，咬定一条：此生此世，要成个名，立个业，光宗耀祖，四海扬名，不枉来人世走一遭。本想继续求学，无奈城内提供食宿的亲戚没了继续资助之意，自个那数百里外做阳春（湘西方言，指在山地做活）的爷娘呢，是断然供不起的。唉，少年夫子好生懊恼。此时老家是万万回不得的，先在城里找个工作再图大计。几番寻觅，在同学的帮助下，少年秦夫子终于进了一家生产万金油的厂子。夫子野心勃勃，决计大干三年，步步高升，最后占了老板的位置，励精图治，成个名震江南的实业家。一年过去了，非但没被老板重用，反因一桩小事差点儿砸了饭碗，好不晦气！好在一年光景过去，世道翻个底儿，解放军进了城，满街满巷是歌声，长队的大后生花妹崽在大街上扭秧歌舞，令夫子好生艳羡。夫子心中痒痒，一人躲到僻静处，挪开步甩胳膊扭起秧歌舞来，甚喜。又扯着喉咙哇啦哇啦唱起新捡着的歌子："解放区的天，是明朗的天……"特棒！夫子便似哥伦布先生瞄着新大陆一般瞄出了自身的艺术才华，他觉得应去唱电台、演电影，当个赵丹、梅兰芳什么的一代名角，自己是不适于当实业家的，中国呢，也是造就不了真正的实业家的。见昔日趾高气扬的厂老板惶惶不可终日如丧家之犬，夫子更坚定了自己的决心，毅然走出了令人窒息的万金油厂。几经周折，进了一家文工团，当个打杂的角，尔后便演起戏来。

如此这般，少年的秦夫子参加革命工作了。

为当名扬天下的革命演员，练出过硬戏功，夫子汗没少流，苦没少吃，腰酸了，不歇，腿肿了，不停。练毕功夫，还得看书练字。两载过去，夫子却又怅惘起来：唉，自己长相平平，唱功亦属中游，任凭怎的苦练，总是冒不了尖儿。主角抢不着，唱电台、上银幕更是不须说了。夫子心性最忌中游，不能冒尖怎可成名？深思熟虑之后，夫子决定继续求学，深造后再说。

文工团领导念其忠实苦干且又确不适合当演员，也就同意了夫子的要求。不久，夫子轻而易举地考上了某大学俄语系，重新立了志，将来呢，干个中央首长翻译或当个知名文学翻译家。哪知四年寒窗毕，竟分到一干部培训学校当了教员。唉，当教员便当教员罢，给这些个不大不小的官儿当先生，说不准自个还能在仕途上有所作为呢。这般想来，夫子干劲倍增，不思婚恋，整个儿精力全放在工作上。一载寒暑晃过，学校里搞起大鸣大放来。少年气盛的秦夫子也真是碰了鬼，竟着着实实放了几“炮”。

夫子惹祸了，从云上一下栽到草沟里，被逐回数百里外的老家，同爷娘干起土里刨食的营生来。一心念着成名，本想在外奋斗多年来个“衣锦还乡”，“大风起兮云飞扬，威加海内兮归故乡……”哪知功不成名未就，落得个背着黑锅归故里。夫子羞赧不已，继而涕泪横流。唉，命哪！

好长一段时间，夫子白日默默干活，夜间无语呆坐。如此半年，思前念后，似有所悟，遂用红漆将孟夫子名言书于帐顶：“故天将降大任于是人也，必先苦其心志，劳其筋骨，饿其体肤，空乏其身，行拂乱其所为，所以动心忍性，曾益其所不能。”一日数诵，委顿大消，重新振作成名之心。

一番苦苦奋斗，身上皮儿晒脱多层，夫子进了一家学校，当了代课先生，教授数学，每月回家一次，背一袋米去学校。洗心革面地改造，呕心沥血地忙活，夫子赢得了师生们的好评。尤其是卖掉家中老娘喂的母鸡给学生治病的事，一时更传为美谈。几年过去，夫子终于摘了“帽子”。又是几年过去，夫子调入了古城的西湘中学。掐指算来，夫子在乡下熬了十多个寒暑。

进得西湘，正值天下大唱样板戏儿。校领导了解到夫子当过演员的历史，拽着夫子进了样板戏班子。领导瞅着夫子五短身材，虽不甚胖，但肚前塞个枕头演个“胡司令”没的说。夫子呢，慨然应命，日夜苦练，想在古城样板戏汇演中冒个尖儿，成就名声。这于一心酷爱成名的夫子亦是一番慰藉。不想，出征前在学校汇报演出时，枕头掉下，把戏给砸了。结果胖墩墩的薛夫子套上戏装，当了“司令”，大出了风头，咳！

不过呢，世间的事总是福祸相依的，秦夫子当司令下“蛋”的笑话却把身上“摘帽右派”的“臭气”冲去不少，古城一小学据说也犯过点小错误的女先生，听到这则笑话，竟爱上了夫子。多得月老恩典，已近不惑之年的秦夫子将女先生讨过来做了太太。搂着太太过了一些年，天下终又太平，乌云尽去，阳光普照，夫子脑壳上摘去“帽子”后留下的无形紧箍圈亦尽数退去。夫子精神大振，干一番成就的功名之心重新勃跳。跑到省城，想回原来那干部培训学校，苦战几年当个教授、学者，可那所学校早已不存在了。念及自己专业荒废多年，只得悻悻然回古城。西湘中学的英语课刚刚恢复，正缺教员，而俄语又没开设，夫子无奈，只好改教英语。开首几年，不啻重新学的夫子教得战战兢兢，送了两届弟子毕业，高考成绩呢，中不溜儿的。而后几年，夫子业务渐渐熟练，费了九牛二虎之力下来，所教班级的高考成绩，终于夺得全年级第一，可在全县几所中学排得队来，夫子班级的名次屈居第二了，唉！眼瞧着自己当年就读的大学里英语系的毕业生一个接一个分进来，梗着脖子旁若无人的神气劲，夫子便感到一种竞争的压力，一种危机，继而又猛地意识到自己已经衰老，念及已经挨近退休年纪，心中已凉了半边。人老啦，快退休啦，还何苦去与年轻人争个高低？就算在西湘中学争个第一，又有多少用处？一个年级开设八九门课，小小西湘中学的第一就多着呢。

教书匠呀教书匠，你这职业是与功名无缘的哩；秦先生呀秦夫子，你此生是注定成不了功名的哩。夫子仰天长叹之后，困扰一生的功名之心彻底淡然了。

淡泊了功名之心，秦夫子受困扰了多年的灵魂得到了解脱。不过，苍老的意识也重重压在了心头。每日上完课来，心思就用在了养鸡上。他的鸡笼做得比薛夫子的要大要好，内里有两层。上层养小鸡，下层养大鸡。对大鸡，先宰公鸡吃，再考察下蛋的母鸡。哪只母鸡蛋下得少，下得小，便又“淘汰”掉，待下层的一拨鸡所剩无几时，上层笼中的小鸡已长大了，便放入下层，上层又新养一拨小鸡。如此这般一拨儿一拨儿地养，一拨儿一拨儿地吃，夫子的身子硬朗多了，未能生崽的太太呢，恹恹病体亦因了这些鸡给撑了起来，苍白的脸蛋变得红润润的了。

笼中一拨儿一拨儿的鸡被填入肚中，唯有一只大母鸡的年寿最长。这母鸡，生得敦敦实实，脖短，脚粗，一身可人的纯色黄毛溜溜亮。虽是鸡婆，冠子却大大的，厚厚的，红红的，且向左边倒披着，把半边眼睛也给遮住了。夫子有时久久望其冠子，竟联想到了当年自己头上的右派“帽子”。这鸡婆，蛋儿下得像鹅蛋似的，一日一个，下了两个来月后也不赖窝，养精蓄锐一段时日，又接着猛猛下将起来。今年，夫子已上了花甲，退休的报告已经交上去了。看来，这只日益苍老的鸡婆将伴同夫子“退休”了。

一日，夫子授课回来，见这只从不咯嗒的鸡婆叫得特别响，蹲下身子一瞧——啊，但见鸡婆脚下有一奇异黄蛋，取出细瞧，蛋儿长长的，细细的，弯弯的，一端还带个“蒂儿”，活似一根熟透的香蕉！夫子正在纳闷，适有一先生于门口路过，见后，大惊。立时，“秦夫子的鸡婆下香蕉”的新闻传遍全校。翌日又传遍古城。一时间，秦夫子的斗室门庭若市，瞧热闹的人一拨儿一拨儿地拥来，比肩接踵，热闹非凡。

三日后，县委宣传部通讯干事小黄领着省报记者来了。又一日，小黄领着省电视台的记者赶来了。电视台的记者要再现当时捡“香蕉”的情景，令夫子将“香蕉”放回笼中，又请夫子手拿教案教本做授课归来之状，至笼边，蹲下，捡“香蕉”。夫子、鸡婆、“香蕉”还一一进了长长的特写镜头。于是，鸡婆、“香蕉”、夫子的光辉形象被省电视台《晚间新闻》送到全省观众眼前，又被中央电视台《晚间新闻》推到全国。“秦夫子的鸡婆下香蕉”的新闻又上了省报，外省报纸纷纷转载，几家发行量特大的文摘报也登了头条。秦夫子的名字传遍全国。

某报海外版又将其推向世界，海外报刊纷纷转载，夫子的名字传遍全球。

数日后，“古今奇闻一万例”丛书编委会来函，嘱夫子撰一长文，附照片一张，速寄编委会。夫子与“香蕉”的珍闻将载入丛书，流芳百世。

再数日后，某科研机构派人千里迢迢专程赶到夫子门下，高价购走了鸡婆与“香蕉”作研究用。

夫子名利双收。

西湘中学的知名度亦大大提高。

夜深人静，月辉清冷。夫子携老妻漫步校园。几十年的风雨画面历历在目。终生追求功名，不甘中游，心血耗尽，却落得个水底捞月一场空。退休之时，自己竟因了一根“香蕉”而名传寰宇。

喜乎？悲乎？荒诞乎？滑稽乎？

想着，悟着，夫子手抚满头银发，眼眶里渐渐盈满了老泪……

司马夫子与鸡

西湘的先生中，特瘦的，怕要算司马夫子了。

满打满算，老司马也上不得五十公斤。除了老屁上贴了些许肉外，其他各处的骨头上就只有一张黄紫的粗皮了。有次西湘中学开政治学习会，中间忽然停电，会只得散了，满室的人摸摸索索往会议室外面走。老司马走在后头，因是夏天，上身只着一薄薄汗衫。哪知司马后头还有一位刚从大学分来的娇小姐，不想拥挤，想待大家走完后再走，见门口已无声响，便起身摸索前行，双手不意摸到了走在前面的老司马的肋骨，疑是骷髅，尖叫一声吓晕过去。此事虽有些夸张，但司马夫子之瘦亦可窥一斑了。

特瘦的司马夫子，身子偏又特高，脖子亦特长，整日里病恹恹的，无精打采，似永世睡不醒一般；走起路来，长脖子又缩着，随脚步一搭一搭的，像只病鹭鸶，脚下的蚂蚁定然是踩不死的。有好事者，背后便戏称其为“司马鹭鸶蔫巴佬”。

且瘦且蔫的司马夫子，夫人却胖凸凸的，腰粗得似水桶，肚皮子亦特大，像永远怀着胎儿；更有那一对硕大无比的乳房，比司马夫子的脑壳还大；人呢，亦是矍铄无比。

司马夫子这般瘦又这般蔫，奇怪的是人们从未见其生过病、吃过药，甚至连喷嚏也未见其打过一个。这样，人们便把原因全挂在夫子的胖夫人身上。嘿，司马夫子对老婆的劲火真大，精血肉儿全到了老婆身上，真真是个色鬼呢。

不过，这话说着玩儿是没得么子的，倘要论起真格的来，就委实冤枉了司马。下边只叙两桩事儿，便知是真是假了。

司马的娘是位美得不能再美、温柔得不能再温柔的好女子；司马的爹呢，则是一个胖得不能再胖、粗暴得不能再粗暴的恶汉子。恶汉子在古城外一个大大的碉堡里当头儿，专干些伤天害理的事，把一只只肥肥壮壮的大鸡婆抢进碉堡里吃了，将一个个水灵灵的黄花妹崽拖进碉堡里玩了。刚刚大学毕业的小司马在省城某中学教书，这时江南解放了，恶汉子爷被抓了起来，枪毙是无疑的了。可偏要将小司马召回来，要小司马表态，要小司马揭露罪行。枪毙那日，又要小司马到审判台上，面对台下人山人海，念那材料，说老爷子该杀。老爷子自然被崩了——挨了四枪都未死，最后圆硕的脑壳被补了一枪才咽的气。小司马的娘呢，受不了惊吓，没过半年，就跟着老爷子去了阴曹地府。接下来，小司马在大学时的对象、只等欢天喜地钻洞房的未婚妻离他而去。没过几年，已变得神思恍惚、蔫儿巴拉的小司马被撂到古城的西湘中学来了。

此为一桩。

蔫儿巴拉、夹着尾巴做人的司马夫子，在西湘待了好些年，虽也受了些小小惊吓，但总算无事，老婆问题也解决了。这时节，乡下的一些小学纷纷挂帽办个初中班；初中呢，就纷纷挂帽办个高中班。西湘中学有两个下去支援的名额，司马夫子自然也就占了一个。于是，司马夫子别离老婆，去了一僻远山乡公社中学。这中学，条件环境极差，房舍破烂不堪，连个矮围墙都没得。早上，傍晚，一些个拖着绿鼻涕的无赖少年，竟牵着黄牛水牯从教室走廊上过，偶尔叽叽拉下几堆牛屎，而后踏得稀烂，煞是恶心。学校也未开伙，司马只得自个儿做饭。辛辛苦苦在教室当头的荒地上开出一块小地，种了些蔬菜，屡种屡灭，屡种屡被牛吃。

司马七窍生烟。

一周末下午，司马荷锄一把，于草地细细锄耕，屁股上忽有一硬物顶撞，转身一瞧，呀呀，一水牯垂着脑壳正在脚后吃菜！司马一惊一怒，下意识挥锄头击牛脑。真也凑巧，这一锄正击中水牯脑门上的“气门心”，偌大的水牯扑通一声倒在菜地，瞪着眼睛，吐着白沫，死了！

这一幕吓呆了司马夫子，也吓呆了在旁玩耍的绿鼻涕少年。是夜，司马躲在山上不敢进屋，翌日清早，刚溜回房里匆匆吃了冷饭，一伙黑汉子跑来了。司马自知插翅难逃，吓得闩紧房门缩在屋角。门外吆喝开门，夫子哪敢开闩，只不作声。一会，一黑汉子挑来大粪一担，对着房门泼出一勺，又对着窗子泼出几勺。一时间，司马的门上、窗上、桌上、床上、地上、身上都沾着黄乎乎的屎粪，乃大呼投降，开门出屋。此事的最后处理是，学校、大队领导各做工作，司马赔钱三百，另买三只老鸡婆慰问生产队长和受惊吓的绿鼻涕少年。

司马夫子被调往另一公社中学。

瞧瞧，专碰上这些事儿的司马夫子能不蔫吗？

恢复高考好几年后，司马夫子才被调回西湘，算是结束了牛郎织女的生活。

回到西湘，蔫巴了大半辈子的司马夫子仍是蔫。因长久蔫着，嘴巴皮子也不甚活络了，表达能力远远赶不上同在一个教学组的薛夫子。满肚子学问，如茶壶里饺子，就是倒不出来。咳，教学效果就可想而知了。司马送了三届毕业班，高考成绩呢，总是低于全县平均分。学校便让他教高一语文。教高一语文的还有一中年先生、一青皮后生。这青皮后生，只是一介师专毕业生，刚刚毕业分来，且不务正业，日里夜里炮制一些鬼打锣的小说，做着梦儿当个小说家。司马暗暗欣喜，心想，我司马夫子同这小子对阵，该要扬眉吐气了。哪知终考成绩揭晓，天啦，青皮后生所教班的成绩夺了年级头名，人均分数竟高出司马那班 8 分之多。

司马夫子这下彻底蔫了。以后，夫子的弟子时不时向学校打小报告，有时竟打向了县教委，声言夫子陈旧的教学方法令人难以忍受，请求易人。领导念司马夫子一生坎坷，年事已高，本科文凭，便也未将司马调出西湘，只是婉转说说罢了。当时古城养鸡之风在西湘兴起，夫子便大养起鸡来。

这养鸡，对司马夫子来说，委实是一种寄托、一种慰藉，瞧着一只只黄鸡白鸡黑鸡花鸡在自己手下日日长大，老司马那严重倾斜的心灵天平，便有了些许的平衡。养起鸡来，比谁都较劲，比谁都上心。西湘的先生们，鸡笼多是自个动手钉的，司马夫子却是请木匠做的，且请的是城内有些儿名气的木匠。别人的鸡笼只求实用，夫子的鸡笼既讲实用，还求美观，造型别致的鸡笼涂上了天蓝色的油漆，光亮亮的，俨然一件艺术品，可人眼目；上着两把蓝幽幽的铁锁，若不锯断木条，毛贼是休想偷鸡的。因老婆太胖，活动起来不方便，这养鸡的一切活儿便落在了夫子的身上。天刚打亮，司马便从城外扯回来一大把鲜嫩嫩的露水草。天一断黑，司马又于城外扯回刚上露的鲜青草，备了夜间的鸡食。

每遇饲料告罄，司马夫子便掖上蛇皮袋子，一搭一搭地去了县城混合饲料厂，几十斤的身子竟扛回大袋子的饲料，脸不红，气不喘，汗不流，令西湘人好生惊诧。

俗话说，人不爽来鸡也蔫。可不，司马夫子呕心沥血养的鸡，七到十天，总有只把两只发蔫，蔫个四五天就一命呜呼了。司马好不气恼，便悄悄买了些养鸡之类的书来潜心研读，力图攻克蔫鸡之关。每遇爱禽暴亡，司马便操了剃头刀，对着书本解剖起来，寻找病灶，可惜毫无收获。有时，鸡嗉包胀起，司马从班上一弟子那儿挖来祖传秘方，眯着眼睛，伸长鹭鸶脖子，于房门角落、围墙边角搜寻花头蜘蛛。抓到蜘蛛喂了，鸡还是死了，祖传秘方不灵，呸！司马总结经验教训，决心防患于未然，上完课来，便蹲在笼边观察鸡粪的湿干程度，见哪只鸡的屁股眼里滑下一摊湿粪，司马立即做了记号，一日三次喂土霉素、黄连素片。如此这般，竟也救活了好些鸡；但死的仍不少。唉，司马夫子真真是一筹莫展了。

胖夫人看了心疼——既疼司马又疼鸡，便送礼润通了城里兽医站的一位禽病专家。此兽医很负责任，个把星期便来司马家一次，看看鸡，给些药，絮絮叨叨嘱咐一番。此后，鸡便少见死了，风风火火生长起来。鸡蛋吃不完，司马便将五岁的孙子接来住，一日三餐，餐餐吃蛋，零食也是吃蛋。为了促进孙子的消化，多吃鸡蛋长身体，司马给孙子买了飞机、坦克，还有塑料冲锋枪、塑料手枪等。孙子玩得十分上劲，房里被弄得一塌糊涂，司马也不气恼，更不呵斥，为的是培养小孙子的阳刚之气，别承袭自己的蔫劲儿。小孙子啃鸡吃蛋，脸蛋红红，身子儿粗粗，果然是一身阳刚之气，哭则大哭，骂则大骂，玩则猛玩，吃则猛吃，身穿一套带红条条的仿制警服，头戴一顶大盖儿帽，更是威武非凡。夫子呢，尽管鸡蛋补给不断，身上总不见添肉，仍是蔫巴佬一个、病鹭鸶一只。

日子是这般一日日地过着，年纪是一日日地大了，司马夫子距离退休的日子越发近了。

秋末的一夜，天黑地静，不见星月。老司马正过完五十九岁生日，吃完清炖的鸡婆，便同夫人、孙子早早睡了。

夤夜时分，一贯瞌睡不多的司马夫子，似闻外屋的窗下鸡笼子响，声音似有似无，时断时续。偷偷翻身下床，蹑足轻手走到外房，猛见笼响鸡惊，呀呀，毛贼来矣！

司马慌忙窜进里屋，也不开灯，于黑暗中一阵摸索，冲到外屋，倏地拉开房门，烈烈一喝："毛贼——哪里逃——！"声音怪异而刚烈，扎人神经，似出自某一戏中。

毛贼大惊，慌忙拽了袋子夺路而逃。司马拉开鹭鸶长腿，猛猛追上。毕竟是上了年纪的人，眼看得距离渐渐拉大，司马又猛地停住，烈烈一喝：

"站住——！开枪啦——！"

喝声一落，但见一簇火星直射夜空，"啪——！"一声脆响，荡开在岑寂的西湘校园。

毛贼扑通一声吓瘫于地，连声告饶："莫莫莫……莫莫莫开枪……我我我我……我不敢跑了……"

司马大步跑上去，对着毛贼抖颤的屁股猛踢一脚，又是烈烈一喝："混蛋！我已待你多时！快起来！给我走！"司马便押了毛贼到了学校办公室。

一声枪响，早已把西湘中学的人们惊醒。人们纷纷穿了衣服拥入学校办公室，呀——但见老司马上穿一白背心，下穿一花短裤，背脊挺得笔直，双目炯炯有神，脑壳上威武地顶着孙子的大盖帽，一手抓着两个雷鸣爆竹、一个打火机，一手紧紧攥着一把塑料手枪。毛贼呢，已被住在办公室隔壁的年轻人捆个结结实实，装了两只鸡婆的蛇皮袋子被摆在办公桌上。

老司马大获全胜。

人们一个个目瞪口呆，过了许久，不知谁先笑了一声，接着大家哈哈大笑，欢呼雷动。那个炮制鬼打锣小说的青皮后生，竟抱着司马，跳着高呼："奇迹！奇迹！"人们对司马夫子的看法，顿时来了个 180 度的大转弯。

这时，司马夫子的胖夫人抱着衣服挤了进来："老头子，快穿衣，要着凉的！"司马将手一挡，脆脆一声："不冷！"办公室主任给派出所挂完电话，走到司马身边，笑着劝道："老司马，您老快回去休息吧，这里已没事了。"

人们立即毕恭毕敬地给老司马让出一条道来，老司马方跟着夫人走了出去。那一双鹭鸶长腿踏得地板好响。

进得家来，司马亦不穿衣，一脚踏在凳上，将帽子一摔，响响一呼："老婆——将酒来——！"夫人忙上前解释："你不是从来不喝酒的吗……何况家里又没备酒……"

"就以茶代酒吧！"

司马手举杯子，将一杯子红茶一气儿喝下，踱进里屋，往床上一挺，猛猛亲一下孙子，拉过被子便香香地睡了。

我们的司马夫子，平生第一次打起了响响的鼾。

1987 年 10 月 隆回二中

胸罩的风波

星期日早餐刚过，青年教师夏文的房里“嘭”地弹出五短身材的户之仁老师，户老师脚一着地，便甩开罗圈腿，顾不得一向恪守的“先生走路不兴跑”的古训，打起飞脚，飞也似的朝食堂背后的教工宿舍冲将而去。不知是过度兴奋、震惊，还是速度太快，他那永远阻塞发炎的红头鼻子嗯隆嗯隆放开了炮，那不太严重的罗圈腿有节奏地且颇有艺术性地向里外拐着。旋即，山沟沟里的吉垴中学便冒出了一条重大的桃色新闻——男性青年教师夏文的床里边躺着一只白色的胸罩！

“可恶！”

“败类！”

“下流坯！”

“……”

略显陈旧的教工宿舍里，除了去开会的校长和前日下午回家去的几位中年教师，剩下的几位莫逆之交一同聚到了胡主任的房间里，听了户之仁老师有声有色的叙述和准确严密的推理判断之后，一个个义愤填膺，跺脚甩手骂将起来。今天是星期日，他们没像往日那样回家去与老婆孩子欢乐，本想安安闲闲地在学校度过，没想到竟发生了这等事，可恶可恶！

“我昨夜子时起来出恭，发现他房里还亮着灯，我就知道这脚不落地的小子不在干好事。不想，刚才去他房里取他借我的《今古奇观》，果然发现了踪迹！一定是女人与他鬼混后，今早天未亮趁我们还没起床，跑了。匆匆忙忙，结果，忘了戴……胸罩！”户之仁老师又抑扬顿挫地重复了一遍他的高见，口水沫子纷纷扬扬飘洒而下。这老夫子白沫特别多，上课时摇头晃脑讲到有趣处，略带味儿的白沫便呈抛物线飞落到坐在前排的学生面前，害得学生们时不时要捂鼻子。为此，学生们背地里都叫他“泡沫仙”（抛物线）老师。

“是嘛，我早就晓得这姓夏的不是好东西！他一来，我们学校安安静静的生活、稳稳妥妥的秩序一下子被他搅乱了。哼，竟然还拉起什么口琴训练队！学生们，特别是女生，被他逗着转，这小子不断地给她们灌输城市里、大学生活中的那些乌七八糟的东西，想先在思想上把她们灌糊，然后就……”数学老师邹得胜说着飞快地打了一个只可意会、不便言传的绝妙手势。

今年下学期，夏文从师专英语专业毕业，被分到这闭塞山沟沟的初级中学吉垴中学，就像一潭死水里忽然蹦来了一条活蹦乱跳的鱼。他吹口琴，弹吉他，拉小提琴，给学生们描述城里的“文明”，什么高入云端的大厦呀，能说会道的机器人呀，立体电影、立体书画、有声书籍呀，大学生勤工俭学呀……这些新鲜事物像磁铁一样把不知山外有山的学生们吸住了。一下了课，孩子们纷纷围着他转，要他讲外面的新鲜世界，要他具体地讲述第三次浪潮。他还拉起了一个口琴训练队，每天午间休息时集中训练二十分钟。他还决定以后陆续办起笛子训练队、二胡训练队，简直是野心勃勃！邹得胜老师想到这，于是发出了刚才那颇有点先知味道的“警语”。看到房里的胡主任、户老师及教政治的秦有道都把目光投向了他，心里不由十二分得意。

“不过，这口琴训练队……”秃顶的胡主任坐在书桌边，从盒中抽出一支烟在桌面上蹾着。

“好，就算姓夏的这口琴训练队不算什么，但去勾引校外的大妹子总成问题吧！”邹得胜没等胡主任把话说完，慌忙又亮出一招，“你想，一个堂堂的中学教师、党培养的大学生，一吃了晚饭就跑到校外边那长满杂草的水塘边去拉洋琴，勾来一大群大妹子、大伢子围着看。学生都回家了，干吗不到教室里拉、校园内拉？去水塘边拉还不打紧，还拉着他们坐在草地上，又色眯眯地盯着大妹子的花脸蛋吹什么市中心的农民大商场，什么农字号的工商联合公司，还说什么要像《人生》中的高什么林一样，要有杀进都市、去联合国、走向世界的思想。怂恿他们多订报纸杂志，害得人家与爹妈闹起了架。还绘声绘色地说电视剧《乡里妹子》中的乡里妹子办起大茶厂，跑到广州去跟洋人订合同，说这里每年有漫山遍野的金银花，可以办起金银花加工厂，也去广州做生意。你们想，这是什么话？加工金银花赚钱致富我不反对，但干吗要怂恿到广州去卖？去那走私？你们想，这些水灵灵的大妹子跑到广州那花花世界去，还不被人耍了？居心叵——呼噜——”邹老师是上了天命之年的人，本来就痰多，加上这慷慨激昂的一番言语，一口痰立即冒上来塞住了喉咙。

“噗——中央为什么强调重点打击刑事犯罪分子，要打三年，还不是那些大城里的水老倌流氓太多，简直……”

“哎呀呀，你怎么搞的，这痰怎么吐到我鞋帮上来了！你你你……”

邹得胜老师正处于愤懑的高潮，胡乱吐出了痰，又继续说开了，猛听户之仁老师一叫，才发现自己的巨痰竟吐到了站在身边老户的鞋帮上，慌忙一个劲地道歉，摸出几张白纸递给了户老师。这下老邹的兴头大减，胸中虽还藏着许多高谈阔论，也只得打住，退到了一边。

“老邹，这些……你怎么知道得这么清楚？你……”秃顶胡主任听了邹得胜老师的话，频频点头表示理解，但又冒出了这一句。

胡主任毕竟是多年的主任了。

本想偃旗息鼓的邹得胜听胡主任这一问，忙又踱到了房中央：“大家可能还不知道，我妹妹的小叔子的姑爷的女就在校外这个村。她还一个劲地夸夏老师好，屎蛋！哦，对了，你们大概还蒙在鼓里，校外村里的大伢子大妹子，在姓夏的煽动下，成立了一个什么‘学文化之家’寻求快速致富之道，请姓夏的星期六晚上去辅导。这小子已经偷偷去混了两夜了。说不定，昨夜就勾引了‘学文化之家’的大妹子到他房里……！”

“什么——？”房里几位年过半百的人民教师好不惊讶！

“这个夏文简直太无法无天了！虽说星期六晚是自由支配时间，可这样大的事竟擅自行动，连我这个当主任的都不请示一声了，无法无天！无法无天！”向来善于克制、涵养颇深的胡主任，这时也稳不住了，把桌子敲得嘣嘣响。

“还有，上次在‘学文化之家’成立的晚会上，姓夏的竟表演了一段扭屁股的臭舞——迪斯科，一个堂堂的人民教师，一个受人尊敬的人类灵魂工程师，竟然跳起了这号舞，这不说明了一切吗？”邹得胜老师把手一挥，圆满地结束了他的演说。

一直在一旁用辩证唯物主义剖析以上一切的政治老师秦有道这时终于开口了：

“耻辱，耻辱，这是我们吉垴中学的耻辱哪。咳，没想到一个标标致致的好后生，内心竟如此之肮脏，令人痛心哪。只是，校外这个村里的姑娘们，恐怕没有戴……胸罩的吧……”

“差矣，秦老师！你想，姓夏的他介绍城里情况的时候，难道还会不介绍到那玩意去？经他一蛊惑，那些没头脑的农村妹子还不会托姓夏的在城里的朋友邮购？再说，别管是什么人，反正他昨夜干了那号事就是了。前几天，吉垴乡信用社一位大眼睛的俊妹子就在他房里与他眉来眼去地谈什么人生、事业、爱情，火热着哩！临走还借了一本长篇恋爱小说。我早就说过，如今世风日下，人心不古，中华民族几千年的贞节道德，说不定就坏在如今这摊人手里，咳——！”户之仁老师用手抵了抵滑到了红红鼻尖上的眼镜，一副痛心疾首的样子；自然，又将那细细的泡沫纷纷扬扬洒了一通。

“胡主任，您看，每天早晨，我们跑到坪里做操时，夏文就跑步回来了。他住在校门口，每早跑步时，是不是把……人也送走了……不知……”细眉细眼的秦老师背着手，在房内踱着碎步。

“啪！”胡主任猛然一拍桌子跳了起来，把大家吓了一大跳。他奔向窗边，抓住又破又旧的电话机“咕噜咕噜”一阵猛摇。折腾许久，才找到了开会的校长。

“喂——喂——您是王校长吗？我是老胡，我们学校出事了！”

“啊……什……什么事，你……你快说。”听筒里响起了王校长惊恐的声音。

“夏文的床上有一只罩子！”

“罩子……”

“嗯……就是女人护胸的罩子。夏文昨晚抓了一个女人捣鬼，问题严重！您得赶快回校，您得赶快回校。”

“我一定赶回，我今天一定赶回！在我回校之前，你全权妥善处理，妥善处理！”

电话挂上了，房里也沉寂了下来，大家都沉入了莫大的愤懑之中，纷纷回忆着夏文分到学校几个月来的所作所为，并用道德和正义的利刃细细地剖析着，剖析着。剖了许久，除了上述已揭出的外，一时都未抓到新的罪状。

为了打破这种沉寂，为了表示因刚才那口痰的歉意，颇有口才的邹得胜老师用略带一丝讨好的语气说开了：

“俗话说，街边婆往往充正经。老户，学生给你送点东西以加强师生之情，那姓夏的倒指责起你来了，自己却要流氓。对人是马列主义，对己是流氓主义，可鄙，可鄙！”

这时，户之仁老师猛然想起了本期开学时那件不太痛快的事。开学时，他担任班主任的班上学生几乎每人都给他送了一份礼物，花生啦，烧酒啦，烘干的野味啦。这事被刚分来的夏文知道了。夏文暗中询问了几名学生，学生们反映说，他们每期开学或多或少都要送点东西，如不送，作文就不如其他同学的被批改得细致。夏文当即找校长反映了这件事，本想睁只眼闭只眼的校长经夏文一说，只得找到户之仁，和风细雨、极委婉地指责了一下，但毕竟是指责，老户自然老大不高兴。这件事他已不愿让人提起，这不懂心理学的邹得胜却翻了出来，虽然目的是骂姓夏的，但毕竟有些那个。

户之仁老师可是吃不得哑巴亏的人，他当即应和：“正是！正是！街边婆往往充正经。老邹，你看你那次不就停了半天课，让学生帮你收割稻子吗？姓夏的竟然把它摊开在政治学习会上让大家讨论。哼，这下可好，他这回可得让法院去讨论啰！”老户一口气说完，发一箭而得双雕，心中甚为得意，也没管彼此曾是莫逆之交了。

这吉堌中学的教师们大多是“半边碗”，妻子是农村户口，家里的责任田需要耕种。于是这学校的个别教师就寻着了一条解决问题的妙法：每到忙时，个别教师就率领全班人马，浩浩荡荡开向自己的责任田。不久前的一天，刚刚上了两节课，邹得胜老师的妻子匆匆赶来，要邹回去收割稻子。邹得胜老师二话没说，立即跨进教室颁布命令：全班同学立即出发。等上课钟响了，夏文去教室上课时，教室里空空如也。自然，这位“浑身长刺”的夏文为此生出不少事来。邹得胜听老户这么一说，心中一紧，知道对方话中有话，但又不便明说，只得也附和着骂了一句夏小子。一口痰吐到地上，忙用鞋尖蹭没了。

“好啦好啦，别说了，讲了半天，我们还没商量一下我们该怎么办！”坐在桌边猛吸着烟、差点气破肚皮的胡主任看到老户、老邹的话有点离谱了，拍桌子站了起来，“我看我们得当场去没收他的那玩意，拿到证据才好说话，否则，他把那玩意藏起来可就麻烦了！”

“啊呀，对对对！我怎么没想到！快，我们一起去抓实据，这样更好说话，诸位以为如何？”户之仁老师一拍后脑勺，大彻大悟。胡主任将烟头往地下一摔，就要率领大家去抓拿证据。政治老师秦有道忙向前一步，一双细眯眯的眼盯着户之仁老师：

“且慢且慢，我说老户，你当时可看得真切？如果错了，我们这一去可就……”

“当然看得真切，这还用问？！是的确良做的！”老户扶了扶又滑到鼻尖上的眼镜，很不以为然。

“可是，你老婆大概没戴罩子吧？你……又是怎么识得那玩意的？可能有误吧……”秦老师确实不愧为政治老师。

户之仁老师经这一问，脸不禁微微发烧了，老大不快起来：“哎呀，你真是！这样的东西现在外边多的是嘛，我从前到县城，就在妇女用品专店里看到许多，有什么想不通的？再说，这玩意又不是舶来品。既然是中国古老民族的用品，我自然不会不知道。当年大胖子安禄山拜唐玄宗为干爹，趁玄宗追求杨贵妃之姐裴氏之隙，与杨贵妃合欢云雨。贵妃胸乳被安禄山抓伤，因怕玄宗瞧破，乃做一个诃子笼罩胸部，皇宫嫔妃未悉深情，以为贵妃未肯露乳，遂多半仿效，此乃当今胸罩之雏形也，后来……”

“算了算了！再挨时间，姓夏的床上的罩子就藏起来了！”胡主任本来看到自己学校出了这等丑事，心里已烦闷得不行，又见老户白沫直飞，没完没了，心里更加窝火，没等户之仁说完，已率先跨出了房门。

户之仁老师赶忙闭了嘴，第二个奔出了房间。胡主任阴沉着脸走在前，户老师、邹老师、秦老师跟在后。走出教工宿舍，穿过食堂，朝住在校门口教室里间的夏文房间逼去。胡主任心情很坏，心里直后悔，当初实在不该把夏文安排住在校门口。

户之仁老师的罗圈腿均匀生动地向里外拐着。邹得胜老师又将一口巨痰飞在路边的水沟沟里。秦有道老师背着手，正用辩证唯物主义的科学原理分析着这件事的前因后果、偶然必然。到了夏文的门口，四条汉子鱼贯而入。

“小夏，没出去玩呀……”胡主任头一个跨进房间，一眼就看到了床里边那卷在一起的白白的胸罩，那条布带儿还翻在上面，好家伙，果然没错！他一阵欣喜，欣喜的是这小子还没有把那玩意藏起来；又一阵愤怒，愤怒的是这小子竟实实在在干了那号事。不过，既然那铁证已藏不及了，不妨先询问询问，看他态度如何——对了，欲擒故纵！胡主任压住怒火，强装出一副笑脸。

英俊潇洒、浑身充满青春活力的夏文正在批阅高高的一沓作业，看到平素很少来此的胡主任等老师一同光临，他感到非常高兴，赶忙让座、递烟。

“快收起，不要客气。烟抽多了脑壳疼。”胡主任等一个也没接。嘴上客气着，心里却在骂着：“哼，下流鬼！谁抽你的臭烟！你以为一支烟就可哄住我们哪？妄想！”

夏文见没有一人接他的烟，看着他们有点不自然的笑容，心中不由产生几分纳闷。这时，胡主任已问起话来了：“小夏，你来到我们学校三个月了，学校各方面待你还不错吧？”

“……是不错的，胡主任。”

“我们学校各方面的工作都还可以吧？”

“总的来说，还是可以的，只是某些地方还有待改进。”

“学校不错，作为学校的教师，都应该为维护学校的荣誉出力，是不是？”

“那当然。”

“你……晚餐后一般到哪些地方玩？”

“这可说不定。有时待在房里弹弹吉他，天气好的话，便到校外不远的那口风景很美的水塘边拉拉小提琴，或者散散步。”

“据说，你担任了校外村里一个什么‘学文化之家’的辅导员？你是学校的老师，怎么去……”

“是这样的，胡主任，我来这不久，我就发现这里的山水很美，很有诗意，村民们很纯善。可是这里太闭塞了，时代的风根本还没吹到这山沟沟里来。恕我直言，就是我们学校外边的这个村，也没有因我们学校的存在而开化致富。但，根据这里各种有利的条件，村民们完全可以富起来的。我想，我一个八十年代的大学生、吉垴中学的教师，应该为山乡的致富尽一点微薄的力量。让校外这个村首先富起来，然后带动其他村。到时，山里富了，我们也不会再住这样的烂房子了。所以，他们请我当‘学文化之家’的辅导员，我也就欣然答允了。”

“好小子，还在臭正经！以为我们还蒙在鼓里，不清楚你这个小流氓的丑恶行径！”胡主任、老户、老邹、老秦心里一同毒毒地骂着，差点没上去打他的嘴巴。

“好！不过，这事你怎么不告诉我们一声？”胡主任强忍着怒火。

“真对不起，胡主任。我本想在去辅导的先一天就报告领导的，可是……结果，咳，实在抱歉。”

“哦？那你昨夜去辅导了？很晚才回来吧？”

“不晚，九点半就回了。回来后又批改了半个班的作业。”

“你还没找女朋友吧？没来玩？”

“没有。干几年再说吧……胡主任，您……”夏文越来越感到纳闷，觉得非常不对头了。

“没什么没什么，随便问问呗！”胡主任走到床边的小方桌前，“你经常看些什么书啊……”说着掀开了罩在一堆杂志上的报纸，“啊——？”胡主任差点叫出声来，只见一本标着“大卫”的大杂志的封面上，印着一个赤条条一丝未挂的男人！

“下流！”胡主任心里毒毒地骂着，胸中直翻起股股呕浪，如同吞下了邹得胜吐出的巨痰，且更难受一千倍！他强撑着又翻了两本杂志，脑壳顿时“嗡”的一下，热血直冲脑门儿，身子一晃，差点昏倒。啊呀——一女人几乎光着上身，那白生生、鼓翘翘的胸脯大半截躺在外面！明白了，明白了，一切都明白了，再也不要转弯抹角了！

“胡主任，别误会，这可是在全国公开发行的《大众电影》的封底啊！”夏文情知不妙，慌忙奔了过去。

“滚——！臭小子！”

胡主任再也按捺不住，终于破口大骂，推开夏文，扑向床里边，以迅雷不及掩耳之势一把抓起“胸罩”，倏地举到夏文的鼻子尖前——

“啊？”

蓦地，房间里的人，一个个惊愕得张大了嘴巴，久久未合拢来。

原来那只是一条颇似胸罩的男式衬领（假领子）！

1985 年 3 月 六都寨

眼儿老师

一

眼儿老师可真算得上是一位货真价实的知名人士，在蓝坪乡一带无人不晓。人问：蓝坪乡的乡长、书记是谁？许多人都摇头不知。若被人问着“你晓得眼儿老师是谁么”，回答“不晓得”，那对方一定会“啊呀呀——”，大吃一惊且大笑。那样子，就如同教书的不知道孔圣人一般可笑至极！自然，不折不扣落下个天大的笑柄。蓝坪乡的人说起眼儿老师，个个眉飞色舞。倘是在人面前谈起自己是眼儿老师的弟子，脸上便陡然放出自豪的光辉——眼儿老师的名声，在蓝坪乡一带，真是如雷贯耳！

这一切，就是我来外婆家的第一天从村人口中得到的最大收获。

其实，我还在长沙时，外婆请人代写的信中就已经提到了这位神通广大的眼儿老师了。

前年，外婆被接到长沙的我们家，可没住一个月便闹着回了乡下，后来就再没进过长沙。爸爸妈妈写信去催，不动；爸爸妈妈亲自去请，也不动。她说看不惯城里人穿着凸着胸的衣、包屁股的裤，看不惯我家门前的那一排梧桐树下，年轻水老倌光天化日之下抱着妹子打啵儿，过不惯城里的嘈杂生活。可外婆十分想念我这个小外孙女。尽管有性格内向的舅舅和舅母陪着，可不知是因为舅舅舅母结婚二十多年了还没有生崽或其他原因，外婆说她整日空落落、孤单单的，想我差点想出病来，常常梦见和我睡在一起，梦醒后就坐着落泪。前不久，突然接连写了几封信，要我到她那儿住半年。爸妈体谅外婆的心情，但在信中委婉地提出了怕我去乡下没好学校而影响了我的学习。外婆很快回信了，说我的学习呢一点也不要担心，蓝坪中学有的是本事大的老师，其中有位“眼儿老师”更是知天晓地，说不定比城里的老师还强呢；说眼儿老师教的学生，十有八九能考上高中，八九有四能进入重点中学，信中对眼儿老师极尽夸奖之能事，嘻——说不定代笔的就是眼儿老师的得意门生！

二

金秋十月，风清气爽。舅舅和舅母下地劳动去了，外婆就领我出了村子，向我指示了去蓝坪中学的道路。于是，我一人独自朝学校走去。

说真的，对外婆信中所吹的眼儿老师，我是有点不以为然的。你想嘛，如果他真的那么有本事，他会待在这偏远的蓝坪乡里？直到现在亲耳听人们这么说起，心里才真正涌起几分崇敬和神往。

说不定乡下果真有“卧龙”呢。

我一边哼着流行歌曲，一边想象着眼儿老师的光辉形象，不知不觉，七里路已走完，蓝坪中学到了。

妈呀！这就是藏着知名人士眼儿老师的蓝坪中学？瞧那矮矮的围墙，竟是用小石块拌黄泥砌成的。大概是长久日晒雨淋的缘故，泥巴已掉落不少，露出尖尖扁扁的石块来。我敢说，只要刮一阵大风，这烂肠子似的围墙便会訇然倒地。

我的心中顿时便有几分黯然。

跨进黑污污的木板校门，眼前便出现一排低矮的平房，从窗口可看到里面坐满了人，那定是教室无疑了。

我这时想起了外婆的嘱咐，进校先得去找教导主任，因为我的转学事宜，外婆早已托门子跟教导主任说妥。我于是东张西望起来，想寻找挂着教导处牌子的地方，可目力所及之处，皆使我失望。踯躅之际，猛见左边一栋又矮又旧的平房前弹出一个人来，只见他戴着一副圆圆厚厚的白眼镜，走起路来像醉酒似的一晃一颠，仿佛一脚穿平底鞋一脚穿高跟鞋，鞋底安上了性能良好的弹簧；步子极短却极快，因而身子高频率地一弓一腆，俨如一只饿极了的瘦公鸡在急急地啄着米。呀！他的裤管大得出奇，衣服却瘦极，极精彩地勾出了他的凹胸凸背。我正怀着十三分的好奇打量着这个怪物，他已旁若无人地从我身边擦过去，身后飘过缕缕酒香。我慌忙想起应该向他打听一下教导主任的办公处，于是赶紧追上一步，说出之后猛觉得极没水平：

“您是教导主任……啊……请问教导主任在哪……”

不料这人竟迅捷地立定了，随着车过身子——极似卓别林的转身动作。

“我没当官。主任在那。”说完车转身去，复又鸡啄米似的走开了。

我很快找到了教导主任，办妥了手续。教导主任领着我到第二排平房的一间教室里。这时是正式上课前二十分钟的早读时间。教导主任看看教室里没老师，便叫停了哇哇朗读的同学们，笑嘻嘻地介绍起来："这位是新来的同学吴青，长沙妹子。大家欢迎！"同学们纷纷鼓掌，其中有几位还哧哧地笑。我立即用英语回报大家的欢迎："Hello! Thank you!（大家好！谢谢！）"

等我在教室最后排的一个空位上坐定，教导主任就走了。同学们又端坐在位置上憋足劲哇啦啦高声朗读起来。我细细地打量这间教室：灰黑色的天花板；斑斑点点的墙壁；凹凸不平的地板，土的；开了裂的木黑板，掉了漆。看着这一切，我的心里更添了几分黯然，好在学校眼儿老师的光辉多少冲淡了我心中的几分云翳。我忙问旁边的一位同学眼儿老师教哪班。同学马上回答了我："他就教这个班，当我们的班主任。过一会就是他的课。"

什么——这就是眼儿老师教的班?

我就是他的学生啦?

又惊又喜！实实在在的又惊又喜！顿时，教室的一切，骤然在我眼中变得顺眼、亲切、可爱了，眼儿老师的光辉仿佛已把教室的一切照得神圣而明丽了。

我急急地等待着眼儿老师的到来。

终于，上课的预备钟响了，教室里顿时安静了下来，同学们纷纷翻书找笔。上课钟响过，对着讲台的教室门吱嘎一声极响地打开了，立时跌进一个醉汉来——天啦！原来学识渊博、知天晓地的知名人士， 如雷贯耳、令人肃然起敬的“蓝坪卧龙”， 竟是我刚才碰见的那位凹胸凸背的“鸡啄米”！

我的脑子里顿时一片空白。

三

平心而论，听了几天的课后，这位其貌不扬的眼儿老师的语文课果然极有特色，极有吸引力。一般的老师只是用口表达内容，眼儿老师却是用整个身心在上课，在表达，每每讲到动人的地方，眼儿老师的脸、眼、脖子、手，以及那一双似装着弹簧的脚都充满了表现力，处处流动出丰富的语言。 听眼儿老师的语文课，真好比是在看精彩的节目，简直是一种享受。加上他上课从不提问，这就免去了同学们怕点到自己时的胆战心惊，因而上课时也是用整个身心在听。班上的同学个个喜欢语文，就连我这个自以为听过大城里名牌教师课的长沙妹子，在班上多次夺得语文单科前几名的初三生，几天内就喜欢上了眼儿老师的课啦。

现在我才知道，眼儿老师的真名叫严尔。据说，眼儿老师年轻时是一位英俊潇洒、倜傥风流的多情种。在大学读书时，昏天黑地爱着一位千娇百媚的女同学。除了吃饭、上课、睡觉外，两人时刻厮守在一起，自然是无话不说，无语不谈。不料大学还没毕业，轰轰烈烈的反右斗争开始了，他的那位心肝儿为了入党，竟然虔诚地把他平日的私密言论全抖给了系党总支书记。很快，严尔成了右派，立即被开除学籍，被发配到一个条件极艰苦的农场改造去了（这农场距蓝坪中学只有七十里）。从此，他嗜上了酒，言行古怪，脱胎换骨似的变成了另一个人，后来被摘掉了右派帽，到这学校来教书了。其间，自然有人上门说过媒，但都被他轰出门外。他认定一条：天下女人皆祸水也。因而现在五十多岁的眼儿老师还是一条光棍儿。

不过，我也听人说，眼儿老师后来还是爱过一个人，但那纯粹是一种精神恋爱，一种只能无尽地思恋、在思恋中把对方塑造得完美而不能见面的独特爱情。但不管怎么说，这一切都丝毫无损他的形象，都不影响他成为蓝坪乡的知名人士，倒是因为这几年全区（辖四个乡）的统考，他教的班几次夺得全区语文第一，他的声名越发远扬，影响甚至扩展到其他几个区。然而遗憾的是，眼儿老师至今还是一介“平民”，连学校教研组长的乌纱也没能戴上。有人说他是实实在在不想当官，淡泊做人。但更多的人说他是瞧不起所有当官的，比如，蓝坪乡的党委书记、乡长都认得眼儿老师，眼儿老师却不认识书记和乡长，据说是不屑认识。他曾经把一位偶尔违反纪律的乡长公子狠狠剋了一顿，当然，对穷困子弟他也一样严格。除了上课，他整日少言寡语，独来独往，喝着瓶装酒，薄醉微醺地在教室和宿舍之间晃来颠去。

四

在眼儿老师班里学习，不知不觉就过去了半个月。每天，匆匆吃了外婆赶早为我煮的饭，背起书包往学校走，放学后又匆匆往家赶，外婆早已煮好等着我吃的晚餐。对乡野一切的新奇感，使我对这种上学的方式感到很惬意，可是一遇上阴雨天，道路泥泞，我迟到了，竟挨了眼儿老师几顿不太严厉的批评。眼儿老师劝我寄宿，教导主任还答应让我一人住一间小房子，搞点特殊化。外婆竟也开通了，说快立冬了应该去寄宿；只是星期日一定要回去陪她说会话。

我很快就在学校寄宿了，睡在一间小小的房间里。从此我可以多多接触班上的同学了。因为学校有百分之四十的同学在这寄宿，最最重要的是：我一天到晚都能见到我们的眼儿老师啦！新奇浪漫的生活开始啦！

然而，我的兴奋感很快就消失了。我渐渐发觉，这里的寄宿生活十分地单调、枯燥、沉闷。每天，起床后做几下操就自习，自习后就吃饭，吃了饭就上课，晚餐后，天一黑又进教室自习，自习完便上床睡觉，日复一日，周而复始，根本没有八十年代的中学生特有的勃勃生机。我这个过惯城市生活、生性爱动的青春少女真憋闷得不行。咳，上课别具一格的眼儿老师，为什么不把自己的班活跃活跃？上完课后，他怎么对人总是那么不热不冷的一副面孔？啊，对了，对我的到来，这么久了他还没在班上说过一句介绍我的情况和表示欢迎的话，好像班上不存在新来的城市学生；又记起一次课间休息时间我哼着香港歌星演唱的流行歌曲，眼儿老师竟那样久久地盯着我。得，这位眼儿老师课虽上得好，原来却是一个冷血动物，一个老古董，一个不能接受新事物的迂夫子！

眼儿老师的形象在我心中顿时失却了神圣的光辉。不，我不能像其他乡里同学一样麻木不仁。在长沙时被同学誉为有男子汉闯劲的我，难道就不能带领同学们打破这种沉闷的生活？

我决定举办一次周末晚会、周末舞会。

我带着八九位大胆的同学晚餐后在校外的草坡上悄悄练开了。

这一切都没告诉眼儿老师。因为告诉也白搭，这位迂夫子肯定不会同意。又一个周末到了。夜幕降临，电灯一亮，简陋不堪的教室像变戏法似的被装扮一新，万元户的儿子把从家里拎来的双卡四喇叭立体声收录机在桌上一摆，我班的二十几位寄宿同学连同外班一些没回家的寄宿生，在这里举行蓝坪中学建校以来的首次周末晚会啦！喧腾铿锵的音乐一停，我轻捷潇洒地走到场中，甩一下长长的披肩秀发：

“同学们，我们的‘青春晚会’开——始——！”

“哗——！”教室里顿时响起热烈的掌声。万元户的儿子用开始转粗变沙的嗓子喊道：“同学们，让我们以热烈的掌声欢迎吴青同学率先表演！”又是一阵热烈的掌声。

我模仿着苏红的唱法，演唱了一首在长沙校园广为传唱的《我多想唱》。雷鸣般的掌声差点把教室的天花板震裂。我又唱了一首谢青演唱的流行歌曲《唱吧！朋友》。雷鸣般的掌声差点把教室的墙壁震倒。

接着，万元户儿子入场，摇着脑袋，撅着屁股，用粗沙的嗓子叫了一首《玛琍》。一曲未了，同学们早已笑得前俯后仰，东倒西歪。

接着，又一位男同学跳入场中，唱了一曲山歌。

“蹦蹦，嚓嚓，蹦嚓蹦嚓蹦嚓蹦嚓……”晚会的高潮到来了，舞会开始了。立体声收录机里播放着热情奔放的迪斯科舞曲。我率先在场中跳了起来，万元户的儿子紧接着蹦进“舞池”，一个，两个，三个，四个……我晚餐后教练的“徒弟”们，经过片刻的犹豫之后，纷纷跃入了“舞池”。

教室里的掌声持续响着，这些乡下少年们被眼前新奇的一切深深吸引，一个个看得目瞪口呆。我们忘情地跳着，热烈地跳着，除了舞和乐曲，世界此时仿佛已不存在。

“吱嘎——”教室的门突然被撞开了，只见眼儿老师猛地弹了进来。不好！眼儿老师来抓人啦！我心里倏地咯噔一下，忘记了跳舞，坐着看得目瞪口呆的同学下意识鼓掌的双手也僵在空中，然后又悄悄垂下，舞曲还在响着，只有万元户的儿子一人没事似的在热烈地跳着。

跳！看着同学们的眼睛骨碌碌望着我，我猛地下定了跳下去的决心，我们的舞会决不能半途而废、不欢而散！看你眼儿老师能把我怎么样！大不了我夹着书包回长沙。我喊一声“继续跳”，场中几位同学跟着我又热烈地跳起来。但见眼儿老师在舞池外定定地站着，镜片后一对平时眯缝着的眼睛瞪得老大，久久地扫着我们，扫着扫着，他竟一步步向“舞池”逼近，逼近，身子慢慢往下一弓，双脚猛地一缩，一个青蛙扑食，啪的一声闪电般落在我身前，随即向上打出一拳！啊——我心里一阵发毛，张大嘴巴正欲避开，不想眼儿老师又打出一拳，这两拳奇迹般地都没落在我的脸上。他屁股一撅，双脚一挪，像踩着弹簧似的前后左右扭动起来……

哈哈——眼儿老师原来是来参加我们舞会的！！！

我由极度地惊悸转为极度地惊喜，带头鼓起掌来，立刻，雷鸣般的掌声在教室里响起，把激扬的舞曲声都压下去了。

眼儿老师夹在我们中间快活地跳着，同学们一个个乐开了花。坐着观看的同学终于经不住这巨大的诱惑，一窝蜂拥进了窄窄的“舞池”，胡乱地跳将起来。同学们拥挤着忘情地跳着，眼儿老师蓦地高喊：“停——停——！”慌忙叉开两腿，双手往四面一推，蹲下身去，两手在地上乱摸。原来，刚才跳舞拥挤之中，不知哪个同学双手乱舞，把眼儿老师“赖以生存”的白眼镜挑落在地。

当停下舞动的同学们明白就里之后，教室里爆发出震耳欲聋的笑声。

五

天气日渐冷了，初冬的校园显得有些肃杀，我的心里却是热烘烘的。

我万万没想到，我们的第一个晚会开得那么成功，进行得那么顺利（当然也幸亏那日校领导外出开会去了）；万万没想到，看上去古怪迂腐的眼儿老师，思想是那么开放，不仅没反对，竟还亲自与我们跳起八十年代中国青年的时髦舞来！当时我是多么震惊和兴奋，那晚，我真高兴得难以成眠。可以说，我们的眼儿老师不但可敬而且可亲！我真后悔在一段时间里对他的误解。现在，我早已将对眼儿老师的糊涂想法抛到了九霄云外，我在他班上读书，真有了几分骄傲和自豪。

学校的伙食不够好，但有舅舅每周送来两次好菜改善。学校的房舍不新，但有可敬可亲的老师和热情纯朴的同学相伴。爸妈只让我在乡下待半年，读完初三第一学期就走，我可真想在这待一年，读两期，直到长沙市初中升高中的会考前夕再离开。

两个多月过去了，说来真不好意思，我还从未去过我们眼儿老师那间神秘神圣的房间。今天这节课是自习，我正好有一个问题还弄不太清楚，于是，我悄悄出了教室，夹着书本朝眼儿老师的房间彳亍而去。

未近眼儿老师的房门，猛听得房里砰砰几声响，我被吓了一跳。蹑足到了门前，用耳朵凑近门缝细细一听，里面又没有了响声。正欲敲门喊“报告”，房里又砰砰几声响，惊得我心里嗵嗵乱跳，扬起敲门的手慌忙垂下。眼睛贴着门缝往里瞧，可因门缝太小，看不清房里的一切，屏声敛气踱到窗下，踮着脚，从窗玻璃的一个小三角缺口里窥视进去，呀——只见眼儿老师身子斜倚在床边的一张小桌上，衣襟披开，脸颊泛红，嘴喘粗气，手中抓着一个酒瓶，酒瓶里还有一半酒，一只脚还在轻轻弹着。我的脑海里倏地冒出一念：眼儿老师参加了我们的舞会之后焕发了青春的朝气，刚才正在练舞！

我迅速扫视了一下眼儿老师的房间，又吃了一惊！这位蓝坪乡赫赫有名的权威老师，房间里竟是这般简朴：破凳、矮桌、洗脸架、简易床，床里边堆着山样的书，帐子有些发黑。除此之外，就只有破破的木地板和黑黑的墙壁了。哦，床下还有一些酒瓶。

我正在感叹，只见眼儿老师仰起脖子咕噜咕噜喝完了瓶里的酒，手一扬，酒瓶便从头顶飞过，划过一道极美的弧线后，咣的一声落在办公桌边的一个废纸篓里。

他踉跄退两步，又进两步；退两步，又进两步。一手抚着桌面，眼儿老师说话了：“温两碗酒，要一碟茴香豆。”

啊！他在跟谁说话？难道……难道他的神经……我的心猛坠入惊恐之中，正想高喊一声“严老师”，但见眼儿老师腾地睁大了眼睛：“你怎么这样凭空污人清白！” 又将声音提高了三倍，接着满脸变得通红，额上的青筋条条突露，声音发颤：“窃书不能算偷……窃书！……读书人的事……”

啊！原来眼儿老师在扮演孔乙己！他在为下一节语文课做准备！

我看得目瞪口呆，接着一阵狂喜，慌忙一阵风溜回了教室。

六

苦苦地等待了“半年”——其实只是半节自习课，语文课的时间到了。预备钟响过，教室里沸扬着一阵一阵的议论声，同学们一个个交头接耳，眉飞色舞。因为，我溜回教室后，立即向全班同学绘声绘色地描述了在窗口窥到的一切。欢呼雀跃的同学们纷纷夸赞我是一位出色的“侦探”。要不是我强加制止，万元户的儿子差点带着一群同学往眼儿老师的窗下跑了。

大家急着想见识眼儿老师新的风采，急着想欣赏孔乙己的不朽形象。

上课铃一响， 通向讲台的门像往常一样吱嘎一声被击开了，眼儿老师出现在门口，只见他上穿一件又宽又长的青布衣，下着一条包紧腿儿的蓝布裤，手中端着一沓书，书上叠着一块布，满面红光，神采奕奕，眼光往教室里一滑，叽叽喳喳的议论声骤然而灭。

木门关上，眼儿老师便踩着弹簧，一弓一腆“啄”上了讲台。起立、坐下，直立在讲桌后的眼儿老师却并未引颈高鸣，静立五秒钟后，哗啦一声将叠在书上的布展开，扽平，而后三下两下“啄”到屋角，用图钉极娴熟地将布钉好，转身，“啄”到讲桌后，清清嗓子发话了：

“今天研究十六课：《孔乙己》。”

于是，黑板上就有了龙飞凤舞、力透“板”背的“孔乙己”三个大字。

说完，写定，眼儿老师将镜片后一双细眯着的眼睛转了一轮，点道：“赵三，上来。李五，上来。”被点到的赵三、李五慌忙离开座位，站到了讲桌边。

眼儿老师拽着赵三的衣袖领到屋角，将他塞入布后，递过一本书，弓身低头耳语几句，便车转身来，拽着李五转到讲桌后，双手用力一按，只听“哎哟”一声，李五被塞入讲桌下，同样塞过一本书，眼儿老师弓身低头与其耳语几句后，便面绽微笑在讲桌后站直了。

这是眼儿老师难得的微笑。

眼儿老师将手掌啪啪啪连击三下，立刻，屋角的蓝布后便响起冷峻浑厚的声音：“鲁镇的酒店的格局，是和别处不同的……”声音似乎是那么遥远却又是那么亲近，渐渐地，我们的灵魂仿佛悠悠然飞到了二十年代以前江南水乡的鲁镇，飞到了镇口的咸亨酒店，我们一个个仿佛站着或坐在酒店里，喝着香香的黄酒，吃着盐煮笋，嚼着茴香豆，与掌柜闲聊，与孔乙己调笑。眼儿老师分明就是孔乙己，孔乙己分明站在柜台前喝酒，穿着长衫。当屋角的蓝布后懒懒地、不耐烦地冒出一句“谁要你教，不是草头底下一个来回的回字么”，啊啊，我们的眼儿老师——不，“孔乙己”满脸亮红，两眼放光，浑身颤抖，圆圆的白镜片后的一双眼睛已完全闭着，脑袋一边摇一边向后仰着，仰着，凹着的胸脯分明拉平，全身的细胞仿佛已进入了这氛围之中，然后突然向前一“啄”，手指在讲桌上咚地一敲：“对呀对呀！……回字有四样写法，你知道么？”那声音极得意，得意中浸着酒气。他踩着弹簧在“柜台”边踱了几步，蓝布后的声音又响过一阵，眼儿老师陶醉中闭着的眼睛骤然睁开，惊惶之中忙抖出两掌，噼里啪啦上下翻飞——极似霍元甲的迷踪拳，然后一掌下翻，五指叉开罩将下来：

“不多了，我已经不多了……不多不多！多乎哉？不多也。”

我观得眼花缭乱！

我兴奋得发抖！

“嘿嘿——”蓦地一声尖笑，惊住了全“店”的“吃客”，惊住了柜台前的“孔乙己”。只见“孔乙己”，不，眼儿老师一阵愣怔，红脸立时转青，青脸变白，白脸转红，眼光在“店堂”里扫了一圈，当他发现了这个破坏“店堂”纪律的家伙之后，双目怒凸，一步一步逼来。教室里顿时静得让人发慌。眼儿老师到了肇事者身旁，立定，猛地一个“老鹰逮鸡”，抓起肇事者后脖上的衣领用力一提，力图将他拽出座位，却听噗啦一声，肇事者的棉衣被高高提起，整个身子却滑了出来，白生生一片“光辉”！这家伙原来既没穿衬衣，也没系衣扣！

“哄——”教室里掀起一股巨大的笑浪。

台前猛地啪通一声响，原来“柜台”里扮掌柜的李五同学摔倒了：“哎哟哟，人都憋死了，还没轮到我说话。”

同学们一阵惊愕之后，教室里复又掀起一股持久汹涌的笑潮！

七

月有阴晴圆缺，人有悲欢离合。万万没想到，半月之后，我们全家竟迁往浙江宁波了。万般无奈之下，我只得依依不舍离开了外婆，离开了眼儿老师，离开了蓝坪，离开了湖南。不久，外婆也仙逝了。

后来，我顺利考上了宁波市一中。再后来，听说眼儿老师“发”啦！说是当地资江市教委的一位副主任与中央讲师团的两位成员下乡调研，路过蓝坪，偶然听了眼儿老师的课后，欣喜若狂。立即请来了报刊电台电视台记者，于是眼儿老师的事迹上了电视、电台，登了市报、省报，眼儿老师的教学法被誉为继“启发派”“诱导派”“讲议派”“议练派”“得得派”“茶馆派”“导读派”之后的中学语文教育界的新一派——“表演派”。眼儿老师迅速被调到资江市一所中学，当上了特级教师，入了党，升了副校长，眼儿老师当年就读的大学补发了红色的大学本科文凭和绿色的学士学位证书。更令人欣喜的是，眼儿老师很快娶了一位漂亮、娇滴滴又心灵美的大姑娘做了夫人。不久，夫妇俩双双被选为市人大代表。

一说，眼儿老师根本未曾走过一丁点运，根本没有离开过蓝坪。在一次表演课上，由于进入意境，手舞足蹈，晃动的脑袋不幸磕上了黑板上的一个小钉子，出了不少血。从此一蹶不振，不久郁郁而终。

啊，我多么思恋我们的眼儿老师。

1986 年 11 月 辰河

夺魁

“喂——喂喂——请老师们注意，请班主任老师注意！”校长高乃知叉开圆规细腿，支在办公室门口的歪脖子柳树下，扯着喉咙下达全校最高指示，又沙又哑的声音从他手中举着的陈旧不堪的话筒中挤出来，“全校师生开始做操——”

“哐——”

“格——”

“吱呀 ——”

各班教室面对办公室的窗口被一一打开，一个个大大小小、圆圆扁扁的脑壳从里探出，支起肥肥瘦瘦的耳朵。话筒里声音一落，全校顿时叮叮咚咚、沙沙啦啦响成一片，各班主任纷纷指挥着自己五十来个兵马，扫操场、清水沟、净门框、抹桌子、擦玻璃，沸沸扬扬，好不热闹！

原来，这“做操”者，乃“大扫除”之谓也。

原来，检查团过三十分钟就要来学校检查卫生。

几天前，扬沙中学的高乃知校长接到秘密通知，说是这几天内，县里几个单位组织的卫生检查团要来本区各单位检查卫生，自然少不了来扬沙乡的扬沙中学。这次大检查将一改从前检查工作的陈规陋习，事先不通知不报信，突击检查，夺魁者发锦旗，奖十四英寸黑白电视机。高校长一得到这超级秘密情报，又惊又喜且发愁。惊的是，自己管理的这扬沙中学环境极差，学校晴天满是飞尘，雨天遍地泥巴，极难每时都保持清洁，检查团突然光临，岂不坏事？喜的是夺魁者能得到价值几百元的黑白电视机，这可是极有诱惑性的大奖品！老师们多次建议学校买台电视机，可因无资金而作罢，这次岂不是获得电视机的大好良机吗？愁的是，不知检查团到底是哪一天哪一时光临，因为这背时的中学环境，上午打扫得干干净净，下午来看就像没打扫一般。不过，高校长毕竟是高校长，他眉头一皱，立即召来全体教师召开诸葛亮会议，先把迎接这次卫生大检查的重要性、必要性及深远意义谈了一通，然后话锋一转："同志们哪，一次大扫除可得电视机一台。大家算一算，我们学校十多个教师，平均每人占着三十来块啦！"高校长果然会鼓动，他话音未落，老师们个个喜笑颜开。除了语文老师老古不识时务地说了几句消极意见外，最后少数服从多数，大家决定：一是扬沙中学一定要为扬沙乡人民争光，夺得第一名；二是为免出现校长正在下大扫除的通知而检查团突然闯入的尴尬情景，将"大扫除"唤作"做操"；三是立即派数学老师胡小强专门刺探情报，因为胡小强在县里工作的表姐夫这次正在检查团里。

刚才，高校长就是听了胡小强飞奔而至告知的情报而下达"做操"指示的。

将一切打扫干净，苦干加巧干，只花了三十分钟。学生们纷纷回到教室，心不在焉地听着讲台上心不在焉的老师上课。

三十分钟过去了，不见检查团莅临。

又过了三十分钟，仍不见检查团的踪影。

又过了好几个三十分钟，还是不见检查团出现。已到了放学时间，只好放大扫除的劲旅回去。

老师们都吃饭去了，可高校长不感到饿，他背着手，踱到这挪到那。他“度时如年”地熬过了这好几个三十分钟。眼看着一扇扇明明净净的窗玻璃上渐渐覆上了灰尘，他心里又急又气，急检查团还不快来，气胡小强谎报“军情”，咳！

高校长正像热锅上的蚂蚁东踱西挪，语文老师老古戴着近视1000度的眼镜一摇一晃颠来了：“高校长，你……你说，我们是不是应该刷点欢迎检查团到来的标语、横幅？”以往学校的一切标语、横幅，都是老古一手“炮制”。

“哦——？”高校长驻足停步，定定地望了老古几秒钟，接着“啊呀”一声，“老古，你真糊涂！一刷上标语，岂不不打自招，明明白白告诉他们我们早已探知了情况？……噢，你……是不是别有用心？去吧去吧，你去保住你班那高高的窗玻璃不上灰尘吧！”

天黑了，检查团依旧没有来。

第二天刚刚上了两节课，胡小强又气喘吁吁地跑回学校，向高校长报告了最新情报。高校长反问了七八次之后，便又站在办公室门口的歪脖子柳树下，扯着喉咙向师生下达了最新最高指示。

于是，学校里顿时不见了读书声，大家纷纷又投入了紧张的战斗。

可是，一切又像昨日一样，大家急不可待地等到天黑之后，仍不见检查团的踪影。气急败坏的高校长把胡小强叫到办公室，狠狠地剋了一顿，末了，拍着桌子要扣胡小强半个月的工资。胡小强一再解释，又加上赶到办公室的几位老师说情，高校长才饶恕了他。但定下一点，如果胡小强第三次再探不准情报，必扣半个月工资并写检讨存入档案！

夜深人静，扬沙中学一片寂静。这时，跑得热汗淋漓、气喘吁吁的胡小强，翻墙跳进学校，以百米冲刺的速度跑到高校长房门口，叫起了高校长，以扣除全月工资为条件担保这次情报的准确性。深夜不便喊话，高校长便挨家挨户敲门通报：明早检查团正式来校检查。因明日星期天学生不在校，大家务必在黎明前投入战斗。

这一夜，高校长没睡好，老师们也没睡好，大家的脑海里都浮现着一台美观大方、式样新颖的十四英寸电视机。老古向来气虚失眠，刚刚睡下，高校长这一阵很响的敲门声，使他胆战心惊，心想门敲得这般响，定是冲着昨天说刷标语之事的，心里一惊一急，更是难以入睡。

扬沙中学的老师们好不容易熬过了这难眠之夜，天还不大放亮，便不约而同地起了床，叮叮咚咚、沙沙啦啦战斗开了。老古昨夜没合一下眼，迷迷糊糊中抓起抹布爬上了教室高高的老式窗台，坚持擦完了最后一块玻璃，正欲下来，忽然双腿一麻，两眼一黑，扑通一声，倒栽而下。

对面教室搞卫生的一位老师看得真切，慌忙冲过来，一看老古已昏迷过去，忙跑了几个圈找到了高校长。正在校门口弓腰打扫的高校长听后身也没直，丢下一句“轻伤不下火线”，依旧搞他的卫生。当听明老古是从高台上栽下且昏迷时，他方才大吃一惊，急奔而来。

人伤了自然得抢救，但学校卫生先进单位的荣誉不能丢。高校长立即派身强体壮的体育老师背着老古火速去乡医院，剩下的人员继续打扫。

待一切打扫得干干净净，检查团果然突然袭击，进了这所教学质量不太好的扬沙中学。

高校长从容不迫地领着检查团从东看到西，从西看到东，连一下雨就漏湿白屁股的破烂厕所也看了，一切洁净！检查团当即就夸赞起来，说一个建在沙土堆上的学校一切都是这般洁净，实属难得。

两个月后，高校长果然从县里领回了一面绣金大字的锦旗，抱回一台崭新的全频道十四英寸黑白电视机。

两个月后，花去一倍于电视机钱医药费的老古终于出院了，但留下了脑震荡的后遗症，往日竖得直直的脑壳也偏向一边。

从此，学校办公室里夜夜欢歌笑语。当屏幕上一群少男少女撅着屁股扭着迪斯科，屋内一片笑声。当大家看到老古两眼半睁半闭地望着屏幕、偏着脑袋毫无表情时，笑声便一下子凝在了空中。

1986 年 3 月 六都寨

受教

上课铃响了。年轻的英语老师气冲冲地跨上了讲台，手中抓着一大把卷子，啪的一声砸在讲台上。

“Stand up!（起立！）”

“Sit down, please!（请坐下！）”

随着啪啦啦一阵响声，同学们屁股刚贴着凳面，英语老师将手一挥：“发卷！”话音一落，七个小组长一齐奔向讲台，一人抓了一把卷子到下边分发起来。发毕，鸦雀无声的教室里浮起了叽叽喳喳的议论声。英语老师将黑板刷在讲桌上咚地一敲，叽叽喳喳的议论声戛然而止。他那愠怒的目光在同学们脸上一一扫过，说话了：

“大家都看到自己的成绩了吧？得了多少？错了多少？哼——！”

看到同学们一个个正襟危坐，缄默无言，老师顿了顿，语气缓和了些，接着说：

“同学们哪，看着这样的成绩，你们要好好想一想，你们都是四肢发达、身强体壮的人，怎么连一门外语也学不好呢？人家张海迪坐在轮椅上靠自学，都掌握了英、日、德、世界语……好好对照一下，你们难道不感到羞愧吗？”

英语老师的话一讲完，安静的教室里又浮起阵阵小小的议论声：

“张海迪是英雄，是青年的楷模，我又不是当代青年的楷模。”

“张海迪有几个？……全国还不就那么一个嘛。”

“我又没亲见过她懂四门外语，说不定是报纸瞎吹的哩……”

“……”

这些小小的议论声源源流进了英语老师的耳朵里，他正想狠狠批评这些思想落后的糊涂虫，不料教室的左后排站起一个高个子女生来——教育局局长的宠女范小男，没经允许，她便豁啦啦说开了：

“老师，您也是四肢发达、身强体壮的人，而且又从事外语教学，怎么也不懂德语、世界语这两门呢？人家张海迪坐轮椅上靠自学，都掌握了英、日、德、世界语……好好对比一下……”

“放肆！”

年轻的英语老师一敲桌子，立刻刹住了范小男后头还没说出的话。范小男嘟着嘴，鼻里一哼坐下了，可教室里起哄了：

“对，对，老师，您呢……”

“老师，您也要与张海迪对照一下嘛！”

“老师，您在大学学习四年，怎么也只懂英、日这两门啊……”

“……”

“我……”听学生们这么反戈一击，英语老师先是一怔，接着，他白皙的脸便慢慢红起来，最后竟红得像块生牛肉，惶恐之中慌背过脸去，在黑板上用汉语写下“今天学习第五课”。

“嗬——”教室顿时一片欢腾。

1984 年 2 月 六都寨

雪夜

屋里的气温低极了。

我急急地咳嗽起来，这才想起办公桌下的炭火因忘了加炭，已气息奄奄。

明天一、二节课是我的数学课，代课是难找到人的。今夜，我必须备好课，因复读班、毕业班是不同进度。

我挪动抽了骨头一般的躯体，从堆得乱七八糟的床下夹出炭块。

炭火仍没有兴旺起来。

我浑身感到一阵寒颤。谁叫我要支撑着备课？谁叫我跌进教材中去？谁叫我得病发高烧？

怪谁？自己。

“咚咚咚” 三下，又三下。

“进来——”我拉开了门，一股香味直钻我的鼻孔。

“林老师——您好！”复读班的女生。比我小三岁。漂亮。

我打开门。解答她抄在一张稿纸上的三道数学题，很难。用了半个小时，她才飘然离去。

飞舞的雪花在门槛内铺下了厚厚的一层，我砰的一声将开了半小时的门关上了，软塌塌的身子无力地倚着门背，又“吭吭”剧烈咳嗽起来。

又通火又扇风，炭火还是咽气了。

我咳得身子弓了起来，溅出的飞沫落在办公桌右侧学校印发的教师守则上：

“第五：女生进入房间，一律打开房门。”

1983 年 4 月 六都寨

恋谜

雪花，纷纷扬扬地飞。

走廊响起轻轻的脚步声。脚步声到了门边又停住。我放下笔正欲招呼，门已吱呀一声被轻轻推开，一个穿着整洁中山服的干瘦小老头儿——语文组的龚一老师踱了进来。我忙起身让座，将火盆从桌下移出。他一言未发在我对面坐下了。看着他的这副神态，想起前天上午他找我的那件事，我心中不由一动。

这龚一，快五十的人了，至今还是单身！一九五六年跨入师范学院，一年后就糊里糊涂地背上了右派黑锅。接着就是被开除，被发配到一个极为穷困偏远的山沟沟，干尽了脏活、重活，受尽了辱骂、批斗；自然，也没有像一些小说中写的那样，出现一个美貌多情的姑娘，向这号落难的人献出爱情。一九七九年，卸去黑锅的他被安排到我们学校里来工作了，热心的同事见他站着是一竖，睡着还是一横，便在乡里为他物色了一个漂亮的小寡妇，不想他竟委婉地谢绝了！说自己知识荒疏了，得抓紧一分一秒学习才行，否则上讲台误人子弟。此后，同事们又给他张罗过几番，都未成功，他呢，依然故我，一点也不焦急。一晃好几年又过去了。不久前，学校里的一位中年鳏夫举行婚礼，酒宴上，我当着龚一的面向大家透露了一个极好的消息：我在某某地方发现了一位教小学的端庄贤淑的老姑娘。果然，前天上午，龚一穿着干干净净的衣服来找我了。看他那神态，我心里已明白了八九分。憋了许久，他才开了口："张校长……这……介绍人……我想……"正说着，一位老师进来了，龚一只好刹住话，看了我一眼，退出了房间。

我下午到教育局开会去了。

今天早晨我才回到学校。这龚一又找上门来了，一定为那姑娘的事忍耐不住了吧。

我用火钳拨了一下炭火，笑呵呵明知故问：

"老龚，今天找我有什么好事啰？"

"嗯……还是为前天那……件事……"

"哦——请我给你当介绍人？老龚，你也知道人应该结婚呀……好！我一定把她介绍过来。不过，到时吃起喜糖来，可得让我拿双份的，哈哈！"

"不不不……您……弄错了。我是想请您当我的……组织介绍人。我早有此愿，可又怕不够条件……就……"只见龚一的脸憋得通红，小圆脑壳一个劲地摇着，边说边站起身来，打开了从上衣袋里掏出的几页纸，双手递到了我的眼前。

"入党申请书"几个字赫然入目！

我僵住了。刚才在胸中翻动的笑谑之意顷刻间跑得干干净净，一种庄严神圣的情感迅速浮上了我的心坎。

我缓缓地站起身来，双手接过申请书，目光久久地落在眼前这张熟悉而陌生的脸上……

“老龚啊，这入党介绍人我可以考虑；这婚姻介绍人，是不是也考虑考虑我？”我看完入党申请书，缓缓地、诚挚地对龚一老师说。可无回话，原来他早已离开了我的房间。

窗外，雪花仍在不停地飞落着。那一朵朵、一片片的雪花哟，是那么晶莹，是那么纯洁，也是那么深情地恋着坚实的大地。

1985 年 3 月 六都寨

教改

三十年教龄的老丁光荣退休了，“接班人”小丁在县教师培训班经过半年又三个月的培训之后，就要在今日的第一节语文课登上讲台了。

为了使小丁的第一堂课上得有声有色，为了使小丁的教学方法像自己的老子，老丁在半个月前就给小丁准备了参考教案并嘱咐注意临场发挥，今日他特意赶到学校，请来了语文组长、教导主任、学校校长，请来了住在学校的乡文教干事，请来了来学校检查工作的区文教办主任，老丁要让他们知道：老丁的儿子确实不愧为老丁的儿子！

“叮叮叮——”预备钟响了。身高五尺有二的小丁心中不觉微微一震，但他很快又恢复了平静。他用手弹了弹烫得“刀锋”分明的尼龙裤，偏着脑壳瞅了瞅脚上擦得贼亮的三接头皮鞋，自然地用手理了理打着发蜡的头发，像一位稳操胜券的将军，只待上课钟一响，就要大踏步杀向讲台。

好不容易挨过这五分钟，上课钟终于响起。小丁挺胸收腹，迈着方步，橐橐橐庄严地跨上了讲台。班长发出“起立”声后，他将眼光足足在教室里扫了三圈，才稍稍勾了勾他那高傲的头颅。

在班长的一声“坐下”令中，学生们便一个个端端正正地坐在座位上了，全班鸦雀无声。

实在是出手不凡！

小丁一路滔滔地讲着《七律二首·送瘟神》中的第一首。他一边在黑板上不停地板书，一边像朗诵诗似的“倒”着教案。一堂课的内容讲完了，一看表，老天，离下课还差三十分钟呢！怎么办？小丁的心里不禁紧张起来，但他很快想到补救办法：接教第二课时的内容。他很不满地敲醒了挨着讲台的座位上一个呼呼入睡的学生，命令全体学生齐读第二首“春风杨柳万千条”。在一片琅琅书声之中，小丁忽然想起了老子老丁早晨告诫的话：“不要被教案束缚得死死的，要注意临场发挥。”培训老师的话也在耳边回响：“要进行启发性教学，开展好双边活动。”小丁的眼里顿时来了神采，待学生们读完，他合上教案，封上书本，运足气力，掷地有声：“同学们啦——”下边听课的学生和老师一个个拉长了脖子，屏声静气，凝神恭听。他在讲台前踱着方步：

“春风杨柳多少条？”

“万——千——条——”全班学生拖着声音一齐回答，呀，果然立竿见影！

“六亿神州怎么尧？”小丁问着，右臂急忙在空中摇了几摇。

“尽——舜 ——尧——”学生们的声音更加洪亮而整齐了。

这一阵声音过后，教室立时鸦雀无声，三秒钟后，不知谁噗的一声笑了，接着教室里哄的一片炸开了锅。

在一片人仰马翻的撞击声中，教室后头传来啪咚一声大响，众人纷纷回头，只见老丁连人带椅翻在地上，双手抱着肚皮，老花镜滑到了他红红的鼻尖上，张大嘴巴在地上出气哪！

1983 年 9 月 六都寨

青春有悔

微笑

他忘不了那微笑，忘不了面带微笑的她——一位美丽飘逸的少女。

古城不大，也不算小，繁华而又萧条，喧噪而又死寂。生活着许多男人和许多女人。自然有许多在一起的男人和女人。

但他至今独身，今年三十有八了。每天默默地上班、下班，默默地过日子。

他什么也不特别喜欢，什么也不能使他特别欢喜。

一日，他于人群中发现一种微笑。

那微笑，真诚，不虚假；纯洁，不自私；自然，不做作；超脱，不俗气；振作，不委顿；迷人，不淫荡。那微笑者是一位姑娘，一位飘逸清秀的妙龄少女。

从此，他有了喜欢。他喜欢上了微笑。

他于是研究起微笑来。

他回顾平生见到的各种微笑。

童年，他未见过微笑，可怜的父亲久患重病，全家戚然。少儿时，他见着的人个个着了魔，都狂笑，都喊口号，很少看见微笑。近年，终于能见着微笑了。

他研究人们最称颂的微笑。

他看领导的微笑，那微笑不真诚，那微笑是在表演和蔼的假象。

他看着商店服务员的微笑，那微笑不纯洁，嘴角的阴影里分明藏着两把利润的钩，在微笑中钩完你袋中的钞票。

最神圣最纯净是教师的微笑了，那笑中有父母的慈爱，有社会的期望，那笑中是要你学知识考高分升大学。可是这微笑中就没有了私念？学生们在微笑督促下好好地学，成绩好上大学，他教师因之就有了荣誉，有了地位，成了名牌教师，说不定还能拿奖金、涨工资、住高楼，真愿意永远微笑。

他多么偏激，多么失望。

他是多么希望能再见到那位少女完美的微笑。

好巧，一个下午，他又见着她了，又见着了她的微笑。他看着她微笑着走进了一条小巷。不好，小巷里突然冒出几个长发男儿，淫笑着拦住了她的去路，其中一个涎着嘴令她将裤子脱下。他全身发抖，他两眼发直，他想去叫警察，可双脚钉在地上不能挪动。

她依然微笑，不动，自然裤子也不脱。一长发男儿火了，对准她的胸脯猛击一拳，却顿时呀呀怪叫退出老远，击拳之手乱抖。其他流氓一怔之后，大叫“不好”作鸟兽散。

她又走起来，挺着胸，微笑着。

他好惊喜，莫非她身带电棒，抑或练过气功？但很快又悲哀起来：唉，为什么好人总碰上歹徒，天使总碰上恶魔？！他越发觉得她完美了，她的身段，她的微笑，她的非凡功夫。

他已睡不好觉，一入睡总梦见她。他因了喜欢她的微笑，猛觉得世界美极了，可爱了，他枯竭的心灵深处竟流出了叮咚的清泉。他在梦中微笑了。

从此，他兴致勃勃地去上班，兴致勃勃地干活，下班后便满怀希望在大街小巷里散步，寻找着她的倩影，寻找着她的微笑。几日觅寻，皆怅然而归。

真是有缘。不久后的一个傍晚，他又一次见到了她，又一次看到了她的微笑，那微笑依然是那么真诚、纯洁、自然、脱俗、振作、迷人，满满的正能量。她的秀发，她的丰胸，她的美臀，她的长腿，都令他眼花缭乱，魂不守舍。

她像磁铁一样将他吸住。

他跟着这位少女默默地走着。

夜色铺下，街灯四亮。他跟着她走了很远。她在一幢小房前停下，按了按门铃，一位老男人开了门，她进去了，门随即关上。

他蹑手蹑脚溜到了窗下，瞪大眼睛望着室内。只见室内的老男人蹙着眉头，很不高兴地望着面带微笑站在一旁的她："你经常迟到，我今天要检查一下才行。"

老男人说着，伸手从她上衣的下摆里摸进去。

流氓！

他怒火中烧，真想放声大骂冲进去揍扁这个糟老头子，却只见她浑身僵直，上身随即脱离躯体，被男人搬到了办公桌上，又扒掉衣服，一摸一按，她美丽的上身竟散成几块。

他瞪大了眼——她原来是由几块机械部件构成的，她是一个智能机器人！

他两眼发黑，双腿发软。原来世上唯一完美的微笑竟然不存在。自然，他压根儿就不知道世上原本就不存在绝对的完美。

于是，他又一次失望了。

从此，他又漠然在古城生活着，又孑身默默地度日。

他似乎又没有了痴迷喜欢。世间事没有什么让他特别欢喜。

不过，在梦中，他偶尔背着苏轼的词："万里归来颜愈少，微笑，笑时犹带岭梅香。"背着背着竟遇见了欢喜。

1986 年 12 月 赧水之畔

乐米

暮色渐合。

一条凹凸不平的板车道上，二毛飞快地蹬着车。他口喷酒气，满面红光，载重自行车被他蹬得如同离弦之箭，直射向远方的暮霭中。

二毛简直兴奋得要疯了。因为，只要把车后架上的一袋糯米送到彩彩家，彩彩的妈就会认他这个女婿了，彩彩便是他的了，廿七岁的他再也不要抱着枕头睡觉了。

别以为廿七岁才找到对象的后生子是生得丑，我们的二毛可是一表人才！头不歪，背不驼，用山里的话说，他长得像根笋子，直的！墨水也喝到初中。不过，这后生子做起事来就是有点毛手毛脚，被介绍来的妹子们一听到二毛的“壮举”都摇头走了。比如说，他与勤劳俭朴的母亲辛辛苦苦攒钱修了新屋。一天，老母亲走亲戚去了，断黑时一个放电影的个体户来到村中，他三把火煮好饭菜，胡乱吞下几口就扛起凳子看电影去了，满是柴枝碎叶的灶膛没打扫，结果房子着了火。幸亏村人都跑来救火，新房才没成灰堆。还有，母亲把辛劳一年喂的两头肥猪杀了，卖了一大笔钱，他跑到银行去存款。在小镇银行门前的小坪上，一汉子拽着一妹子要“钢刀砍头”的把戏。他忙钻入人堆中去看，结果妹子头没砍下，汉子端着盘子到他面前讨钱了，他一摸袋子，哎呀——钱袋已空空如也！唉，阴差阳错，与他同岁的后生们伢崽都几岁了，他还是光棍儿一条。

暮色越来越浓了，飞驰的自行车被凹凸不平的土路颠得铮铮响，但读初中时练就了骑车技术的二毛，一点也不担心车会翻到路沟里，他反而蹬得越发快了。

真是命中注定要时来运转似的，如今的二毛竟对上了彩彩。这彩彩比他从前相过的任何一个妹子都漂亮，又有文化。遗憾的是彩彩妈不甚赞同（而在外吃皇粮的彩彩爸又一切听彩彩妈的）。二毛几次提着礼品上门，都受到彩彩妈的冷遇，把个娶妻心切的二毛憋得心急火燎，日不思食，夜不思寝，多方托人说合都无济于事。当二毛提着礼品硬着头皮再一次登门时，意外地从彩彩口中探知：彩彩妈正为彩彩爷爷准备寿辰大事，急需几十斤糯米舂寿粑。可这一带不产糯米，好不容易才弄到八斤，托人去四十里外的粮店熟人那里打听，但好几天了，一直没得消息，彩彩妈正为此事发愁哩。彩彩还说如果能弄来糯米，妈也许会同意这门亲事。二毛听后，喜得蹦了起来，啊，终于有了立功讨好的机会了！莫说是弄糯米，就是让他赴汤蹈火、虎口拔牙，也在所不辞。他随即擂着胸脯对彩彩起誓：“三天之内不送来糯米，我再不来见你！”又窜到彩彩妈房里，不管人家搭不搭理，把胸脯擂得山响：“三天之内不送来糯米，我永不进你们的家门！”他立即跑回家里，背起袋子抓起钱粮赶到镇上，又赔笑又送礼，低声下气，“摔了炸药包（烟）”，“投了手榴弹（酒）”，费尽九牛二虎之力，终于通过镇上初中同学妻子的哥哥的朋友在粮店工作的弟弟，买到了三十斤糯米，并意外得知熟人也为彩彩妈留了三十斤，他一并付了钱，装了袋。为了尽快把糯米送到彩彩家，他又说好话借了一辆自行车，咕噜噜灌进一瓶“状元红”酒提劲，然后放好米袋，双脚一搭，上路了。

暮色已将山野全裹住了，带着毛边的月亮也挂了出来，有月亮开道，有酒上劲，二毛猛猛地蹬着自行车踏板。他太兴奋了，他感到自己成了世界上最幸福的人，彩彩的嫩脸蛋，彩彩妈阴转晴的脸在眼前交错出现，土路两旁的树叶似乎被他的情绪所感染，亦在夜风中沙沙欢笑着。

二毛想象着过一会该怎样送上糯米，设计着送米程式，满面娇容的彩彩一定领他去洗脸，给他倒水，拿来洗脸巾，然后自己便趁机在她的粉嫩脸蛋上啄一口……在一个风和日丽的日子，两人手拉手去领取结婚证，然后欢天喜地入洞房……呵，可要生个伢崽才好，要取个响亮的名字，“凯歌”太洋了，那是城里人取的，“金宝”太土了！对，取“富道”，永远走在幸福富裕的道路上，又响又亮，绝了！

四十里土路差不多颠完了，彩彩的家快到了，车子这时进入了一片梨林，二毛禁不住狠按了几下响铃，“丁零零……”寂静的梨林里洒下一片清脆脆的铃声。

到了到了，彩彩的家就在前面了，二毛老远就看见了门口的灯光里的亲爱的彩彩和尊敬的未来岳母大人。

“彩彩——糯米买来啦！大妈——粮店熟人给您留的三十斤我也一起带来啦——！糯米又白又齐崭！”

也许是“功大气粗”吧，二毛早已忘了路上设计好的送米程式，扯起嗓子老远就喊起来。嘿，彩彩已步下门阶来接米了！呀，未来岳母大人的脸已由阴转晴了！二毛兴奋得浑身颤抖，他猛按一下车铃，一阵风骑到了门阶前。

“啊——”

当二毛跳下车时，三人同时一声惊叫——那米袋竟是瘪的！袋口垂头丧气地向一边耷拉着，剩下的几粒糯米正从袋里羞涩地往外滑！原来，因袋口没扎紧，六十斤糯米一路上已颠簸漏完了。

“哎哟……”刚才还红光满面的二毛顿时两眼发直，脸色发青，双腿一软，瘫坐于地。

…………

晚风悠悠吹来，从云端跌落凡尘的二毛呆呆地望着心爱的彩彩不住地抹泪，自然，差点气倒的彩彩妈骂完之后已回房间消气去了。

良久，二毛猛地将手指塞进口中，用力一咬，顿时便有殷红鲜血从指尖不住地冒出、滴下，他缓缓地站起身来，默默地走到自行车前，默默地将车推入夜色之中。天空中一只夜鸟咕的一声，叫得人心酸酸的。

“二毛，你等等！”不知走了多远，彩彩追了上来，“你到底还能不能改掉你的毛病？”

“这回，我是破指起誓了！”二毛说着，向彩彩举起还在滴血的指头。彩彩掏出一块香香的手帕，将其扎了。

远远地，夜空中出现了一颗星星。未圆的月亮只剩下些许的毛边。

1986 年 1 月 六都寨

红雪

风拽着雪，大摇大摆地窜来了。高山、田野，一夜之间就被忽然而至的风雪搅得一片肃杀，天空沉沉，人迹寥寥，唯有山路交叉口的“金利”商店，依然是一派热腾腾的景象。

装裱气派的大门上方，白日也亮着的七彩灯，拥着两个刚劲有力的堆金大字“金利”，金光闪闪，威风凛凛。热烈奔放的立体乐曲声急浪似的从门厅里蹦出，将门边的雪花也融化了。这个在山野交叉路口蹲了二十余年的“利民”合作社供销店，被人承租后易名“金利”，转眼由村姑变成摩登女郎，货架上高中档商品应有尽有。山民们从前喜庆时要去城里才能买到的“奢侈品”，如今在“金利”都能买到，“金利”自然是利润滚滚。然而，针线、顶针、小扣、鞋蜡、土纸等利薄小商品在“金利”绝迹，苦煞了这远山深野之中的山民。

中午时分，一位身着黄色羽绒服的年轻人裹一身寒气，不快不慢地踱进店来。乡野人怕冷，雪一下，纷纷躲于房中不出门了，因而此时的“金利”店里只有三两顾客。年轻人走到左侧柜台前：

“同志，请给我拿把火钳。”

抹口红、披鬈发的年轻女雇员瞥了年轻人一眼，摇了摇头。

“怎么，你们这个店连火钳也不卖？”年轻人提高了声调。

正在柜台内巡视的经理闻声走了过来：“对不起，我们是不进火钳的。这东西利润低，又不行销。”

“难道你们只盯利润，就不考虑方便群众，为民服务？这方圆十几里就只这一个商店，你要我跑上几十里山路去城里买一把火钳吗？！”

“好了，别激动。无大利可图的东西我们一律不进！”

“你……真是岂有此理！”

年轻人重重哼了一声，气鼓鼓地跨出了店子。他望了一下阴沉沉的天，迎着风雪，走了。

雪，下得愈发来劲，山庄、四野已见白茫茫一片。眼瞧着一时是难得停住的。

第二天早晨，“金利”刚开门，一个十来岁的伢子哈着气，跺着脚进了店堂。

“师傅，我买一把火钳。”

“没得。”

“好师傅，给我买一把吧！我昨儿下午与弟弟打架，把火钳打弯张不开了。我爹说，不买把新的，就要剥光我的衣服在雪地里抽我！”

“没得就没得，走吧走吧！”

中午时分，一位个子不高、看上去三十岁光景的汉子大摇大摆晃进店来，离柜台还差一大截，便亮开嗓子吆喝起来：

“喂——拿把火钳！咳，昨儿下午正烤火，一头该死的野猪窜到院子里，心里一急，操起火钳便打，野猪没打死，火钳倒打飞半边，他娘的。”

汉子吆喝着走近柜台，见雇员直摇头，黑乎乎的手往脸上一抹，喷一大口酒气：“真的没得？我加三倍价钱！”

“确实没得。”

“他娘的，火钳也没得，咳！”汉子嚷着走了。

黄昏时分，一个围着红围巾、扎小辫子的妹子进了商店，一边大口喘气，一边急急掏出钱来往柜台上一放：“快给我拿把火钳。”

“火钳没得。”

“行行好，卖一把给我吧。我哥从外边做生意回来，赚了一笔钱。我那狠心的嫂子就急忙闹着与我们分家。今日家分了，火钳也被她拿走了。我爹娘气得倒在床上。师傅，我多给些钱买一把行吗？”

小妹子说着又急急往衣袋里摸钱，两滴眼泪顺着被风雪扫得红红的脸蛋流下来。

“妹子，你不晓得，卖火钳赚不了多少钱，我们老板不进货呢。”

小妹子流着泪，抽噎着，缓缓踱出店门，慢慢消失在风雪中。连续好几天，天天有人进店买火钳。今年的雪下得太大，看来家家户户都添了火堆。

“金利”经理眼见有利可图，心中痒痒的，后悔原来未去进得火钳，忙用高额报酬打发三个雇员，顶风踏雪去七十里山路外的县城进一千把火钳，准备以高价售给这些急需火钳的山民。

…………

雪依然飘着。距“金利”六里路外的一间堆着书报作业本的房间里，炭火熊熊。野栗材木炭不时啪啪地爆出的火花在空中飞舞。身着黄色羽绒服的年轻人被一群少年团团围住。

“嘿嘿，郑老师，其实我家有好几把火钳，完全可拿一把给您。可听了您在‘金利’的经历，实在气得不行！哼，非治治那个唯利是图的经理不可！于是我背着您，发动全班同学，精心组织了这次行动，一定让郑老师您用上‘金利’店里的新火钳。”

“你也别表功，要不是我这‘化装大师’化装，你们清一色的学生伢子去，保准要露馅！”

“哼，你也别抢功！要没有我这‘智多星’给你们每人编一个故事，照样会露马脚！”

“‘金利’进回的那一千把火钳，五年也卖不完的。让那些火钳去生锈去报废吧！让那个可恶的经理去图利吧！为郑老师，也为苦于买不到针线小扣的父老乡亲们报仇！”

房间里笑语喧哗，气氛热烈。

这时，门被重重地推开了，一个人裹着一身寒雪跳了进来。

“不好了……郑老师……‘金利’店经理派去进火钳的三个人，有两个摔死在山谷里……经理已花大价钱雇人去收尸了……”

什么？！

除了跳进来的人靠着墙大喘气外，房里所有的人都僵僵地站着，房门洞开，一股股寒气扑进来，却没有人意识到应该关上。

门外，一片片雪花正起劲地飘着、旋着、舞着，白煞煞中渐渐映出殷红的血光……

哦，红雪！

1987 年 12 月 辰河之畔

死镇

太阳炙烤着小镇，似要燃烧。瓦楞里积着厚厚的灰土。檐下，两只黄狗懒洋洋趴着，舌头长垂，乜视着土灰灰的街道。偶尔一辆卡车碾过，扬起高高的灰土。几声单调的蝉鸣，间或从街头杨树上飘过来，立时便又化在燥热的空气中。摊贩们停止了吆喝，摆着花花绿绿杂志小报的地摊上，攒拢着大大小小的脑壳，无声无息。小镇的一切，一时都归于燥热、无聊和沉寂。

门朝街道的一爿小店里，两个少年正在喝酒。一面喝，一面聊，大酒杯里一半是汽酒一半是烧酒，桌上是几盘大肉。店老板坐在旁边，耷拉着眼皮，摇着蒲扇，不快不慢地往脸上扇着风。

“哥们，你说，人活着最快活的是什么？”

“吃呗。好酒好肉，嗬！”

“我看最快活的是成名成家。”

“成名成家？你……也能成名成家？”

“流芳百世难，遗臭千年易。比方说，你遇上‘大脑壳’，只要……”

俩少年吃着，喝着，聊着，热汗不断从额上冒出，流了满脸，湿了脖子，又从屁股底下抽出几张地摊上买来的小报，使劲扇着。

“哥们，你要遗臭千年哪？”

“不，先来个流芳百世的。咳，你不知道，说到底，这‘留芳’与‘遗臭’是连着的，都易着呢！”

“别胡吹了，哥们！干‘留芳’的享福，干‘遗臭’的至少也得坐牢吃苦，还可能掉脑壳呢！”

“坐牢？咳，坐牢也可享福，福祸相因，因祸得福，坐牢，衣服有发，供应菜饭，今日歌星来演出，明日记者来采访，逢年过节，大官小官来看望，运气好还能上银幕，犯人演犯人，当大明星啦！”

“哎呀，有理！我他娘待在这，日子哪是人过的，死憋！男子汉大丈夫，总得干一件惹眼事，来，哥们，干杯！”

咣的一声，两只酒杯碰到了一起。

太阳慢慢移着，依然不放松对小镇的炙烤。整个小镇，仿佛已经凝固。

这时，街道上响起高跟鞋的咯噔声，一对共着艳丽遮阳伞的年轻人出现了。男子戴着眼镜，瘦高高的，一手提袋子，一手擎着伞；女郎长发披肩，脸白口红，透明的连衣裙极好地勾出了迷人的身段，那若隐若现的乳房辐射出股股诱惑。两人胸前都戴着一枚长方形的大学徽标。

花伞徐徐向前移动，鞋声匀匀响着。

蓦然，从斜刺里跳出一位少年，眼镜男还没反应过来，已“啊哟”一声被打倒在地。少年猛地抱住了女郎，狠狠地在白嫩的脸上吻着吮着，沙啦一声响，女郎领口被撕破，整个上身登时暴露在太阳下，白嫩嫩炫目。

眼镜男趴在地上，嘴里嘟哝着“流……流氓……”，女郎被这骤然而至的袭击吓蒙，待上身袒露，方才蹲下身去，“啊——”地补叫了一声，几欲昏厥。

几声单调的蝉鸣又从街头飘过。

檐下的两只畜生依然趴着，垂着长舌，乜视街头发生的一幕。店老板张开了眼皮，手依然没忘了摇扇。堆着书报的地摊前，大大小小的脑壳一一转了向。

啪啪啪，急促的脚步声由远而近。咔嚓一声，嚣张的少年叉在腰间的手被套上了锃亮的手铐。警察口里念着什么，扶起趴在地上的男士，拉开袋子，取一件衣服送给了女郎。

三人跟着警察走了。走了两步的少年倏地转过身来，用拇指揩着脸上东一处西一处的红脂，对站在小店门口的少年举起手：“拜拜——”一脸胜利和骄傲。

四人渐渐消失在街道上。

一辆卡车隆隆驶过，将男士趴倒沾去的灰尘，又均匀铺上。

几声蝉鸣飘过，恹恹的。黄狗的舌头垂得更长了，眼睛依然乜着。店老板的眼皮又耷拉下来，蒲扇均匀地摇着。书摊上，大大小小的脑壳，一一归了原位。

小镇依然燥热、无聊。一切复又归入死寂……

1986 年 3 月 六都寨

画画

米丹是小镇中学娇俏俏的小美女。

米丹的哥哥米施是公认的大帅哥。

米丹哥认定自己是一个天才的艺术家。他能写，一天一夜可写一部小中篇，一支烟工夫可写一首大长诗，但几箱稿子投出去，标点符号都没发表一个。

他能画，眨眼工夫就能画出一只虾来，他画了二百五十幅虾子画，画了八百八十八只大小虾，可连一只虾脚也没被刊物采用。

他能唱，唱尽了香港、深圳、台湾的流行歌，学会了帕瓦罗蒂的《安魂曲》，遗憾的是至今未有谁肯为他灌制一盒磁带。

他能舞，迪斯科、霹雳舞样样在行……

唉，只因为千里马常有，而伯乐不常有，害得米丹哥早已花重金印好的"中国作协会员、中国美协会员、中国音协会员"的名片，至今不敢递给他的亲朋戚友、哥们姐们。

米丹哥好伤心。

一个周末，米丹正在家做作业。手抓毛鸭仔、狗尾草的米丹哥扭着迪斯科进了屋后兴冲冲地钻进了小画室。米丹急忙跟进去，只见哥哥将小鸭黄黄的脚蹼涂上颜料，又用另一色颜料揩在小鸭胸前的羽毛上，而后便赶着小鸭在平铺的画纸上走。小鸭脚未硬起，看样子刚从蛋壳中出来，没走几下就跌倒在画纸上了，爬起来趔趄着走，跌倒，又爬起。一番折腾，米丹哥将小鸭抓开，将染上颜料的狗尾草在纸上抽了几下，又用毛笔在上面描了描。

“哥，你这也是画？”

看到身后的米丹，得意忘形的米丹哥打了个响指：“这叫抽——象——派画法，刚从一本书上得到的启发！”

夜里，米丹哥写了一封长长的信，在信纸上洒了半瓶香水，附上米丹参加学校文艺汇演时拍的千娇百媚的艺术照，连同奇怪的“鸭画”，翌日清早一并寄给了千里之外的一家画报社。

二十五天过去了，没有消息。

又二十五天过去了，没见回音。

再二十五天过去了，毫无音信。

星期天上午，米丹又在家里做作业，邮差送来画报社的薄薄信函，拆开一看：

“米施：您好！大作收到，在编辑部造成极大反响，引起一场激烈的争论。最终决定采用。请您写一篇创作谈速寄我刊。阎山。”

喜从天降！

米丹高兴得跳了起来，拔腿便往哥哥上班的街道小商店跑。米丹哥听后，一声“乌拉”，丢下米丹，疯子似的跑了。

米丹乐得嘴巴合不拢，一个人优哉游哉地走在后面，忽生成名之心："对，我也买只小鸭回去，当个画家神气神气！"可惜街上的小鸭卖完了，米丹只好买了一只小鸡，回到家中，米丹哥正抓着信着魔似的又蹦又笑，仿佛范进中举。

米丹前脚进屋，后脚跟进了一位邮差，将一张电报递了过来："主编回话不用创作谈勿写……"

兄妹俩呆若木鸡。

米丹手中的小鸡掉落在地，发出了意味深长的尖叫。

1982 年 9 月 六都寨

拦车

黄昏。一间豪华的房间里，临窗的桌前，坐着一位额角上已经爬上丝丝皱纹的贵妇人。她的面前，摆着一本已经有些发黄的文学杂志。

她迟疑了一下，终于随手翻开了它，而且一翻就翻到了第四十三页。那是一篇小说，题目叫《拦车》。

…………

只因为丽丽许下诺言能拦住车，丽丽和她一家的亲朋戚友，便在家宴之后，一起拥着她的男朋友小王到小镇的车站，送他去县城。

这镇是全县最小的一个镇，镇上的车站自然是全县最小的车站。确切地说，还只是汽车代办站。

此刻，最后一班客车已经过去半个小时了，但送客的人们并不着急，因为，丽丽拦车的本领是有名的。半个小时过去了，仍不见有车路过，小王有点着急，不时地看表，还上马路去望，打扮得光彩照人的丽丽却大大咧咧："断黑之前，总会来车的，我一扬手就会停。"

这也不假，她每回去县城，都是这样扬手，卡车便会乖乖地停下，而且一律坐驾驶室。有回县里的官儿们经过，她一扬手，一声“欸”，小车竟也乖乖地被她“欸”住了，可见丽丽的神通。

又半个小时过去了，太阳已经西落，平时车辆颇多的小站，偏偏不见车来。亲朋戚友们开始嘀咕，暗暗责怪丽丽不该吹牛，把家宴拖得太长，误了小王赶最后一班客车。

终于，远远传来了汽车的隆隆声。大家眼睛亮了，纷纷和小王握手道别。丽丽看清了开车的是个小伙，驾驶室里两个位置空着。

丽丽兴奋得跳起来，看看卡车就到身边，便迫不及待地扬手，迎上去。“嘟！”卡车突然发怒地狂叫并疾驰而过，扬起一线高高的尘土。

“妈吔！”丽丽又惊又羞，白皙的脸红成了个老番茄。

…………

那贵妇人不愿往下看，合上了杂志。很多年了，只要看到它，心里还一阵又惊又羞。就是从那以后，她就变了，像换了一个人，学习、奋斗、机遇，成就了她的不凡人生。现在，她却想：小王呢？他如今在哪里？

窗外一阵风飘来，掠动了贵妇人的头发……

1983 年 9 月 六都寨

文坛剑影

无聊的屠夫

如果不是因为评不上职称遭人白眼，如果不是因为分不到房子影响创作，如果不是因为被人议论贻人口实，如果不是因为抱着一个鸟大学文凭的俊老婆一再怂恿，如果不是因为“速成函授大专班”招生办的一位负责人透露说考题容易、没有死题，省内外颇有名气的中年作家马萧，此时就决不会坐在这令人气憋的考场里！

猛猛地吸一大口，烟纸儿吱吱作响，大腹便便的马萧扭动了一下发福的躯体，趁着烟雾缭绕，偷觑了一下其他的“考生”，还好，他们各自坐在位置上若有所思，并没有扭头来看他，这让坐着浑身不自在的马萧轻松了许多。也许，人家根本不知道你是一位著名作家哩！马萧想。

一位清秀俊逸的女士踩着开考的铃声踏进了教室，那一双清亮亮的眼睛迅速检视了室内的一切。马萧分明感到，女士的眼光在自己的脸上停留了一瞬；马萧分明看到，女士在看自己时，抿嘴儿一笑，极甜，却不媚。看来，这位监考官认得我……那么，她是这所市立中学的教师，还是……马萧忽然记起，从前自己的书房，不是常有本市一些大学的女文学青年造访、嗲声嗲气称自己为“马老师”吗？啊，对了，说不定这位监考官就是毕业不久的“文学青年”！想到这，马萧的心里陡然升起一股阿 Q 式的胜利感。

雪白的试卷发下来了，三张。马萧接过试卷急急展开，原来只有三大题，一张卷上一个题，一段现代文，一段文言文，一篇命题作文。细细一瞧那段现代文，马萧的心立即怦怦狂跳起来，微蹙的眉头立然舒展，均匀的呼吸猛然变得急促，啊——这段现代文竟是选于自己七年前那篇轰动一时的短篇佳作！

太巧了，天助我也！马萧的意识顿时急急流动起来：喜滋滋捧着红色封皮的大专文凭回家……作家兄弟们纷纷向他道喜祝贺……俊老婆眉开眼笑特地买了几条伦敦的正宗“555”犒劳……美丽活泼的女儿兴奋地表演了迪斯科……职称……房子……马萧的意识流得好快好欢。

不行！不能让意识无休止地流下去，不能因好运冲昏了头脑，得抓紧做好才行！

马萧慌忙将意识流截断，控制住加快的心率，屏气凝神，细细看起这个占 40 分的现代文题目下的十大要求来：

“第一，指出文中加点的词的词类及感情色彩，并分别写出反义词、同义词及多义项。

“第二，指出这些加点词的构词法，以及这些构词法在汉语中的意义，并举例说明。

“第三，指出这一段文章共有几句话，并写出单句的成分、复句的关系、句群的特点、语法场的作用。

“第四，指出画横线句子的八点深刻含义、十九个基本语素，并将句子由陈述句改为疑问句，而后改为祈使句，再指出它是属双宾句、连谓句、兼语句还是存现句，试作简要分析。”

“第五……第六……第七……第八……第九……第十……”

看着看着，马萧两眼直冒金星，豆大的汗珠嵌在他额头上。

这时，考室里又进来一位监考官——一位脸色蜡黄的“四眼”老头。这老头一进来就坐在讲台前，四只眼睛定定地瞄着这几十个大专文凭的崇拜者，那样子似乎就是：倘谁越轨，定抓不误！

十来分钟过去了，望着卷子发呆的马萧竟还没在卷上写上一个字，心儿怦怦急跳，不过，这时不是兴奋得急跳，而是惶恐得急跳了。汗水浸湿了他的纱背心，也顾不得诅咒炎日里考室没装电风扇了。

忽然一阵香风拂来，接着那香便定在身边。马萧顺着桌边迷人的腰身往上望去，他看到了女考官一张微笑的脸，这是适度纯正的微笑。马萧感到的却是嘲笑，是讥讽，且笑中藏着巨大的蔑视。咳！一位年逾天命的知名作家，却要受这比自己女儿大不了多少的女士监管。马萧惶然懊恼的心中不禁腾起深深的悲哀！

…………

太阳当头，马萧拖着疲惫的肥胖身子，在街边梧桐树阴下走走停停，停停走走。两个小时的考试，他汗衫湿透了，裤子也湿了，收卷铃声一响，一站起，屁股粘着方凳一同离开了地面，引来一阵不大不小的笑声。他认定第一门考试决不能失败，何况没有死题（现代文 40 分文章节选自自己的小说）。因而他发了一阵呆后，还是硬着头皮认认真真、糊里糊涂、莫名其妙把题全做完了，将三张试卷写得满满当当：这，便是此时漫步在梧桐树阴下的马萧唯一的慰藉。

“您好——马萧同志。”一声甜美的叫唤响在身后。马萧转身一看，原来又是面带微笑的年轻女考官。这女士没称“老师”而叫“同志”，那她不是从前叫“马老师”的“文学青年”啰……

“你是……”

女士莞尔一笑：“我是刚才那所中学的语文教师，姓肖。”

两人并排漫步在梧桐树下，这一男一女，一胖一瘦，谈得很投机。马萧心头郁积的不快似乎消却了许多。女士似不经意地说：“您的考卷我在收卷装订时匆匆浏览了一通。”

“怎么样？”马萧听后，立即停步盯着女士。

女士又是莞尔一笑：“嗯，都做了。”说完继续向前走。

这时的马萧却毫不让步了，他大步向前拦住女士：“你只管说，到底怎么样？说真话。”一双眼睛像刚才的“四眼”监考老师盯着考生那样盯住了女士。

女士那双清亮的眼睛也望向作家马萧，许久，她低下了头：“既然如此，那我就如实告诉你吧，不过，这对你下一门的考试可能有影响。很遗憾，你 40 分的现代文题最多只能得 10 分；作文呢，似乎没审好题，议论文的题目你写成散文了……”

啊？

一个寒噤迅速在马萧的背脊上流过。

“走吧，慢慢谈吧。”肖女士柔声说着，怔怔站着的马萧机械地跟着女士迈着步，女士又说了些什么，他一点也没听见。

到了分手的地方，女士转过身来：“没关系的，马作家，也许人家比您考得更差呢，再见——”女士妩媚地一笑，而后挺胸收腹，向一旁的小巷翩然而去。

马萧直直地站在街头，呆望着肖女士消失在小巷里。一股腥味渐渐包围了他。他侧脸一看，原来树旁的建筑是一个屠宰场，但见一个个屠夫将一头头活生生的猪杀掉，剥皮然后剔骨削肥，砍得七零八落……马萧猛然悟到，自己的文章今日不是正遭到屠夫们的剖析与分割吗？！一段好好的文章，偏要被斫得七零八落、条条块块、血肉模糊。马萧怒从心起，对着刚才肖女士离去的小巷愤然一骂：

“无聊的屠夫——你们！”

你们？马萧顿而一想，啊——如果不是肖女士指出自己没宰割得当，今日自己不是也在认认真真地肢解着自己的作品吗？！

烈日下，又一个寒噤在作家马萧的脊梁上颤过。

1986年12月 隆回二中

美人之谜

春光明媚。

作家谢尔与好友李民并肩漫步于江堤之上，和风习习，斜阳依依，这对同居一市却半载未晤面的昔日高中同窗，谈兴甚浓。从家庭内外谈到单位内外，从学术纷争谈到文坛走向，声音时高时低，时缓时疾，抑扬顿挫，汩汩滔滔。

“老谢，我看了你好些作品，有个问题总是不解：你的笔下总有那么些美人——容颜美、服饰美、心灵美、行为美、智慧美，总之，一切都美得无可挑剔。唉，生活中哪会有这样十全十美的人呢？这，是不是你作品的致命缺陷……”

谢尔驻足停步，以手抚颏，沉思少顷，迈步朗朗一笑：“走，走，我的数学家，上前面的咖啡亭好好喝一杯再说。”

顺着江堤望去，但见百步之外，花草丛中立一小亭，古色古香，笼罩别样诗情。

谢尔、李民心旷神怡，悠然前往，未行几步，从斜刺里闪出一对红男绿女，落在了前头。红男挽着绿女，亦款款迈向咖啡亭。

从背后看去，这女子实在太美！长腿，圆臀，蜂腰，青油油亮幽幽的秀发奇巧地绾着，足可领导世界新潮流。秀发衬出白皙的脖颈，一对薄薄的造型别致的耳朵在夕阳中曚昽着一层光晕。袅袅婷婷，青春勃勃，性感极了。

曾经沧海的谢尔与李民，此时已顾不得交谈，用眼睛和身心贪婪地品味着蓦然中降临的仙女，两颗搏动了五十多年的心脏，和着女子高跟鞋踏出的咯噔声，在嗵嗵地跳着。

只是，还不能一睹女子的芳容。真让人焦急。

绿女依着红男，似神似仙踏上几级青幽幽的石阶，入了亭间，洒脱地落座于一中号圆桌边。谢尔、李民像被磁铁吸着，亦于圆桌边坐下，美人的脸蛋一览无余地落在了作家、数学家烈焰腾腾的“射程”之内。

这是怎样一张美艳的脸啊！简直是上天鬼斧神工的杰作！那眉，那目，那鼻，那唇，绝美中袅出不尽的高雅。

三男一女沿桌而坐，怀着不同的感觉在品啜着咖啡。少顷，美人开启红唇：

“老公，这咖啡好像味道不正哦——”

谢尔、李民一时大惊。

这声音且粗且嘶且哑且俗，让人不堪忍受！两人愣了片刻，杯中之前因这美人而变得格外香甜的咖啡好像瞬间变了味。

两人缓缓起身，各怀复杂的心情再次望了绝世美人一眼，然后闷头步出了古色古香的咖啡亭。

江堤之上，景色依然。李民一声长叹，闷声闷气地说：“唉——这美人如果声音不沙哑不粗俗，美得完美，美得无瑕，那该多好啊！”

谢尔双掌一击：“老同学，刚才你不是问我作品中的一些人物为何要写得完美无缺吗？现在你自己已作出了圆满的回答；而且，存在于历代作品中的‘美玉无瑕’现象，成因也在于此。”

李民一愣，驻足思悟，眉目立时舒展，朗朗两声：“哦——哦——”意味深长。

沐浴着斜阳，吮吸着清风，谢尔与李民又添谈兴，款款步入前面一片葱茏之中。

1990 年 7 月 娄底

温柔的绞杀

（某年某月的某一天，文坛上发生了一桩小小事件。因此事未曾公诸报端，文坛之人知内情者甚少，外人更是难以得知。笔者不敢杜撰，一一从实披露，为免惹出麻烦，特冠曰“小说”。）

作家大 G 实在是个非同寻常的人物。

别看他瘦精精像根火柴棍，声细细像位小娘子，可这些年，他挥动三寸狼毫（大 G 一直用毛笔写稿），把文坛直杀得天翻地覆，一枚枚“重型炸弹”连连在《当代》《十月》《收获》《芙蓉》等高端杂志上炸响！这位捉笔于五十年代，被打成老右沉寂了二十多年，这些年才“出山”的作家，靠着这些“炸弹”开路，声名大振，成了文坛红人！那二十多年只有当老右才能体验到的生活成了他“炸弹”的最佳原料。一个月前，这位文坛骁将、一家出版社的大型文学期刊的副主编，放下手头的工作，准备用两个月的创作假，完成他新的中篇大作；才过去四十天，他洋洋十五万字的中篇小说，就已写好、改定、誊清。原计划两个月完成大作，竟空出二十天来，大 G 心里好不得意！正好，利用这二十天时间，看看书，撰点评论。这些天里，大 G 一直待在出版社他的这间小房里。大儿正在攻取硕士学位，小儿在念大学，唯一可照料他的当大夫的妻子到外地考察去了，因此他乘着出版社里有公共食堂这一便利，在这间小屋里一待就是几十天。

这天，他将誊清的中篇小说稿子送到收发室，迈着轻快的步子回到斗室，泡上一杯酽茶，叼上一支香烟，半仰着身子坐在转椅上，随手抓起一本从 W 市寄赠来的青年文学月刊，悠然自得地翻看起来。

选择看了两篇，觉得不怎么样，合上正想换一本时，封底“征师征友”四个大号黑体字吸引了他的目光。他细细一看，原来是三位文学青年为走上文坛写的征师征友启事。其中一位自称是残疾姑娘。一副菩萨心肠的大 G 看完，心里直感叹：不错不错，一个残疾姑娘竟有如此的信心和毅力！鬼使神差，大 G 突然萌生出给姑娘写封信的念头。

想到便做，他忙铺纸提笔写将起来。从对姑娘遭遇的同情写到人应该怎样对待命运，从身残志坚的道理写到古今中外一些残疾人的惊人成就，从对姑娘文学选择的钦佩写到应如何走上文学之路。大 G 一时兴起，文思泉涌，一写而不可收拾，待到“匆忙搁笔”时，好家伙，已密密麻麻写了十页！他将超级长信塞进信袋送到收发室后，电话来了。原来，本省一村庄改革成功，一下子成了全国少有的富裕村。村主任点名请北京一位以写工业改革小说驰名文坛的中年作家去写他们村。那位大作家刚才抵达本市，提出本省也去一位作家，于是，省作协便给出版社的大 G 打来了电话。

大 G 先是一喜，可以会会这位作家，接着有些不忿，哼，这位村主任显然对本省的作家不信任！但考虑到自己正闲着没事干，犹豫片刻后还是答应了。八天之后，大 G 掉肉两斤，脸黑三分，风尘仆仆回到斗室，疲惫不堪但雄心勃勃，决定利用自己对本省风俗谙熟的有利条件，与北京的那位大作家比个高低！他闭门构思三天，一切准备就绪。

今早天一放亮，大 G 就爬了起来，洗了脸，刷了牙，跑到街上买了烟，匆匆在食堂吞下两个馒头，喝下一勺稀饭，赶回斗室，摆好砚，调匀墨，铺开纸，燃起烟，正待开笔，咚咚门响了，烦人！

大 G 只得起身开门，收发员抱着昨天下午到的一大摞报纸杂志信件递了进来。大 G 没好气地接过，啪啦一下掼进大抽屉，端坐稍许，待激情重新涌起，又提笔写将起来。

大手笔毕竟是大手笔，大 G 下笔有神，妙笔生花，一小时过去就写下近两千字。他越写越来劲，精神进入最佳状态，浑身沉浸在创作激情之中，达到了物我皆忘的境界。

咚咚咚，“大 G 在家吗？”

“大 G 同志在家吗？”咚咚咚！

如同一匹正遨游蓝天的飞马被人当头一棒从高空摔在地上，大 G 蓦然被敲门声惊醒，满是扫兴满是悲哀满是气愤！！！

门一开，亮进一对“瓶子底”：“您好，大 G！我是本市晚报记者老 K。”自称老 K 的记者满脸堆笑却又不失仪态。满心不快的大 G 本想让他站着说话好早点打发走，可看着他笑得十分适度的脸，只得装出高兴的样子请他落座。

“记者同志，我今天正动手创作一部中篇，实在没时间会客，非常抱歉。您……是否改日再来呢？”大 G 待记者坐下，递过一支烟去，单刀直入。

“哦，是这样，今天我们在 W 市的报纸上看到您给一位素不相识的残疾姑娘的长信，十分感佩。想请您谈谈，您写那封信的前前后后……”

大 G 着实吃了一惊！没想到自己十一天前一时兴起写的长信这么快上了 W 市的报纸！可是，今天写稿心切，哪有心思谈这些。

“记者同志，那实在没有什么可谈的，一时兴起，就……”

“不不不，您不要太谦虚。现在的文学青年们普遍反映如今的大作家都变得非常自私了，根本没有鲁迅、老舍对待文学青年的那股精神。现在全国各地大刊物被他们垄断，文学青年寄给他们指点的稿子，他们不理睬；岂止作家，就是专门看稿的编辑，也是鼻孔朝天，对文学青年们自然来稿不屑一顾，唯名是取。您是一位知名作家、大编辑，忙碌之极可想而知，却主动给一位素不相识的文学青年写热情洋溢的长信。对比之下，实在让人感慨万千，油然而生崇高敬意。您既为大作家，又是大编辑，因此，我们决定好好报道一下您的事迹，缓和一下编辑与文学青年之间越来越紧张的关系，沟通一下作家与文学青年之间的感情……”

老 K 一口气说了一大串。没想到这位看上去有些酸迂的老 K，口齿竟如此伶俐。看来，今天碰上了一位难打发的人物了，大 G 心里不禁暗暗叫苦。

无可奈何之下，大 G 只得心不在焉地说了起来。老 K 不断插话提问，软磨硬泡了一个多钟头，心满意足的老 K 方才翩然而去。

重新在桌前坐定，大 G 怎么也点燃不了激情。激情，对于作家大 G 实在太重要了！没有激情，大 G 根本写不出东西来，即使硬着头皮往下写，文字也干涩枯燥，决不见一丝文采。大 G 只得一支接一支地抽烟。待烧去半包，方才有了些许激情，他提笔正欲慢慢写起。门又咚咚地响了。背时！

大 G 满脸不高兴地开了门，进来的是一位长得女性气十足的男青年；鼻梁上拱着一副眼镜。不知怎的，大 G 一向不喜欢眼镜，看到戴眼镜的人，他总感到有些酸。

"你……有什么事？" 大 G 尽量做出平和的样子问着，但脸上的乌云明显可见。

"我……我，我是想……"小青年讷讷地站在屋中，不知所措。因为大 G 还没让他坐下。

"你尽快说吧，不要紧张，坐吧。"

小青年坐下了，那扁扁的胸脯慢慢没有方才那般高低起伏了，可眼睛望着地板，静下神来，终于说起来。

原来，小青年是乡下人，1980 年高考落榜戴着近视眼镜回了农村。挖山耕地，他没得力气；搞买卖做生意，他没这方面的天分；养猪喂鸡当专业户，他贷不到款，也没勇气去贷。在家里简直一筹莫展。邻人乡里都笑话他这个戴眼镜的农民。于是，他选择了创作，决心用稿费来维持生计。从此，他白日劳动，晚上伏案写作。几年过去了，至今却还未发表过一个标点符号。如今婚未成，家未建，落得两眼泪汪汪。攒了一些钱于昨日跑到市里堂姑妈家，今早看到 W 市的那张报纸，上午就赶来了。

“好了好了，我且问你，你考虑过自己是不是干作家的料这个问题——也就是说，你正确客观地掂量过自己吗？比方说，你有没有丰富的想象力、灵敏的感受力、充分的表达力等一个作家必具的素质？”

“这……不过，我对自己还没完全失望。我想，我的一些习作应该说是达到发表水平的，只是……”小青年说着，从还背着未放的袋中抓出两瓶酒来，又抱出厚厚的一沓稿子，正欲说下去，大 G 抢先说了：“小同志，酒嘛，你带回去，你的稿子真正达到发表水平，不来这一套也能发表，再说，我又不喝酒。稿子嘛，你交给我们编辑部的值班同志看一看，他们一般是不会埋没一篇好稿子的。我这几天很忙。”

大 G 说着就站起身来，那意思是——送客！

小青年慌忙站起：“G 老师，您是否现在就为我看看？要是今天不得空，明天看也行。反正我后天才回乡下。交给那些编辑老师，我不太放心，因为您不同，我在 W 市报上看到……”

“哎呀，我说小同志，你怎么对我们编辑同志这么不信任呢？

要知道，绝大部分编辑、作家都是热情扶持青年作者的，同我一样；只不过我的情况被报上介绍了一下而已。”

“不不不，您与他们不同。G 老师，我去年曾给这个刊物寄过一个中篇，七个月不见音讯。我隔不久就写封信询问，共写了三十多封，都无回音。后来又写了几封给‘编辑部负责同志’，也未见回音。到第十一个月时，稿子被退了回来。我叫胡林，稿末注着‘× 月 × 日写于杨子岗’，退稿信封上竟写着‘杨子岗同志收’。我写得好苦，盼得好苦，最后编辑老师连我的名字都没看清就退回了……”

大 G 不禁“哦”了一声。他忽然记起，去年好像收到过几封言辞恳切的农村作者来信，请求帮助查稿，但自己当时极忙，没有理会。大概在收到第九封信时，才将信转给编辑部一主任，嘱咐查一下。十一个月……三十多封信……名字没看清，这一切他都未想到。大 G 一下子想到了当今好些杂志社的不正常的编风。他将情况解释了几句，最后以答应收下稿子过些日子亲自看为条件，将小青年打发走了。

下午，W 市电视台三个年轻人扛着摄像机也赶来了，把大 G 着实折腾了一番。

晚上，一位虎背熊腰、蓄八字须的年轻“武林高手”造访，请教怎样写武打小说，大 G 又被磨缠了许久。

夜里，大 G 倒在床上翻来覆去睡不着，想着白白耽误了一天。愈想愈怄气，愈怄气便愈睡不着。

天亮了，迷迷糊糊的大 G 爬起床来，没心思跑步没心思做操，一个人呆坐到早餐铃响，才摇晃着走出房门，去对付那两个馒头和一口稀饭。

大 G 沮丧地坐在了桌前，脑袋中迷糊一片。他狠狠地抽着烟，可激情久久不曾降临，他久久不能进入意境，一日之隔，竟然判若两人，全不似昨日上午激情昂扬的大 G 了。他翻出一盒清凉油，狠狠地在额上、太阳穴上抹了一层，辣得几乎溢出泪来，脑子顿时清醒了许多。他不禁有些兴奋，一兴奋便来了一丝激情，一来了激情便立即抓起笔来，一句话只写了半截，天啦，门又响了！

大 G 决定就这样坐着，不理不睬不作声。

可门依然响着，咚咚声中夹着“大 G、大 G”的叫声，看来这个不速之客是不见人不罢休了。

开了门，进来的是远道而来的《文艺家》周报记者。

大 G 只好把脸上的乌云藏起，请记者落座，然后是递烟、倒茶。要知道，《文艺家》乃全国文坛一大要报，文坛艺苑之人多少与它有些联系，在文艺家和文学青年中有广泛的读者。自己虽然名气不小，但大概只能算个二流作家吧！要想跃入一流作家行列，除了靠自己今后写出过硬的作品来，还需要《文艺家》的介绍、评论，或者说得直白点，就是需要它“吹”“抬”。它对作家的评价，往往代表文坛的评价。大 G 清楚地记得，去年该报一名记者前来采访组稿，大 G 没有应诺。不久，大 G 与十余位作家出访国外，《文艺家》在一则报道中，竟把他排在第九位，屈居两位新潮派青年作家之后。值得庆幸的是，自己的名字毕竟被排出来了，因为，自己的名字后面出现了“等”字，其余几位著名作家的名便被“等作家”罩住了。可见，《文艺家》是不能得罪的。大 G 在记者面前道了这几天自己的苦衷之后，还是比较热情地回答了记者的一切问题，然后才把这风尘仆仆的记者打发走了。

记者走了，大 G 怔怔地坐在桌前，气恼、沮丧、懊悔一齐涌上心头。他感到一刻也不能待在这房里了。宁肯在家吃方便面，也不能在这把时间全部磨掉！他立马把有关采访材料塞进提包，匆匆忙忙跑出出版社，换了两趟公共汽车，买了一大袋面条，跌跌撞撞溜回了自己的家。

洒水。扫地。煮面。胡乱吃了一点面，大 G 坐在典雅的书桌前准备创作，这时瞌睡袭击了他。多年养成的午睡习惯使大 G 一年四季天天得睡。忙了八天，没能睡上一次午觉；昨天中午被折腾得睡不成，晚上也没睡好。今日是该好好睡上一觉了，然后起来头脑清醒地写作。

大 G 撑着越来越沉重的脑袋上了床，轻轻地摊开了四肢，长长地呵了一声便酣然入睡了。他实在太疲倦了。

咚咚咚……“老 G 在家吗？我是老 Y。”

咚咚咚……“在家吗，老 G，我是老 Y 呀……”

大 G 刚刚入睡，正做着好梦，蓦然一阵响声从天而降，把他吓了一跳！一屁股坐起，揉揉红红的眼，方才知道原来是有人在敲门。此时大 G 简直怒不可遏了！自己躲到家里也追来了！他骂了一句脏话重新躺下，紧闭眼皮：但由于刚才一气愤一叫喊刺激了神经，他已根本不能再入睡。

悟着刚才的话声，大 G 似觉是朋友老 Y。他下床开了门，啊，果然是老 Y！正在门外低头踱步欲离去。

朋友千里迢迢而来，大 G 不得不强打起精神热情招待。老 Y、大 G 是五十年代一同在文坛起步的朋友，同样，后来一同被打成老右。遗憾的是，老 Y 恢复名誉后并未在文坛上站起，而埋头于编辑工作了。由于作品不多，影响又不大，所以至今还只在某省一家杂志社当个主任。大 G 出山后的第一篇小说就是在老 Y 那家刊物上发表的，还产生了影响。有了这层关系，大 G 能拉下脸来，把这位千里迢迢而来的老友拒于门外吗？！

老 Y 此行，一是来看看老朋友，二是组稿，并附带采访。他听了大 G 苦不堪言的境况，又仔细询问了关于大 G 关心文学青年的情况之后，很知趣地走了——尽管大 G 一再相留并提出晚上请老 Y 吃饭喝酒。

市委统战部部长的千金小姐来求教了。大 G 颇无耐心但有分寸地把这位貌若天仙高傲任性的娇小姐打发走了。

娇小姐走了以后，又来了两位文学青年。大 G 答应将他们的稿子转给认真负责的编辑，将他们坚决打发走了。

这已到了晚餐时间，大 G 于是又煮面吃面。要是夫人不外出考察多好。

转眼已是夜晚，大 G 再一次坐在典雅的书桌前。额上太阳穴上厚厚的清凉油辣得他紧紧蹙着眉头。眼看着两天时间就这样被白白磨掉，他下定决心，从这夜起好好地写，静静地写，快快地写，任何人都不见，哪怕是《文艺家》的记者也决不理睬！大G准备豁出去干他一场！

强行提起精神，接着昨天早晨开始写的那几千字——天，到今晚了，稿纸上还是昨日早晨的那几千字！还好能渐渐进入意境，半小时过去，稿子便翻过去好几张。

"G老师——"

"啪！"大G的笔惊落纸上。

"G老师……G老师……我能见见您吗？"

索命的魔音一直在门外响着，敲击着大G的脑袋，袭击着大G的激情，消灭着大G笔下的文采。准备不理不睬继续写的大G终于怒气冲冲奔到门边，啪啦一下拉开了门，随着门开，一团身子夹着棍棒猛地向大G砸来，已疲惫不堪的大G本来就没站好，顿时抵挡不住，啪的一声，摔倒在地。

大G被这从天而降的袭击惊蒙了！当他发现砸在自己身上的原来是个女人时，他顿时感到一种难以忍受的奇耻大辱！他伸出瘦骨嶙峋的手，正要推开这无耻胡闹到了极点的女人，女人已挣扎着爬到了一边，喘着粗气忙不迭地道歉着："对……对不起……G老师，我叫了几句……以为您不在……就靠门歇一下……"只见她抓着木棍——拐杖，吃力地想爬起来，却未能爬起，豆大的汗珠从额上滚落下来。大G又实实在在吃了一惊：原来她是只有一条腿的重残青年!

大G心头的满腔怒火顿时消却了许多，赶忙从地上爬起，揉了一下自己被摔痛的屁股，将女青年扶起坐在一旁的沙发上。

掸去身上的灰尘，大G也在对面的沙发上坐下了，想着刚才这一幕情景，大G说不出是懊恼还是恚怨，自己一个知名作家竟然如此狼狈地滚在地上，可是又怎好责怪这残疾姑娘呢?

姑娘是本市西区的一位残疾了多年的可怜儿。但她不甘心无聊的生活，决心学习张海迪，做一个残而不废、身残志坚、对社会有用的人。她在报上看到大G对W市残疾姑娘的热情关怀，感动得热泪盈眶，下午出发，上车下车，下车上车，东问西探，千辛万苦，直到晚上这个时候方才找到这儿。

姑娘又十分详尽地说起她们西区一群残疾青年办起的售报亭，还成立了“小草文学社”，希望得到大G经常性的指导，请大G当顾问。

大G犹豫了一下，但还是答应了。他站起身来，热情地请姑娘快回去，说留在这里睡实在不方便。姑娘却并未站起，从袋里摸出了几页写得密密麻麻的文学社章程请大G过目。大G耐着性子把章程看了，然后送姑娘出了门，又送了百步远之后才反身踅回。

待重新在桌前坐定，晚上的黄金创作时间已过去了。此时大G再也没了一丝激情，烟抽了一支又一支，清凉油抹了一层又一层，可脑袋如同灌进了铅，闷重成迷糊一片。写写撕撕，熬到十二点，加上昨早写的统共还不到八千字！几十天吃住都在出版社，已亏了身子，八天的采访奔波又使本就虚弱的身子更加疲惫，这两天又被折腾得差点瘫倒，大作家再也支持不住了，抱着头，摇摇晃晃走向卧室，重重地倒在床上。

子时悄悄过去，丑时又慢慢到来，大G还在床上翻来覆去。他气、他恚、他烦，两个月的创作假只剩七天了，自己无论如何要在上班前把中篇初稿赶出来，然后再细细改誊、寄出。他一定要赶在北京的那位著名作家前，让自己的作品在文坛上被人交口称赞！他一定要用这部作品在文坛上掀起一股飓风，与北京的著名作家争个高低！让全省的人民、让那暴富村的村主任知道，省城的作家绝不比京城的作家差！

想到自己这两天遭到“车轮战”般的袭击，想到北京的那位作家也许已完成一半或者完成全部初稿，大G的胸中顿时郁积一腔无可遏止的愤怒！当想到这一切都源于自己十多天前的那封长信时，他感到彻骨的寒心、悲哀和懊恼。寅时将过，他才勉强入睡了。

天亮了，大G被一种似有似无的嘈杂声惊醒。他吃力地下了床穿好衣服，走出卧室时脚步有些踉跄，脑袋依然似灌满了铅，闷重得让脖子支不住。拉开门想呼吸一下新鲜空气，骤然被电击了一般僵住了——啊！门外齐刷刷站着两长排少男少女，每人手中都抓着稿子，看到大G，眼里都迸出惊喜之光，不约而同齐叫起：

“G老师——早上好！”

大G顿时两眼发黑，双腿一软朝前跌倒，他顺手去抓门框，没够着，额头重重地磕在锁舌上，额上立即射出一注殷红的血来。

文学青年们被这意外的一幕惊呆了，僵立了几秒钟后，方才反应过来，叫着“G老师”呼啦拥了上去。

十分钟后，一辆救护车一路呜呜尖叫，载着大G向医院飞奔去。

十天后，市晚报上发了一则消息：

“著名作家大G同志，因笔耕不辍，编务繁忙，心力交瘁，已染恙住院入ICU，谢绝探视；几日来收到各地寄给大G同志亲启的稿件已达一万两千多件……为免耽误，请作者们切勿再将稿件寄予大G同志。”

1986年3月 辰河畔

世情百味

灵仙床上的春梦

是弯弯的月儿投来的光亮，还是幽微的晨曦光临窗前？

迷迷糊糊中，郭七只觉得窗口有一种似亮非亮的光，在梦中吗？又好像不是，他每天起床之前似乎都是这么迷迷糊糊的。那么是醒了？可身子又像被一阵香风托着，忽上忽下，忽下忽上，就像小时候在晒棉花的小坪上被人捉着四肢往棉花堆中抛一般。梦，又不是梦，醒，又不像醒，郭七就在这梦与非梦之中，静静地躺在他的灵仙床上。

养鸡场五十岁的老工人郭七怎么睡有一架灵仙床？养鸡场的工人们大多不知道，年纪轻轻的工人们又怎么知道呢？要问灵仙床是谁家的，又是哪朝哪代做成的，那么他们就会说，那是解放前一位财主家的，解放时财主被枪毙了，床就留下了，大概后来就到了这场里。至于出于哪朝哪代，大家便猜测说是民国初年的，当然也有说是清朝的，倘要细细一问，则谁也说不清了。

灵仙床比一般的床要宽要长，床架上都刻着一些花鸟，两侧镶着一块块大玻璃。这些大玻璃从前被打烂了，郭七又给嵌了新的。伸向床面的架子上，还有一个能转动的帽架子，睡觉前用来放帽子的。床有八只脚，每头的四只脚之间都夹着一个盒子。一头是用来装糖食果点的，大概从前的人不懂得睡觉前不宜吃糖食，睡在床上一拉盒子就可吃到；另一盒子中则是一只不大不小的尿钵，晚上要起来解手时，拉开盒子即可行事。解完手后将盒子一合，一丁点臊气也没有，因为盒子与床的缝儿极小。灵仙床，“灵”可能就是这个“临”的谐音吧，取一到床上，就像临到了仙境一般之意，“灵仙床”的名字由来大抵如此。

郭七在这灵仙床上睡了二十多年，二十多个春夏秋冬过去，床，老成了黑红色；人，过了天命之年。可他——郭七，仍是光棍儿一条。

民国二十二年，郭七从娘肚子里坠下来。那天早晨，太太去上茅厕，肚子一疼，就在茅厕边生下了郭七。据当时的接生婆说，郭七的背上爬着一条蜗牛。“是从地下爬上去的。”太太这么说。

郭七在锦衣玉食中长大，性格果然像只蜗牛。他走起路来，慢腾腾的，像只蜗牛；做起事来，慢手慢脚，不躁不急，像只蜗牛；他的脑子似乎也似蜗牛，反应异常迟钝。太爷置有几十亩田土，又在几里路外的小镇上开有一家铺子，钱米如山，便请了一个老先生在家里教书，可没到两年，先生就换了好几个，一个个临走前都留下话，说郭七不是读书的料。郭七一句书念上几十遍，到第二天早上又忘了。

老先生拿着《诗经》教《关雎》：“关关雎鸠，在河之洲。窈窕淑女，君子好逑……”

郭七仰着头这样读：“罐罐煮粥，菜和鸡粥。要条熟鱼，肫子好臭……”至于这“罐”“粥”还有鸡胃“肫子”到底怎样写，郭七直至今天也未能知道。辍学这年，郭七刚好十二岁，闲着无聊便跟着哥哥郭六学当掌柜了。

老太爷一妻一妾。妻王氏长得丑，但给他生了两个儿子，妾翠香长得漂亮，可花香不结果。老太爷大儿子郭六天性没有郭七钝，但不务正业，游手好闲，掌柜时天天在铺板上同公子哥们打牌，生意自然不兴隆。郭七跟着哥哥在柜台前玩弄了一年多，人长高了点，牌也会打了，便也加入了打牌的行列。有人来买东西了，郭六就要郭七放下牌去卖。郭七卖的次数多了，两兄弟便互不相让，后来索性谁也不去。

买主站在柜台外：

“老板，称二斤盐。”

郭六懒得回话，郭七便慢腾腾地说：

“你进来称啰——”

买主买好了：

“老板，你收钱。”

郭七看都不看，一边抓牌，一边又慢吞吞地说：

“你放在钱盒里啰——”

日子长了，大家摸着了路数，便买货少放钱，胆大的，不但不放钱，还从钱盒中抓一把。老太爷住在乡里，一年难得去铺里一次，铺子辞去伙计后，便任凭俩少爷经营。这年年终结算，不但钱没赚，反而折了一千多老本，老太爷一气之下吐了血，咽气之前，留下妻室儿女的养生费，将其余的账据统统烧了，口中念着“造孽”进了冥府。老太爷一走，妻王氏不久也随着升了天。爱妾翠香年纪轻轻没了主儿，便想跟大少爷郭六正式过日子。郭六碍着面子，虽然老太爷死后也跟她暗中动作了几回，但还是没依。翠香养在家中也不是正路，不久便也远走高飞了。民国三十八年也就是公元一九四九年，天下翻了一个底朝天，郭六喝醉失脚落入塘中丧了命。郭七家落了个破产地主兼商人的牌儿。这一年，郭七刚好十六岁。

郭七在农村的房屋被贫雇农分去了，在小镇上的铺子被贫民分去了，他的住处被安排在小镇边一间低矮的木板屋里。他从小就没做过什么事，加上那蜗牛一般的脾性，这个落魄地主子弟很快就要沦为乞丐了。政府给了他一只碗，看他解放前站过柜台，经过一番彻彻底底的教育，把他安排在一家政府办的商店里当了售货员。不久，小商店就扩建成大商店。几年过去，郭七长成正正式式的男子汉，懂得事了，时时想找个妹子暖被窝，可在人们一见“地主”就像遇见毛毛虫一般的年月，有谁家的妹子肯和他这个地主子弟一起过活呢？ 他的相貌虽然和善，却有点丑陋，倒挂八字眉，半黄不黑的头发稀拉拉在脑上点了几丛，再加上他蜗牛一般的脾性，就是良家子弟，也难有妹子看上，何况他那黑牌儿？因此，这几年虽有过一些好心人提亲，但都没能成。

郭七二十四岁那年，距小镇四十多里的泥山弯有个寡妇，寡妇有个女儿叫张山姑，想跳出村穷、家穷的泥山弯，找个月月拿票子的人过活，不嫌郭七地主子弟的牌，不厌郭七倒挂八字眉的貌，与郭七订了婚。这可把郭七乐癫了，嘴巴差点笑到脑背后，逢人话多了，走起路来似乎也不那么慢了。他把几年积攒的钱办了一只大柜子，买了新枕头，置了大花被。他怕山姑要梳妆，又买了大圆镜、长柄梳；他以为山沟的妹子脑生虱，还买了一把红篦子……几平方米的斗室，没几天修饰成里外全新的小“洞房”。天没断黑，他就早早上了床，闩紧“洞房”门，趴在床上抱着大枕头搞“演习”。一手抱着枕头，一手在上面轻轻地拍着，像哄小孩儿一般：

“山姑山姑你莫骂，

郭七每天给你两个蛋……

山姑山姑你莫哭，

郭七给你念诗书。”

说着，他果真念着小时候老先生教的、至今唯一还记得的诗来：“罐罐煮粥，菜和鸡粥。要条熟鱼，肫子好臭……”念着念着，飘飘然呼呼入梦了。一觉醒来，发现自己抱着个花枕头，浑身是那般难忍难耐，便掰起指头算计着结婚的日子来，眼看着喜事就要到了，横祸从天而降：郭七一夜间成了“右派”。他吓蒙了，不知道自己到底什么时候闯下的祸。没过几天，寡妇差人把女儿的彩礼退给了郭七，说她的女儿可嫁地主子弟，但不能嫁“右派”。是啊，地主子弟终究不直属“牛鬼蛇神”。郭七差点昏厥过去。当天夜里，他剪烂了花枕头，摔破了大圆镜，砸碎了梳和篦。他恨张山姑绝情，他恨自己的嘴巴造祸，抡起拳头将嘴唇打得鲜血直流。没多久他离开了柜台前，当了厕所的卫士，每天打扫了商店的地板后就去冲洗厕所。一九五八年县里办起了养鸡场，郭七就被分配到养鸡场改造去了。唉，谁知，这一来就是二十多个春秋……

“咯——咣——咣”，公鸡的鸣叫，好像从遥远的天际飘来，郭七在似梦非梦的仙境中，似乎也听到了这一声破晓的啼鸣，那么，这是鸡叫头遍了，它预示着再过个把小时，晨曦就要光临人间，光临这个离县城三十多里、由十个工人经营的养鸡场。

养鸡场的十个工人中，年青的占着多数。三个未婚的小伙子，两个未嫁的姑娘，除郭七年老外，余者就是几个半老不少的中年人，另有一位场长。这个编制还是这两年才形成的。当初，由一个干部（灵仙床大概就是这位干部带去的）领着大家办起这个场，几经风云，鸡场总算保下了，如今这里还有小猪房，有一口四亩多的水塘。郭七当了小食堂的炊事员。小食堂只六人吃饭，其余的，他们自家开伙，郭七便又包着喂猪房的几头良种猪。猪一年可出栏两次，由地区外贸局征收送往香港换港币。埋头实干，默默无语，经过多年“改造”的郭七，成了一个有菩萨心肠的慈善人，只是他那天生的蜗牛脾性还没有变。因此，场里的人都叫他“七叔”，一个个都爱与他开玩笑，促狭鬼范小三尤爱跟他闹趣儿。

“七叔，你的灵仙床软和吗？”

“七叔，曹局长的千金曹晓丹给你写信了啵？”

促狭鬼范小三一说起这些话来，郭七爬上皱纹的脸上就会钻出一片红晕来。

郭七被打为右派之后，彻底断了娶妻的念头。他自己从未提，也没人给他牵线，光阴荏苒，兔走乌飞，白发爬上了他的鬓角，额头刻上了一道道纹路，然而几十年蕴蓄的情愫，越来越搅得他不安起来，对女人的神秘感使他想瞅女人，然而一瞅又心跳，以至场里的几个黄花妹子在他房中玩了一会后，他都要在她们坐过的凳子上盘腿坐上一刻钟，他内心时时涌动着深深的激情，但言行外表丝毫也没露出半点的情欲来。他知道自己是几十岁的人了。

养鸡场离县城有三十多里，只有一条小马路通县城，小马路虽只能跑“手拖”，却较为平整，场里的工人们除郭七外都会骑单车，他们常不常骑着单车去城里。

这年春天的一个下午，这小马路上骑来了一男一女两个人。男的五十来岁，是县农业局马股长，女的二十多岁，是县农业局曹局长安排在本局工作的小女儿曹晓丹。因为该县没设水产局，这养鸡场自然属农业局管。他们中午出的发，可骑到半路上时，曹晓丹骑的车出了问题，马股长使出浑身解数修了近个把时辰才又上了路。检查了工作，吃了饭后，天便开始断黑了，两人只得在场里夜宿。天断黑后，场长老邹作出决定：马股长睡他的床，曹晓丹睡郭七的床（场里两个年轻妹子这两天不巧回家休假去了），他与郭七到其他男工人的床上去搞“联合”。郭七听了后，心里咕咚了好一阵，是喜是忧，还是……郭七自己也说不清。

春天的夜晚是美丽的，一轮皎洁的月亮悬在空中，静谧极了，鸡场内外一片宁静。会议室里，场长老邹，马股长与几个工人在甩老K，一个个都在劲头上。郭七领着曹晓丹来到了自己的房门口，摸出钥匙打开了门。

“小……小……”郭七在房里憋了许久，想这样说，可“小曹”这个在郭七看来是亲昵的称呼，硬是被他抖抖的舌头挡住了，终于挤出一句：“曹同志，这就是我的房，你看……”不想这“曹同志”一出口，曹晓丹扑哧一声，揉着肚子咯咯咯大笑起来。这一阵笑声，无异于在郭七的肚里甩进一块石子。他心里咯噔一下，全身的毛孔都一齐闭紧了。接着，一串甜甜的声浪流进了晕头转向的郭七的耳里：“七叔，您就叫我‘小曹’或‘晓丹’吧……”郭七的神经这才慢慢舒缓下来，开始在房里毫无目的地东摸一下，西捡一下，晓丹把单车也推了进来。

晓丹长得可真漂亮，头上“波浪”翻滚，紧身裤熨路分明，水蛇腰，丹凤眼，屁股圆圆，体态轻盈，亭亭玉立。晓丹将单车放好了，郭七又把单车搬一下；晓丹已经坐在凳子上了，郭七拿出抹布，说要抹一下。他在灵仙床的一侧拉开了盒子，里头出现了饼干、花生纸包糖，“吃……吃吧，夜间饿了，躺在床上就可以吃……”晓丹好奇地凑了过去，啧啧称奇。郭七正想拉开这头的盒子，告诉她夜间就在这解手，可下了好大的决心，伸去拉盒子的手又瑟瑟地缩了回来，他害怕看见里头的尿钵。光棍儿特有的联想力，使他对说出“晓丹，夜里可在这解手”的话都充满恐惧感。他慢慢地伸直了腰，转到窗口下的桌子边："吃开水……这壶里有……"但"晓丹"二字仍喊不出口。

郭七想问晓丹，是不是骑车出了汗要洗个澡，可又卡在喉咙里没吐出来。如果晓丹提出要洗，那他一定会去给她烧上一大盆热水，把脚盆用香皂擦洗几遍端到房中来的——因为，鸡场是没有澡堂的。郭七正在想应不应向她交代点什么，可晓丹这时轻轻地喊了一声："七叔……"声音中似带有几分羞涩，过了一会还没听见第二声，郭七的脑子里旋即转出一个念头来："她要怎么啦？莫非……如今的浪荡妹子多着呢……她曹局长的千金……"郭七的脑盘子机器还在飞转，晓丹已说了："七叔，嗯……厕所在哪，请告诉我吧……"

哦，原来是这个！郭七赶忙转出房，带着曹晓丹到离厕所没几步的地方才转回来。

他回到房里，坐在自己的灵仙床上，脑子里乱得厉害，在想，又好像没想，脑子里是一团空白。这样怔怔地坐了一会，晃动的脚碰到了床下的盒子，他忽然想到要倒干净尿钵才行，忙跳下床来，拉开盒子，取出尿钵直奔屋侧的草地，倒完后便急急地回到房里，将尿钵安放在盒子中。晓丹进来了，郭七踅出了房间。

翌日清早，马股长和曹晓丹各在单车尾架上挂了几只鸡，走了。郭七的房里没有了晓丹俏丽的身影。他在食堂做好了饭，把菜一人一份分好，喂了猪，匆匆扒下几口饭，就直奔自己的房间了。

关紧门，郭七耸动着鼻子在房里转悠了一通，他似乎闻到了空气中有异样的香味，就像久居山洞的人忽然跑到山洞外闻到的新鲜空气一样，他有点兴奋，同时也有点轻微的满足。他拉开了床头下装糕点的盒子，里头的糕点没动；他拉开了另一头的尿钵盒，尿钵中是干的，显然晓丹没有发现，也许是她没有夜里起床解手的习惯。郭七最后脱掉鞋子爬上床，他趴在床上，把脸贴在枕头上，又把鼻子顶在上面，他闻到了一股淡淡的发香，一股妙龄少女留下的发香。郭七这是第一次闻到了女人的发香，而且又是在自己夜夜睡的枕头上，他有点醉了，浑身的骨头像软了许多，他真想这么脸贴着枕头，鼻闻着发香挨到天黑……忽然，他的窗口下有人走过，他以为有人在监视他刚才的举动，便不声不响地坐了起来，发觉人已走过去时，他长长地舒了口气，绷紧的心又平静了下来。

郭七在他的灵仙床上这样静静地坐着，就像庙里打坐的和尚，刚才在枕头上闻到的女人发香，勾起了他长年蕴蓄的情欲，看着枕头，他想起了二十四岁那年与张山姑订婚的情景，接着又想起了老太爷、太太，想起了那个经常在老太爷怀里撒娇的翠香，想起了解放那年醉跌在水里淹死的哥哥，想到了自己破败的“家”，想到了自己五十几的人了，还不晓得女人到底是怎么回事……想着想着，一滴浑浊的泪水从他的眼窝里爬了出来，沿着脸上道道的纹路，慢慢地滑向脖子，当第二滴眼泪往外爬的时候，他想到了晓丹，想到了晓丹在自己的床上睡了一夜，便缓缓地抓起枕巾，在脸上轻轻地拭着。

可怜的七叔，这也是一种幸福吗？

这也是对情欲的一种满足吗？

郭七的眼光，从窗口转到桌子，从桌子转到晓丹停放单车的地方，然后转向床上的枕头，最后落到床里边折得精精巧巧的大花被上。这床大花被是他当年的“洞房”中保存到现今的一件东西，他一直没盖，直到前几年原来的被子烂得实在不行的时候，才把它从箱底翻出来。此时，他看着花被，慢慢地伸出手，将折得精致的花被掀开了。猛地，他发现了一颗洁白得像玉石一般的小巧的纽扣，两手不住地颤，心在“嗵嗵嗵”蹦，他判断出这是胸衣上才用的，是晓丹胸衣上掉下的！他不由得一阵欣喜，晓丹睡觉也像自己一样脱光衣服睡吗？他跳下床来，将纽扣放在自己装钱的纸盒中，在桌边呆呆地站了好一阵，觉得不妥，又把纽扣放在曾装过冻疮膏、现在擦得晶晶亮亮的小巧的空扁盒中，怔怔地看了一会，又觉得不尽如人意。在房子里闷着头踱着步，踱着踱着，妙策出来了，他把纽扣放在枕头底下，这样睡觉时一摸便有了。他脱了衣服，滑进被中，捏着滑滑的纽扣，闻着枕被的香味，仿佛晓丹就在被窝中，郭七飘飘然濒临了仙境……

“七叔，怎么样？真销魂吧……”

“嘻嘻嘻……七叔这是走了桃花运了！”

促狭鬼范小三就像同辈人一般跟郭七笑闹。鸡场的工人们每晚断黑后都要聚在一起，玩上个把时辰。春秋冬他们就聚在会议室里；炎热的夏天就在房前的小坪里，一人一把竹椅子，一人一把大蒲扇，用他们那粗野然而极形象的语言，谈天说地，打情骂俏，无拘无束。郭七此时凑在中间，听范小三这一说，没有吱声，只是往会议桌上一坐，从口袋中摸出烟来点上了。他深深地吸了一口，青烟就从鼻孔中悠悠然钻了出来。像是在品味这烟叶的味道，又像是在品味范小三的话，他的脑袋像小鸡啄米似的轻轻点动着。

范小三坐在会议桌的另一角，嘴里叼着一支香烟，两只脚不住地晃动，好像一刻不晃，他的脚就要瘫痪似的，天生一副促狭鬼特有的滑稽相。他对面的长凳上（会议凳）两个年轻妹子在比赛勾花巾，一年轻的小伙子紧紧地挨着她们，眨巴着眼睛盯着她们勾着；另一条凳上，一位老婆在农村的中年工人勾着头在剪脚指甲，一位穿夹克的小伙子在翻着一本小人书，这晚的人是没有到齐的。

“滚开点，挨着你姑奶奶取热气！”

“唉哟哟哟，了不得了，一挨就凸胎了？ 嘿嘿，吴妈，假——正——经！”

“啪——！”馋嘴的小伙子的背上挨了勾花妹子的大巴掌，确有点像“姑奶奶”打“侄儿”。会议室里立即爆发出一阵哈哈声，大家显然又想到了前不久在城里看的电影《阿Q正传》中的情景。只有郭七没发笑，因为他不会骑单车，城里的电影总是看不成。

大家议论的话题于是都转到电影上去了。他们从戏曲片不带劲，谈到现代时装片怎样赶潮儿；从武打动作片，谈到登封武术队；他们谈论某某女演员身材的前凸后翘……谈得最多的是促狭鬼范小三，看着桌子另一头的郭七始终没搭腔，便把话引到了郭七身上：

“七叔，你怎么不说话呀？其实，曹晓丹比刘晓庆漂亮多了，曹晓丹是县城公认的一朵花呢。”

“没错，没演电影的漂亮妹子多着呢，我看城里百货店卖布匹的小妹子就不比张瑜差。”

郭七是搭不上腔的，他极少看电影，就是看了，电影中的人名总是记不住，更别说记演员的名字了。不过《天仙配》中的董永，他是记住了。当年，他看这场电影时，深深为董永的遭遇所感动，对董永后来遇上七仙女又羡慕不已。当时，他想象着自己也会遇上一个仙女姑娘，但一想到董永是贫农时——他认为是贫农——稍稍热了点的心顿时又凉了。此刻，当促狭鬼范小三说到曹晓丹比刘晓庆还漂亮时，郭七竟一时没稳住，问起促狭鬼来了：

“刘……刘晓庆……有董永家里的七仙女漂亮吗？”

“哪个董永？”促狭鬼一时蒙了。

“《天仙配》，董永的老婆七仙女？”不知谁这么点了一句。

“哈哈哈……”促狭鬼听清后一仰脖子大笑起来，“刘晓庆比那个演七仙女的漂亮多了……嗯，至少也差不多。”

“七叔，这就是说，比刘晓庆、七仙女还漂亮的局长千金曹晓丹在你——床——上——睡——觉！”

会议室里又是一阵大笑，郭七一听到“睡觉”一词，脚底就像碰着弹簧，身子不由自主地往上一颤，因为……因为这里的人说“睡觉”有时往往还连着“行房”的意思，郭七心里不免又咕咚了好一阵。

促狭鬼范小三看着郭七那个老实样儿，猛吸一口烟，长长地叹了一口气，脸上似乎正经起来了：

“嗐……我说七叔哪，真是生成的苦八字，人家好不容易找着一个，要结婚时，一个‘右派’帽，讨老婆的事又成了泡影。人家舍死舍命地改造，好不容易才摘掉了‘右派’帽子。四人帮被打倒，中央给所有的‘右派’摘帽平反，可他又不是‘右派’了，加之还是个端‘铁碗’领粮票的，‘右派’平反所得的好处，没有了他的份……咳，七叔，真是生成的苦八字！”

郭七听促狭鬼这一说，心里隐隐作痛起来，是啊，他似乎确是生成的苦八字。一九五七年被划为“右派”后，被分配到这养鸡场实行劳动改造，他确是真心实意地改造自己，场里有鸡发病了，他拿着药捉着鸡一片片喂，在臭烘烘的鸡舍蹲了几个通宵。鸡舍漏雨了，他冒着暴雨爬上屋顶去检修。场长一个夜里忽然得了阑尾炎，在房里痛得嗷嗷叫，他喊来一个帮忙的，深夜里两人轮流背着赶到县城医院去开刀。场里修鸡舍少了资金，他毫不吝啬地把自己从牙缝里抠下来的两百块钱捐献了出来……“四人帮”倒台的前两年，他的“右派”帽子被他突出的表现顶脱了。可没过几年，中央给“右派”彻底平反，当初同他一起分配到鸡场的“牛鬼蛇神”，一个个都被彻底平了反。有个曾写过实实在在的反动标语、分配到鸡场后拒绝改造又被鸡场赶回老家农村的人，不但官复原职，还补发了多年被扣的工资，他那多年在农村劳动所得的工分等于是多捞的。他们一个个离开了鸡场，只有郭七仍在这死死地待着，轰轰烈烈的平反运动，他只得到和县里一位领导谈话一次的“恩惠”，老实人怎么这样老吃亏……每每想到这里时，郭七的心就隐隐作痛，命运真是捉弄人哪……

鸡场的工人们决不是聚到一起来诉苦伤心的，他们很快又说笑起来，离开会议室时，在一片嘻嘻哈哈的笑闹声中，留给了郭七一句值得久久回味的话：

“七叔，你还是快点到曹晓丹睡过觉的灵仙床上去做香梦吧！”

…………

春天过去了，夏日跟着来了。炎热的夏日睡觉是不要盖被的，郭七将大花被好好地折叠起来，他没拿去晒太阳，他怕毒辣的太阳晒去了花被中黄花女子留下的芳香。

月儿高高升起，等养鸡场工人们的笑闹声稍稍平歇的时候，郭七便悄悄地摸进屋，褪尽衣裤，光着干瘪的身子爬上了他的灵仙床，好好地享受，好好地回味其中的味道。他的枕头底还压着一张从挂历上撕下来的日期，那是曹晓丹夜宿灵仙床的日子。这日子，就和当年与张山姑订婚的日子一样，会永远烙印在他干涸的心灵深处。借着月儿投来的光亮，看着从枕头下摸出的玲珑的小纽扣，眼前仿佛出现了晓丹那红润润的脸，那忽闪着的水灵灵的眼睛，耳旁响起了晓丹那因被叫“同志”而引起的亲昵的笑声。

当想到促狭鬼范小三说曹晓丹比刘晓庆、比“七仙女”还漂亮时，他的魂灵仿佛被月老牵着，脚踏白云，悠悠然去见比“仙女”还“仙女”的意中人去了……

窗口已大亮了，鸡房里公鸡“咯咣咣”的啼声，一阵响过一阵，郭七现在是真正地醒了。他翻转了一下身子，拱了拱盖到面颊边的大花被，将手中捏了一夜的纽扣轻轻地摆在自己的心口，浑身上下，从皮到骨，立时感到一阵阵惬意。他真想还这么好好地睡上一阵，可身边好像响起了那五头大白猪闹食吃的声音，食堂里的饭也该煮了。

“唉，该起床了。”

他爬出了暖烘烘的被窝，空落落的房间里，随即填满了清晨白白的光。

1983 年 8 月 隆回渔场

魔怔先生

一

W 从遥远的文化城回来，就要见到阔别几年的妻了。

W 妻委实是个丰姿绰约的大美人，不说她身子是多么苗条，不说她皮肤是多么白滑，单就那举世无双的鼻子，就足以使人销魂荡魄，六神无主了。几年里，W 待在文化城里，是那么深情地思念着她，天天夜里都梦着与她团聚。倘是知道 W 今天要回来，她定会到车站接的；预计接到后先是一惊，接着是一笑，然后就是大哭的。

W 妻在做饭，在急急地炒菜。床上的儿子哭了，她撂下炊具跑去哄儿子。儿子笑了，可饭烧煳了，菜炒焦了，妻哭了。

“哎哎，别太激动嘛，一样一样地来，饭煳了可以重煮，菜焦了可以重炒嘛。哎哎，当年结婚时，你不是说，为了我不准备生孩子吗？什么……是未婚的小姨子生的？ 她怕丢脸就放在这？咳，如今的年轻人哪。哦——不是的？！我知道我知道，你太想孩子了，就出现幻觉。好了好了，你快做饭吧，我贤惠温柔美丽滑嫩的妻。”W 在想。

W 有些魔怔。

世界变化真大，几年不在，真让人眼花缭乱，竟有些迷路了。不过 W 毕竟在这里生活了多年，在这出生，在这长大，在这结婚，万变，最后还是不会被迷住的。W 那熟悉温暖但又有一丝陌生的家就在前面不远处了。妻一定保养得白胖胖的，儿一定长得健健壮壮的；当然是说邻居的儿子。

敲门。W 轻轻地叫："妻，我回来哪……"门开了，妻先是一惊，接着一笑，然后呜呜哭将起来，哭着就扑入 W 的怀抱。正笑间，正哭间，W 腰侧一阵酥麻，先是一惊，接着一笑，然后就是一哭。妻倒笑了，永远不哭了，用手抹去了晶莹的泪花。她吻着 W 的面颊，轻轻把 W 托在床上——这可是当年结婚的床哪！——她轻轻地把插进 W 腰间的尖刀抽出来，用红色的橡胶皮袋一滴不漏地将汩汩滴出的血液盛住。W 静静地躺着，欣赏着流入橡皮袋中血的嗒嗒声，听着上帝的乐队奏起悦耳动听的迪斯科送终曲，他不哭了，倒静静地微笑了，静得如同梳妆台上的金色木匣。

"啊——"妻突然一惊，发出一声尖叫，接着便大哭，啊，杀死的原来是自己的情夫！

"夫君，你好狠心哪。怎么不给我写一封信呀？"

"妻，我实在抽不出空来呀。"

"难道连写一封信的时间也没有，就那么忙吗？"

"因为我太爱您了，不，太爱你了。一想到你我就浑身颤抖，激动得握不住笔了。你能原谅我吗，妻……"

“夫君，请站好，让我好好看看你。”

“好了，看够了，让我来看看你吧。”

妻，瘦了，妻明显地瘦了，与几年前迥然不同，眼窝也陷下去了，可依然那么迷人！

天已慢慢黑下来，接着黑到不见五指。大风呼啦一阵盖过，天地间便满是风声雨声了。窗户啪啪地响。妻满是思恋满是劳累满是恐惧，匆匆上床睡了觉，深深缩到被子里去。妻不愿听那夜风、夜雨声，然而风声雨声依然钻入她的耳鼓。这使得她身子轻轻抖瑟。

“呼——咚——啪！”妻还没反应过来，一蒙面大汉已站在床前，双手叉腰，狞笑不止：“嘿嘿嘿……亲爱的小娘子，我的美人儿，今夜也让我打打牙祭，嘿嘿嘿……”

“你……你……你别过来，我求求你……看在上帝的面上……你饶了我吧……你……”妻惊恐失色，浑身颤抖，语无伦次。

“啊——！”妻凄厉一声叫喊，昏过去，便无声息。

…………

妻一日一日瘦了，茶饭不思，夜不成寐。

妻一日一日瘦了，眼窝凹陷，神思恍惚。

二

暖夜极静，极温馨。梳妆台边的金色木匣亦被台灯抹上了一层柔光，W 坐在床头，半个身子套在被窝里，茫然地看着书。

妻在洗澡间洗身子，偶尔传出一点哗哗水声，那水雾似也看得真切，朦朦胧胧的水雾中，妻正在欣赏着自己天生丽质的洁白身子。

“吱——”一声门响，门里亮出一个银光四射的白生生身子，呵，是妻，是自然真实本质的妻，可爱的妻慢慢亮过来了，亮过来了，穿着温柔，穿着芳馨，穿着骄傲，穿着羞涩，穿着冲动。

“好，站好，开始——”

几十支画笔同时在摇动，几十双眼睛同时在白生生的身子上咬，咬一口，嚼一嚼，吐在杂志封面上。渐渐地，封面上吐上了许多许多；渐渐地，封面上堆出了一个个栩栩如生、形体相类而神韵各异的人来。

“走啊，快走啊，还愣着干什么……”妻穿着三点式游泳衣，迫不及待地从高高的河岸上冲下去，然水竟没不住大腿，于是，那能挂住眼睛的地方便挂上了许多大大小小、清清浊浊的眼睛。

妻亮到床前，立定了几秒钟，呀——妻竟并不瘦！除却消瘦的美丽迷人的脸，各处是那么丰腴、水嫩、肥白，让人感觉得实在是吸收了许多营养，或者说营养丰富。

“夫君，请让一下，让我过去吧——”

妻轻轻在床里边睡下了，紧紧地靠着 W 缩在被窝里。W 依然茫然地看着书，眼神似乎安详。

一只圆滚光洁的胳膊从被窝中伸出来，渐渐接近 W 的书本，

W 的书本被妻安静地夺走了：

“睡吧……几年了。”

“……”

W 缩入被中，吻着妻洁净迷人的鼻子。只吻着鼻子。

三

阳光好明媚。

这对恩爱夫妻终于互相偎依着上公园了，几年分别，天各一方，今日方觉团聚之幸福。W 吻着妻的鼻子，迎着阳光，向公园走去，慢慢地幸福地走去。

公园煞是美丽，那簇簇的鲜花，那葱葱的绿林，那色彩斑斓的楼阁庭榭，令人赏心悦目，心旷神怡。虽然隔着一条宽宽的黑色公路，可公园的一切都那么清晰入眼。

W 处于适度的兴奋中，抽开了吻着妻鼻子的嘴，叼上了一支香烟，打火机咔嚓一声响，眼前便青烟缭绕了。

W 拉着妻的手，向公路横过去。妻温顺地任他牵着。宽宽的公路已走过三分之二了，雕龙画凤的公园大门就在前面。蓦然一声“嘟”响，一辆鲜艳的轿车飞驰而来，W 猛退一步，可是已来不及了，一声惨叫，W 软绵绵地倒向黑黑的公路，倒向地狱之门，飞驰的轿车倏地不见了踪影。

W 遇上车祸了——在这幸福的时刻，在这明媚的阳光中。W

再也不能享受幸福，再也不能享受阳光了。天有不测风云，人有旦夕祸福。

没有了东南西北，没有了天地阴阳，一切都被黑洞洞主宰着。妻轻轻地抱着 W，默无声息地抱着。一颗颗滚热的泪珠断断续续滴在 W 的脸上。

世界好静。只有妻高跟鞋的嗒嗒声在敲击着水泥路。W 渐渐感到自己不行了，越来越不行了。妻的泪水变得越来越大滴，泪滴下的频率也渐渐加快，悲痛欲绝的妻说话了，那声音如来自遥远的天国。

“夫君，我亲爱的夫君，你已经不行了，在这悲痛的时刻，我不得不告诉你，刚才的一切都是 K 组织串通我设置的圈套。我实在是违心的，是无可奈何之下干的。夫君，我亲爱的，请原谅我，因为如果不这样做，K 组织就会加害我，加害我全家，而警察局是无能为力的，是不可能保证我全家人的绝对安全，原谅我吧，亲爱的。”

“你过来，过来，这边有凳呀。”

“嗯……哦……好好好，我过来。”

W 一时恍惚，紧紧偎依着妻坐下。凳极干净，夫妻互相倾诉这几年的离愁别绪，说到动情处，便黯然神伤。

“妻，你是怎样度日熬时的？”

“我看书挨时日，一天看一本流行杂志。”

“你的脸怎么越来越迷人，也越来越瘦了？”

“我想得好苦。”

“你神情怎么这么忧郁，气色越来越差了？”

“我想得好苦。”

“你怎么不多写些信，把自己的思念和愁苦倾在信中？”

“我想得好苦。”

四

“上医院去，好吗？”

“嗯。”

“要不要叫辆出租车？”

“不要。”

“让我吻着你的鼻子，扶着你慢慢走好吗？”

医院里盛满热闹，盛满悲哀。W 陪着妻挂了号来到了诊断室。正欲进门，忽闻室内响起脆爽的大笑声：

“嗬——哈哈……”

走进去，但见一白衣白帽的胖大汉，在椅子上笑得前俯后仰，手中抓着一本花花绿绿的杂志，在空中挥舞。那胖大汉嘴上的髭须又粗又黑且极长，至嘴角边又兀然上翘，煞是风流潇洒。

W 与妻默然站在桌前。欣赏着面前这一极有效果的戏剧片段。大汉演够了，笑完了，将花花绿绿杂志撂到抽屉里，髭须一翘：

“请坐。哪里不舒服啊……”脸色极严肃。

妻于是说话，凄然惶然地述说着。

胖大汉便急急地写着，记录着这些戏剧台词。

妻说完了。胖大汉也记完了，便用眼光定定地望着W的妻，接着开了一张单子，递给妻:“去化验一下吧。”W领着妻去化验。

W领着妻，回到诊室交化验报告单时，胖大汉正伏在桌上画一只又胖又大的乌龟；那乌龟画得神似，背上的花纹极似W妻梳妆台上金色木匣上的花纹。

胖大汉接过化验报告单一看，随即便在诊断书上写下了几行龙飞凤舞、凡人难以辨认的天书。胖大汉站起身来，走到W身边，在肩上重重一拍，髭须一翘，眼珠一转，示意W跟着他到另一间小房去。

“你是她亲爱的丈夫？”胖大汉将小房的门一关上，转身就问。

“是的，医生。”

“那我就明白告诉你，你的妻子患了AIDS。”

“什么？你说什么？！”

“是的，AIDS，也就是获得性免疫缺陷综合征。”

“不！不！医生，她患的不是AIDS！她怎么会患AIDS！”

“HIV主要存在于传染源的精液、血液、乳汁等体液中，那么，你的妻……”

“不，医生，你别胡说，我的妻不会患AIDS！她从未输过血，她是一位大贞女，她从不与外人接吻，更别说发生性关系。这几年她除了看书就是想我。而且，我回来以后只吻了她美丽的鼻子，医生！”

“是吗？那么你的爱妻大概是‘书液’文化传染的。好了，总之，你应该好好护理她走完最后的人生之路。当然，我知道你会去截断传染途径的——为了你的安全。”

W 跟着胖大汉回到了诊室，妻恬静地坐在凳上，一动不动。胖大汉回到他的位置上，开了处方：“还是开点药，打点针吧。”

注射室里，立着白云般的护士。W 领着妻进去，那白云便飘动起来，抽了一针筒药水，匆匆注入妻营养丰富的白臀里。那被囚禁得几欲灭绝的 HIV 立即活跃起来，如鱼入水，随即在妻白臀的血管道里举行了一场盛况空前的庆祝晚会，跳着热烈的迪斯科和疯狂的霹雳舞。

“My love, with a smile on your face, listens to my singing in a low voice, when we dance sprightly, and forget all our melancholy…（我的爱人，你面带微笑，听我低吟浅唱，我们翩翩起舞，忘却了一切烦恼……）”

医院对面的革命俱乐部里，音乐正悠扬。

五

W 的妻已经一天天不行了，一天天难以维持下去，天堂的钟声在她耳边鸣响。W 茶饭不思，心如刀绞，日夜陪伴着妻，一刻也不敢离开。医院不愿收留她，只好在家里弄了个“家庭病床”。于是那个蓄髭须的胖大汉便带着一朵白云，每天来一次，开些药，打几针，然后真诚地欺骗说定然会好，说妻定能痊愈。

其间，W 的小姨子扭着迪斯科来看过一回。

今天，胖大汉带着一朵白云又来了。

胖大汉坐在床前，煞有介事地给妻子号着脉，直到号掉妻腕上滑腻的油脂，方抽开手来，接着便心不在焉地询问妻一天来的感觉，然后絮絮叨叨地说些什么，声音有些模糊，只见那又黑又粗且极长的髭须在一翘一翘地抖动着，显示着他在述说着欧化了的汉语长句。

胖大汉的髭须没动了，白云就游动起来，叮叮当当打开了金属盒，抽上一针筒药水，当着 W 的面，当着胖大汉的面，利索潇洒地扒出妻曾营养丰富的白臀来。

这白云护士确也美得可以，白衣白裤白手白脸蛋，娇娇媚媚纯洁极可爱：

“亲爱的，你别慨叹，别悲观，别伤了身子。上帝造的人并非一个个都美丽、强壮、健康、长寿，都快活，都能与自己心爱的人白头偕老、天长地久。你亲爱的美丽的温柔的夫人患的这种病是当今不治之症，为了你个人，为了你的身体，为了避免不必要的牺牲，你必须注意餐具，注意脸巾，注意手帕，注意嘴唇，注意你真正的身体卫生……”

很快，W 冰凉的悲哀的脸上便烙上一个滚热的唇印：“对不起，因为现在的生活节奏加快了，拜拜——”

“拜拜——”

胖大汉随着白云走了，房里又显得空荡荡的。W 轻轻地走到妻的床前，坐下，轻轻地托起妻白白的手。欲说无声，因为 W 的嗓子已经哭哑；欲哭无泪，因为 W 的眼泪早已流干。看着妻眼里闪现的天国的风景，W 肝肠寸断。

“我美丽贤惠温柔白嫩消瘦的妻呵！”

妻，终于走了。

W 终于熬不过妻逝的悲哀，经不起白云护士的强烈诱惑，第二天就与护士圆房了。

六

悠悠日月。

漠漠人生。

春华秋实。

转眼冬去春来，清明节到了。

W 后妻外出已好些天了，W 非常牵挂。思念着思念着，便猛然记起了前妻，前妻那如花似玉的颜容、那美丽迷人的鼻子便清晰地出现在眼前。

W 决定去扫墓。

带上前妻生前爱吃的巧克力、花卷子，带上前妻生前爱喝的啤酒，买了一束洁白的鲜花，W 来到了郊外前妻的墓前。

坟墓是那么丑陋不堪，没有草，没有墓碑，光秃秃一堆黄土，土堆也不高，矮矮的、塌塌的，如同丑汉的鼻子。坟堆的上面，有几个大而深的牛蹄印，大概有牧童赶着牛从上面踏过；幸好没有牛屎。

巨大的悲哀骤然升起，W 的心仿佛已咕咚一声掉入了冰窟窿，全身的每一个细胞都在战栗，都在悲哀，都在哭泣，都在流血："我可怜的妻呵，堆在你美丽绝伦的身上的，竟满是丑陋和荒凉。"

天有些阴晦，不见一丝风，寒意依然袭人。W 摆好祭品，跪在坟堆前，低低地述说起来：

"我亲爱的妻呵，我来了，我来看你了。我对不起你……你在天国的灵魂孤寂吗？我亲爱的妻呵，我将用怎样的言行来赎回我的罪过……"

说完，泪如雨下。W 打开啤酒瓶，将酒缓缓地奠洒在坟前，慢慢地抬起头来，默默地望着阴晦的天空。

"哈哈哈哈……"

"哈哈哈哈……你上当啦！"

身后蓦然一阵大笑，笑得 W 毛骨悚然！ W 转身一看，啊——只见后妻挽着容光焕发的前妻，满面春风地站在旁边，手中抓着一个金色木匣。

"啪！"酒瓶碎在地上。

“呼——呼——呼——”

“呼——呼——呼——”

大风起兮。

1985 年 12 月 六都寨

悠悠过路人

屋门前，是一条铺着大块青石的石板路。

石板路是镇上的交通要道。它弯弯曲曲，曲曲弯弯，穿过了整个市镇。石板路两旁，排列着商店、饭铺、机关、学校、小酒馆、杂货摊。从天亮到日落，青石板上不断地响着杂七杂八的脚步声，长年累月的，这条石板路面，被踩磨得溜光，连颜色都变得更加墨青了。

瞽者元隆叔，白天坐在堂屋里编竹器，因为手法好，竹器都能卖个好价钱；傍晚时刻，做完了活路，吃罢饭，哪也不去，端起杯酽茶水，坐在门边的小竹椅上，吱吱地品一口茶，侧起耳朵来听着门外青石板上的脚步声——这世界上他最爱听的声音。

“啪、啪、啪……”

“嚓、嚓、嚓……”

“咯、咯、咯……”

“橐、橐、橐……”

草鞋声、布鞋声、木屐声、胶鞋声、皮鞋声，阵阵的脚步声，响在黄昏的街道上，来了，又去了；去了，又来了。有的，急匆匆；有的，慢腾腾；有的，轻盈灵巧；有的，沉重拖沓……在这些敲击着青石板路面的脚步声中，元隆叔像品味着手里端着的那杯酽茶一样，品味着生活中的千种旋律、万般滋味。

莫看元隆叔是个瞎子，但浑身的神经触发集中到了耳朵上。凭着两只神奇的大耳，他竟能从千千万万纷纭响动中，分辨出走在街面上的大体是什么人，担着、背着、扛着、牵着什么东西，还能揣测到此人此时此刻的微妙心情……

有人走过门前。

——这是一双光脚板，一听就晓得是街后头三婶家上小学的毛伢子，准是跑去西头有钱人家里看电视了。

——这是两只布鞋底，脚步细细碎碎，还带点急火，应该是前街阎老倌的三媳妇，跟婆婆拌了嘴，气得去找自己那不争气的男人。

——这是半高跟的雨鞋，下河的萧家老五打鱼上了岸。

——这是穿高跟皮鞋的，准是供销社卖涤纶的幺妹子下了班去吊膀子（谈情说爱）。

…………

瞽者元隆叔这几十年听过的脚步声，各式各样，多得很呢。

一九四五年的春天，满街都是慌乱的脚步声："快跑，日本鬼子要来了！"一条街的人都跑空了，只剩下元隆瞎子一人硬是没跑。元隆听出鬼子的脚步，便知道是溃败路过的鬼子，虽是溃败路过，但满街掠抢粮食，鸡鸭鹅全被抢走了。鬼子确认元隆是个瞎子，用枪托把他砸倒在地，才扬长而去。元隆叔恨得牙痒痒：

“瞎子也不放过，畜生！”

一九四九年春天，满街又有了杂乱的脚步声，唉声叹气的。元隆一听就知道，是国军在什么地方吃了败仗，路过此街。国军毕竟不是日本鬼子，只顺带抓了几个壮丁，在店铺里顺了一些吃的，便吆五喝六地走了。

一九四九年秋天，满街又有了大队大队的脚步声，但极整齐，带来满街的喜气，但见街坊高喊：“热烈欢迎解放军！热烈欢迎解放军！”沏茶倒水拿鸡蛋敬献解放军。元隆叔心想，这么喜气的脚步声，是春天的脚步声吗？

一九五八年秋天，市镇上红火一时，脚步声白天咚咚响，夜晚也响个不停。那是沿河的各个大队，上粮库交亩产万斤、亩产十万斤的“卫星粮”。元隆叔想不明白，亩产只有几百斤的稻田，只要大喊口号，稻谷产量就能翻上几番几十番甚至几百几千番？公社书记蔡茂元把青石板踹得咚咚响，大骂那些有怀疑、说怪话者。有人说，蔡茂元快升官了，脚步声都不同凡响，元隆叔摇摇头：“听其声如见其人，脚步发飘，过路人，过路的人哟！”没过三五年，蔡茂元就销声匿迹了，青石板上没留下他的脚印，街上人们嘴巴边却挂着对他的骂声……

一九六六年秋天，“文化大革命”口号声更响了，脚步声更杂乱了，市镇上简直翻了天，造反派头子王全海大开批斗大会，大搞游行，好远好远，元隆叔就听得见王全海那翻毛牛皮硬底鞋不可一世的响声。今天斗这个，明天批那个，弄得人们一听见这青石板上响起的牛皮硬底鞋声，没得哪个不心惊胆战的。元隆叔编的竹制品，也被没收了，由于是个瞎子，没有被批斗。他索性把门关了，在家中熬着。他想得明明白白：这样的人是成不了气候的。过路人，匆匆过路人哟。果然，王全海的牛皮硬底鞋声，没过多久就从青石板路上消失了。元隆叔心疼这些石板路，让数不清的游行、示威队伍的脚板，踏得更加歪三斜四、凹凸不平了。

…………

又斟上了一杯酽茶。那久待的脚步声，由远及近，终于在元隆瞎子的耳朵边响起来。

这是一双普通的皮鞋踩出来的脚步声，不轻不重，但一脚一脚走得扎扎实实；不缓不快，但一步一步迈得刚劲有力。两年多来，随着这脚步声的响动，这个破落、沉寂、衰败的旧市镇，一天胜似一天地又复苏起来，变得开始兴盛活跃。元隆叔在猜想着：他究竟是个么子样的人呢？

元隆叔把手里端着的茶杯放下了。因为，那由远而近的脚步声，竟然停在了他的门前：

“您好，元隆叔！我姓幸，幸福的幸，是这里的镇长。您有全镇最好的编织手艺，一定要多多编织多发财啊！还要带带徒弟，做好传承。我几次路过您门口，您门口的青石板路烂掉一半了，不好走，也看不得。镇里决定筹资把街上的烂石板路都修一修、补一补，不向你们摊一分钱，可好？”

“好！很好！谢谢镇长！”元隆叔激动得紧紧握住年轻的幸

镇长的手，那早已干涸的眼眶里，竟然渗出了泪液。

看来，这条古老的青石板路，就要获得新生啦。

待幸镇长走远，元隆叔又拿起茶杯，猛猛地喝上一大口：

“总算来了个修路的人啰！”

1982 年 12 月　六都寨

龙凤村轶事

江南有村名龙凤。

有道是：龙生龙，凤生凤，耗子生崽打地洞。可龙凤村多年没出“龙凤”了，却是事实。

倒是村首出有一无赖少年。

此少年浑身“赖”透。

先说那头发，龙凤村男女老幼发丝皆黑黑亮亮，他却是黄黄的，黄黄的还不打紧，且还是卷卷的，令人厌恶至极！无赖少年的堂五伯恼得不行，每见之则大詈：“杂毛哎，你小子也把脑壳多剃几回吵。刮嘴须粗，剃脑发青，多剃几回，也就不卷卷的像汉子的卵毛吵！”少年自是依从，狠剃了几回光葫芦，岂料发丝长出，又黄了，又卷了。

又说那身子，龙凤村的汉子们个个身板结实，粗壮如山。这少年身板却愈长愈细，愈长愈细且长，焉成人样?

尤令人讨厌的，是他的嗓子。龙凤村不论男女人人善歌，汉子唱得洪洪亮亮，女子唱得脆脆甜甜，方圆几十里颇见声名。这少年嗓子却沙哑如老鸭公，每歌之，俨如敲破沙罐，使人牙根痒颤，令人作呕。龙凤村人一听到少年晃悠歌唱，纷纷将耳捂起。

总之，村人个个厌此少年，若不是念他父亲李平清仅此独苗一根，村人早已将他驱赶出去。

少年名李雀。

村首与李雀屋相对的一户人家里，有一与李雀同年同月同日生的少年，唤赵龙。这赵龙从小聪明伶俐，十月能叫爹娘，两岁会唱山歌，三岁便会跳舞。小小赵龙面貌俊，嘴巴甜，深得全村男女老少喜爱。念小学，夺班上第一，年年领回大奖状；上初中，占全班之冠，年年被评三好生。初中毕业，一举考上百里外的县城一中。而赵龙的“老庚”李雀，自入学以来，永坐班上倒数第一，给龙凤村人丢尽了脸，念到初二便退了学。

龙凤村人骂起细伢子来，总是：“咳！你真是个雀赖子！”

龙凤村人夸起细伢子时，总搭上：“你像赵龙一样啊！”

白白净净、斯斯文文的赵龙高中毕业了，挑衾带篋归了家。不久，一挂号信寄至村里，山村立时沸腾——赵龙金榜题名啦！

乐癫全村老幼。

赵福贵杀猪一头，宰羊三只，为儿子大摆酒宴。全村当家之人纷纷燃鞭炮、捧红包，前去贺喜。席间，众前辈纷纷给龙凤村解放以来的首位大学生敬酒。酒宴高潮，汉子们一个接一个唱拿手山歌。李雀之父李平清见对面赵家如此红火，老脸羞惭，便打发儿子李雀前去贺喜，自己闷头在家。这李雀，松开裤带吃肉，放开喉咙灌酒，直喝得满脸流油、两眼发红，趁着酒兴，扯起鸭公喉咙沙啦啦唱将起来。歌声好生刺耳！一汉子厌恶不过，燃一雷鸣大炮，抛于李雀屁股下，轰隆一声，李雀顿时从凳上惊翻于地。

众皆哈哈大笑。

赵龙上学这日，山村十分闹腾。汉子们放起炮仗，敲锣打鼓，女人们包大猪血丸子送与赵龙。锣鸣鼓响，将其浩浩荡荡送出十几里，多得赵龙制止，方才免用轿子。

自此，村人皆认定赵龙将成龙凤村之“龙”。

村人日日盼赵龙早日毕业当大官，有大出息。

光阴似箭，日月如梭。转眼四年过去，龙凤村民发家致富了。一条马路修起，由村通县城，村里照起了电灯。这时，赵龙亦大学毕业，不料这龙凤村之“龙”，竟分到一山野中学当了教书匠。龙凤村人好震惊，好失望，好悲哀！

神气了四年的赵福贵，竟渐渐蔫了。

忽一日，区文化站一干部领一鼻架眼镜、西装革履的中年人进了龙凤村，道是特来采集民歌。村主任于是夜召全村男女歌手于村新修的会议室，一一响亮地唱，眼镜便用机子录、本子记。立于窗外偷偷观看的李雀听着听着，竟失声喝彩。这一叫不打紧，眼镜慌停下录音、记录，向村主任打听喝彩者情况，事毕，眼镜竟拉村主任去会议室外请李雀进来唱歌。

黄毛卷发瘦瘪的李雀被扯进了会议室。眼镜细细将其打量，一脸兴奋。李雀先唱得结巴，继而流畅，再而手之舞之，足之蹈之，全无羞惭之意，忘形中竟还扭了一下屁股。

围观者皆掩口而笑。

"好！"眼镜击掌大赞。惊煞众歌手！

翌日清早，李雀即被眼镜带走。

约莫半年光景，李雀寄回一笔钱，说是在城里唱歌赚钱。村人皆不信。

又是半年光景过去，李雀寄回照片一札、杂志一本、磁带一盒。彩色照片是他在各地演出的记录；杂志封面上，是他的巨幅彩照，分分明明印着"歌坛新星——李雀"。拿磁带到一万元户家中放，都是李雀的歌，第一首是《龙的传人》。

村人大惑！

又是半年光景，李雀寄回家书一封，说近日将回本省几市巡回演出，并告知父母，近前已找一名牌大学毕业的俊妹子做婆娘，某日将回龙凤村看望父老乡亲。

此日不久便至。龙凤村人多休工在家，聚于村首，观从前黄毛卷发瘦瘪的李雀到底成了啥模样。

晌午时分，龙凤村外脆脆一声汽笛响。少顷，但见一辆鲜红贼亮的轿车威风凛凛开进村来，在村首李平清家门前停下，车门打开，钻出西装革履、神采飞扬的李雀，紧接着下来一位衣着艳丽、貌若天仙、光辉四射的女子。李雀向众人点头微笑，摸出筷子长的香烟向众人递来。

众乡亲观得目瞪口呆。

李平清呆立家门外，李雀挽婆娘上前喊过"爸爸"，竟不知应。直待李雀扶其胳膊问"您怎么哪？"，方才"哦哦"两声，醉酒似的摇晃身子，命令龟缩于灶间的老婆："快……快，快领人去杀猪宰羊。"

龙凤村又一次沸腾。

李平清杀猪两头，宰羊六只，大摆酒席，遍请全村十八岁以上所有汉子。汉子们燃放炮仗前去喝酒。村妇、细伢便围住轿车，看看，摸摸，拍拍，乐不可支！

放炮。喝酒。唱歌。宴席上热闹非凡。酒酣耳热之际，堂五伯咬着李雀的耳朵：

"李……雀，你凭这副喉咙，真的在外头唱歌？"

"五伯，这还有假？我这带沙的唱声正合当今歌坛新潮！"

"李雀，你这黄黄卷卷的头发，在外不怕人……笑？"

"五伯，在大城里，黄卷头发正是中国摩登青年追求的最时髦发型哩！你不知道城里好多小伙子将发烫卷，好多漂亮小姐将发染黄哪！我这是天然的。"

"李雀，那……你这身段，何是得到标致妹子的喜欢？"

"我说五伯哪，你真不开通。我这身材，叫'苗条'，懂吗？这才叫标致！现在好多的男影星就是我这号身材。再说，我已是歌星哪，又有钱，漂亮的小姐会不跟我吗？"

似懂非懂的堂五伯眉开眼笑，连连颔首称是，做讨好状敬李雀一杯。

夜幕降临。酒香、肉香、炮烟香依然游荡于空中。此刻，身着皱巴巴夹克衫的赵龙，垂头丧气乘坐"11 号车"悄然归村。

今日下午，当与赵龙同年同月同日生的李雀衣锦还乡大摆酒宴之时，与龙凤村的首位大学生赵龙恋爱一年的女友——乡供销社售货员，正式向赵龙提出中断关系。原因极简单，赵龙职业太差，工资太低，外快太少。

一整日躲于家中的赵福贵从后门将儿子接进屋。

一张方桌，两位愁汉。父子俩相对凄然。赵福贵闷闷喝酒，毒毒地骂着无名娘。

村里，忽又轰的一声炮仗响，将赵氏父子的囫心震得颤颤悠悠……

1986 年 1 月　农民中专

魔夜

终是漫过缕缕风，好凉爽。扇子便一律停止扇动。小坪里，两圈人徐徐细细的声音，因了这风而添了不少的劲火。

夜深极。月愈酽酽地布下。两圈的人呢，一圈是带些个“长”的官，一圈为平民布衣，相距个八九来米，互不干扰。炎夏到了，夜幕罩下，宿舍楼前的小坪里便自自然然有了这两圈的人。大人居多。至于细伢子、后生大妹子，是很少加入这圈中来的。他们有的要做作业，有的要看书拿文凭，有的要约会看电影轧马路，还要气喘吁吁地接吻，哪有闲心在此纳凉呢？再说瞌睡虫子也多，一个个也就早早地睡了。

看来，今夜两圈的人不到凌晨，怕是不会钻进自己的蒸笼家里去睡觉的。难得这缕缕的风哩。

官儿们的圈小，谈的大多是官场上的某某升了，某某降了，某某明升暗降了，某某明降实升了；间或杂些妻儿子女、市场形势、国际风云之类。

平民们的圈大，聊的大多数是张家李家，婚娶丧嫁，实在，却有些俗气。

今夜，平民圈聊的叹的，大多集中在黄炎仁身上。

说起黄炎仁，谁个不叹气，谁个不心痛呢。

黄炎仁年青时，算得上是一表人才，好事呢敢举，邪事呢敢揭。没想到后来一阵子一阵子的运动，阵阵与他黏着，到如今，已是人不人鬼不鬼的。背，驼了，话，少了；碰着个老鼠都得绕道走。黄炎仁住房的上层是孔副局长一家，孔副局长的老婆却是一个霸道货，倚着丈夫是黄的顶头上司，时不时欺着黄炎仁来。孔妻洗了衣，怕拧干水衣打褶，一律水流水滴挂在阳台外。黄炎仁一家进出门时，只得缩着脖子猛一跳，方能进出“水帘洞”。有次黄家晒衣服，冷不丁从上面飞落点点污水来。原来，孔家的拖布刚拖了地板，插在阳台上晒。为此黄妻嚷着要拉丈夫去楼上评理，结果被黄炎仁苦苦劝住了。这还不算么子，还有更让人心痛的呢。

市里年年缺水，楼下的黄家龙头放大些，楼上便没得水。孔妻曾几次下来呵责。以后每每多用水时，黄家都上去跟孔家招呼一声。一次，黄家拆了被子帐子洗，妹子便上楼打招呼，不料久久不见下来。黄炎仁两口子正纳闷，妹子披头散发、失魂落魄地冲了下来，一进屋，哇地一下大哭起来。原来，孔副局长的花花公子把妹子给划拉了。两口子被闷雷击了一般，呆了。三天三夜，思前想后，最后决定让妹子去跟花花公子处对象。这样既不会因告出去而坏了名声，也不会因告发后孔副局长给自己穿小鞋。对上亲家，千好万好。哪知，妹子跟花花公子处了一段时间对象，胎打了一两次，前些日，花花公子把妹子一脚给蹬了。

事到如今，黄炎仁怕得罪了孔副局长，还不敢告发，一心等着孔公子回心转意。咳，这能不让人叹气吗！能不让人心痛吗！

黄炎仁是很少来此纳凉的，妻子女儿亦极少出来。今夜又没见，看来是早早睡了。

平民圈子议完了黄家，叹了一声气后便天南海北地扯起物价来，扯得唉声叹气，扯来一阵娘骂起。墨水喝得最多的老明，这时忽然抬起头，停止了说话，眼睛定定地望着宿舍楼。众皆纳闷，一起转头望去，但见楼道口走出一个人来，高高的个头，挺着胸脯，迈着正步，眼睛平视。眼瞧着近了许多，啊——是黄炎仁！

平民圈里的目光被黄炎仁牢牢牵着移动，一下子已到了官儿圈。只见黄炎仁走到孔副局长身边，站定，用一种从未有过的洪亮声音，质问着孔副局长：

“孔副局长，你身为党的领导干部，理应严守党的纪律，做群众的表率。你的妻子拿出局长夫人的架子，仗势欺人，你分明看见，却不闻不问！你的儿子侮辱了我的女儿，如今一脚把我女儿蹬了，你全知道，却不哼不管！你的儿子在你眼皮底下干了多少坏事，你竟视而不见，任其无法无天！你在单位口口声声教导我们遵纪守法，而你在背后纵子犯法！你如果不就这些问题以实际行动做出答复，我将上告到上级党委，并将写出铁证材料投诸各大报社，让你的劣迹昭彰于天下，让你，让你的全家受到党纪国法的严处！”

黄炎仁说完，还挥动着长长手臂做了一个有力的动作。

小坪上一下子是死一般的寂静。

官圈的人们见这位平日屎拉到头上都不敢哼一声的黄炎仁一身正气地站着，对着一圈的大小官义正词严数说孔副局长的罪过，一个个目瞪口呆，似中了孙悟空的魔法。孔副局长更是像张衡地动仪上接铜丸的呆蛤蟆，缩着脖子，张着嘴巴，仰脸呆望高高站立的黄炎仁。

待醒过神来的众官纷纷站起，孔副局长方才跟着站起身来，渐渐恢复了局长的神态，脸上随即挤出一堆笑来："啊，老黄，您的意见提得很好。工作上，您是我的部下，是同事嘛；生活中，您是我的邻居。难得您热心肠指出我的缺点。您这是对我这个不称职领导、同事的关心和爱护哪！老黄，谢谢您了！至于小家伙与您闺女处对象的事，我知道一点，据说是因为性格不合，才……不过，我一定好好找小家伙谈谈，力争促成这桩好事，到时，我俩还是亲家公哪，哈哈……"

这边平民圈的人们亦醒过神来，见众官员唰啦啦站起，一时又为黄炎仁捏了把汗，待看着孔副局长一脸笑容时，悬着的心才算放了下来。个个心中好不快活！扇子便急急地摇。老明喜不自禁，眉飞色舞却压低声音发表高论："啊，啊，毕竟是政治清明之时，压抑的人性得到伸展，人的尊严得到复归，黄炎仁终于成了一个完完整整实实在在的正常人！"

平民圈子正听老明的崇论闳议，忽听那边黄炎仁洪亮的声音又响起：

"孔副局长，你和你家的问题是严重的。你就这样说几句空话打几个哈哈就行了吗？！我是决不能接受的。我现在就去找上级领导——你的顶头上司，看看他们的答复如何！”说着，车转身子，大步朝坪外的大道上走去。

一阵啪啦啦的脚步响，黄炎仁的妻子、女儿从楼道口跑出，急急地追了上去。

两个圈子的人们又一次目瞪口呆。

孔副局长已变成一根木桩，挤出的笑容僵在脸上……

翌晨天放亮，宿舍楼里忽地有人惊叫：“呀呀，黄炎仁回来了！”顷刻间人们纷纷跑到阳台上，只见黄炎仁哭丧着脸驼着背走在前，其妻女跟在后。恰巧孔副局长从楼道口出来，黄炎仁忙满脸堆笑、点头哈腰上前招呼：

“孔局长，您早——啊……”

孔副局长阴沉着脸擦身而过。黄妻慌转身追上几步：“孔局长，您千万别见怪。医生说，老黄昨夜是得了梦游症，着了魔呢……”

众皆愕然。

“咣——嚓——”一声大响，看得真切的老明浑身打个寒噤，仿佛冬日里刮来一阵刺骨冷风，手中的杯子失手坠地，碎了。

1986 年 3 月 六都寨

温暖

公园。

深秋的夜，冷清清的——冷丝丝的风，冷瑟瑟的毛毛细雨。

在公园游逛的年轻人，浑身充满了激情爱意。一盏盏柔和朦胧的灯，照着一对对如痴如醉的恋人步入一团团朦胧的绿中，深秋不落的树叶遮住了少男少女初吻的羞涩。

公园的夜，冷瑟而温暖。

在公园的一侧，在游人很少光顾的地方，新立着一尊维纳斯雕像，似烟似雾的毛毛细雨粘去了维纳斯身上白日落下的尘埃。那些被丘比特神箭射中的少男少女们，此时都忘记了丘比特的母亲——美和爱的女神维纳斯。

哦，美丽孤寂的维纳斯。

来了来了，维纳斯前边走来了一个人，蹒跚着。

近了近了，是个老头。老头在维纳斯塑像下立住了，静静地注视着。

老头，你会欣赏美神？

老头，你也被美神迷住了？

老头未动。老头像一尊黑色的雕塑。

忽然，老头轻轻地脱下了黑色的外大衣，轻轻地、稳稳地披在维纳斯身上。

细雾般的雨已住了。

游园的人们纷纷围了过来。

“嘻嘻——真有意思！”一维纳斯般美丽的姑娘率先议论起来。

“我敢肯定，这老头是癫子，一个到处游荡的癫子。”一肉墩汉子嘴里蹦出这么一句。

“是乡下来城里探亲的，今夜一个人跑出来……”一干部模样的人揣测。

“是乡下来城里做生意的，挣了钱，来逛公园了。现在报上不是天天登农民进城卖农产品做生意吗？这号老头，哪懂艺术，所以就给我们的阿芙洛狄忒披上了……假若伯拉克西特列斯在这，包准把老头训一顿！”一西装革履、戴着眼镜、瘦高高的青年说完，还耸了耸肩。

“这老人，有伤心事。或许，他的女儿，在乡镇大割资本主义尾巴时，饿死了；或许，他的女儿，因车祸弄断一只胳膊后，出血致死，一看到这冷风中断臂的……就像……”一老年妇女慢吞吞地说。

“可能他女儿、侄女、孙女是战地护士，在对越自卫反击战的老山前线救伤员时被炸去了双臂！”

“……”

人们争相发表高见。人堆中时而发出哧哧的笑声。人们见老头默不吱声，于是又有人亮出“高见”：

“老头可能是个聋子。”

这时，老头钻出了人堆，低着头，默默地走了。

人们谁也没去脱下维纳斯身上的黑色上衣。

一位戴着眼镜的中年妇女拉着一个小女孩的手，一字一顿地说道：

“善、良、的、老、人。”

“温、暖、世、界、的、老、人。”有人缓缓补充道。

人们纷纷转过身来。老头的身影渐渐远去，在无数的眼睛中，那身影一律化作一个大大的问号……

1983 年 3 月 六都寨

酒事

周末，黄昏。老孙头照例邀来几位退休的酒友，摆上几个香喷喷的下酒菜，一边细声地聊着四野八方的酒事，一边慢饮细嚼起来，好不痛快。

老孙头的“酒龄”比工龄还长哩。他已记不清自己是几岁喝上酒的。如今工作上提前退休了，但喝酒没有“退休”，用他的话来说是“生命不息，喝酒不止”。他与酒友们轮番做东，一家家地喝过去喝过来；自然，百千天下酒，闭着眼睛也能说出个色、香、味来。

一帮子酒客正香香地饮着嚼着聊着，门外响起动听的歌声，酒友们头还没抬起，一位漂漂亮亮的姑娘已伴着歌声飘了进来，上身朝前一倾：“你们好，酒客们！”这个调皮的动作引得酒客们呵呵大笑起来。

姑娘飘到老孙头身边，双手将提包挪到身后：“爸爸，你猜我给你们买来了什么礼物？”“酒啰，当然是酒啰！”老孙头看到为了奔电大文凭，吃住在厂的小女儿回来了，兴致极高。

“看，贵州大——茅——台——！”姑娘果然从袋中摸出一瓶茅台酒来。酒客们的眼睛陡然放光，喉结顿时上下游动。老孙头与酒友们一口喝干了杯中的酒，急急打开茅台瓶。

“哈——正宗的茅台！”老孙头举着杯子，率先抿了一口，咂巴了许久发表感慨。

“果真是好酒茅台！”

“这茅台酒真来劲！小丽姑娘，你真有孝心哪！”

酒客们喝着茅台，满脸放光，一个劲地夸好酒，一个劲地夸小丽。

小丽坐在一旁，兴致勃勃地看着他们喝酒，心中乐融融的。看着看着，小丽忽然两手一拍：

“你们受骗啦！这是假茅台！”

啊？！

酒客们大惊，一个个面面相觑。许久，才纷纷低下头抿了一口，久久地品味着。

“……这酒……好像没有上次的茅台香……”一酒客终于打破了沉默。

“是啊……我总觉得没有以往的味那么正，唉，刚才是喝急了……”一酒客接着发言。

“是假茅台！”

老孙头咕地喝了一大口，含在口中久久品味，品着品着，满脸紫红，青筋暴突，霍地站起，抓起还只倒出一少半酒的茅台酒瓶，扬在空中，欲往地下狠狠砸去！

“爸——！”小丽尖叫一声扑了过去，一把抱住了快要坠地的酒瓶，她满脸通红，气喘吁吁，胸脯急急地起伏着，“你们，你们喝了一辈子酒，个个号称‘酒神’‘酒仙’，还自夸是什么品酒专家……我看你们喝得来劲，高兴之中就开了一个玩笑，没想到你们竟然……告诉你们：这是真茅台，真茅台！是我说尽好话托出差贵州的朋友从茅台酒厂弄回的真茅台！”小丽愤愤地说着，抱孩子似的把酒紧紧抱在怀中，呜呜哭了起来，大滴大滴的泪珠扑簌簌滚了一脸。

“这……”酒客们一个个张大了嘴巴，尴尬之情渐渐僵在脸上。

老孙头呆呆地站着，脸上青一块白一块，许久，像被人抽了骨头似的瘫坐在凳上。房子里好静，空气似乎也凝固了。只有小丽在伤心地抽泣着，几颗泪珠落进了瓶口，悄悄渗进了香香的正宗的茅台液中。

哦，名酒！

1987 年 12 月 辰河畔

开牖

这牖，好久好久以前，人们便唤作窗了。字典上呢，亦是明明白白写着的。然小楼的主人，却依然唤窗为牖，至今未改。今后怕也不打算改了。

其人名郭中。说不准郭中到底多大年纪了，暮里看去，郭中已好老好老；晨里瞧去，郭中又好年轻好年轻。日升月落，冬秋夏春，好多好多年了，郭中一直待在这小楼里，每日里未囫囵离开过一个时辰。

小楼里是极暗的也是极闷的。黑黑的墙上，一扇方方正正的木牖，却用板子钉得严严实实。黑咕隆咚的房里，多亏有房顶的几片亮瓦，才添了些许的光明。晴阴雪雨，阴阳嬗变，便也能从这几片亮瓦上觑出些分晓来。

提起这木牖，郭中心中的复杂滋味儿，三天三夜也说不清。

那年，长得抻抻敨敨的郭中，背着书，端了文房四宝，爬上了这久弃不用的小阁楼。这小楼，虽然闷闷沉沉，却清清静静，于读书人来说，委实算得上是个好去处。郭中相中了这一点，于这小楼里晨诵暮念，修心养性，节欲抑淫，怡然自得。只因光线太暗，日里点灯，于眼睛极有伤害，郭中便打开了桌前墙上久闭未开的木牖。开牖不久，不料灾从牖进，股股邪气灌进房来。没得多久，郭中头晕身痛，鼻塞泪流，身子抖个不停，几欲气绝。多得了几位名医诊治，方被救下命来，却萎了双脚，行不得路了。在楼上待了些日子，一日在他人的搀扶下，下楼出外晒日头，不想风儿一吹，病又发作起来。又是一番调治，保得一命，却再也见不得风了。因日诵诗书，修身养性，性欲日日衰退，娇妻含泪离他而去。此后，世间又是一番阴阳变化，生生死死，离离散散，一大家子只剩下郭中一人。多亏老爷子命归黄泉之前，于垃圾堆中拾得一哑巴少年，又在地下埋了一批金宝，郭中才得以活命至今。

此后，郭中每日坐于木牖下的桌边读书。木牖自然是被钉得死死的。他将四书五经，背得滚瓜烂熟；历朝正史野史，亦能倒诵出来。诵书毕即练字，练字毕即于桌前凝神静坐，日日如斯，周而复始，住楼下的哑巴阿依则忠心耿耿侍着郭中，定时送上一日三餐。

如此日子，一晃竟过去了好多年好多年。

如今，郭中每每念着诗文时，心思却总集中不起来。这个神神秘秘的木牖外神神秘秘的响声，时时牵走了郭中的心思。那响声似有似无，似远似近，似喧嚣又似悠扬。郭中练完字打坐时，往日超脱得干干净净的脑海里，竟也闯进了牖外的神秘。唉，郭中好苦恼好悲哀。

这般被折磨着过了几年，郭中再也憋不住了，是死是活，也要打开这扇木牖了。

他第一次叫哑巴阿依打来一斤酒，一仰脖子咕噜咕噜喝了下去，而后叫阿依取来锤子、钳子、斧子，叮叮咚咚撬起钉在木牖上严严实实的厚木板来。

木牖开了，一股炽白的阳光猛地冲进房来，郭中一时被炫得睁不开眼；一阵喧喧闹闹的蹦蹦嚓的声音倏地掀进房内，郭中的耳朵皮被震得颤颤。好一阵子过去，浑身发颤的郭中方拄了拐杖于腋下，摇摇晃晃站在牖前向下望去。

啊，外边好一派繁华喧闹的世界！但见高楼林立，车如流水，行人穿红戴绿，摩登非凡，细细一瞧，方觉人人奇装异服。那些女子，披头散发，口抹猪血，袒胸露背，瘦衣短裙，风儿一吹，露出白白的大腿甚至花花的三角裤衩；鞋子极怪，后跟上高高垫一竹钉，走路一摇一扭，似疯似癫，似人似鬼。男男女女，勾肩搭背，全无羞赧之态。更有一“阎罗女鬼”，半边光头，半边辫子，半边黑脸，半边绿脸，嘴衔五支长烟，招摇过市……

郭中失眠了。失眠得好厉害。

郭中好惶惑，惶惑中带着惊恐。他生怕当年见不得风的老病又复发，似乎时时刻刻能掉入阴间去做鬼。但好些日子过去了，木牖仍未关上。开了就不打算关了，死了就死了，郭中于惶惑惊恐中竟抱定了这念头。且牖外的天地委实有些说不出的魔力；尽管他时时对着牖外大声骂娘。

日子就这般一日一日地过去，郭中就这么一日一日地看着，当年那开牖引来的老病竟没有复发，郭中好不欣喜。自然，时时折磨着他的惶恐，渐渐只剩下惶惑了，取而代之的是一种莫名的兴奋。不久，心中的惶惑也已荡然无存，完完全全被燥热的兴奋填充着。

郭中这时已不再骂娘，甚至深深地后悔，以致差点拜倒在牖前，向牖外的世界忏悔。牖外的一切在郭中眼中已是那么绚丽、神奇、完美、迷人，俨然天上的仙境。他已不再看书，也不再练字，静心打坐不到十分钟，浑身已躁动得难忍难耐，以后他干脆就不打什么鬼坐了，心为什么要净呢！

他一天到晚就待在牖前，瞪大眼睛，贪婪地窥视着牖外的风光。接着，他觉也不睡了，要看牖外的神仙夜景，看牖外神仙们浪漫异常的夜生活，从晨看到夜，从夜看至晨。他眼红了，身子开始发抖了。他由兴奋转为狂热，狂热得像中了邪一般。他已看不惯自己房里的一切东西，一切都是那般碍眼，一切都是那般无用。他把从前日日诵读的诗书统统抛在地上，用拐杖去戳。他捡着一阵风从外边吹进来的美人纸画，拼命地看，拼命地学，继而用舌头吻舔。他已不再喝清清的茶水，而喝苦苦的咖啡。他已不肯吃硬硬的米饭，令哑巴阿侬去买软软的面包。他把用过多年的筷子扔掉，改用竹叉子、刀叉子。

他那早已衰退的性欲又勃发起来。

他于是骂起娘来，不过是骂自己的。

如此这般，郭中又过了好几年。这时的郭中已瘦得不行了，拄着拐杖走路摇晃得厉害，好几次跌倒在楼板上，有次把牙齿也磕掉一颗。他坐着坐着就做起噩梦来，常常大白天一人呀呀惊叫。

他又一次跌入惶惑之中。

无尽的惶惑又来折磨郭中了，却也慢慢治好了郭中的疯癫症。他那颗极度狂热的心终于慢慢平静了下来。他的头脑渐渐清醒了，经过痛苦的反思，他终于认识了自己的冲动愚蠢。

清醒的郭中，现在已能正确看待房中的一切了。当他重新站在牖前审视牖外的世界时，没有了厌恶，也没有了冲动。他叹服牖外的高楼车流，叹服牖外的繁华先进，也清楚看到了街道上黑脸绿脸、嘴衔五支长烟的"女鬼"，看到了繁华中的痼疾隐患。牖外的世界，在郭中眼中，既不是阴间地狱，也不是神界天堂，而是实实在在的瑕瑜互渗的繁华天地。

一大把年纪的郭中，忽然觉得自己这时终于才成熟起来。

这时的郭中，整日里思考的是怎样学习牖外世界的先进经验，怎样改造装修自己破旧的木楼。

他决定走出老旧的木楼。

当他撑着拐杖下楼梯时，一根拐杖忽然落空，"嗵嗵嗵……"他从楼上重重摔了下去！拐杖断了，郭中眼前金星直冒。哑巴阿依见状，惊恐地跑到身边，嘴里"啊啊啊啊"直叫。

郭中被扶了起来，被哑巴扶搀着往一旁的凳边移。郭中忽然觉得脚底有了感觉，有了一点力量，把双脚实实往地上一踩——啊，奇迹出现了！瘫了多年的双腿复原了，郭中稳稳地站在了坚硬的地上！心花怒放的郭中苍白的脸上猛地蹿上一股健康的红潮，阿依快活得发抖，又“啊啊啊啊”猛叫起来。

郭中没有去休息，没有被这突如其来的喜悦冲昏头脑。他叫来阿依，两人协调力量，猛力一推，顿时轰的一声，一扇只被老祖宗开过、后来被封死好多年好多年的墙门，訇然倒地，砖头掀起阵阵飞尘。

“他妈的！”郭中爽爽地骂着。

大门开了，郭中带着阿依，庄严地跨出了大门……

1987 年 11 月 隆回二中

山海经

“小文啊，你大学毕业分到我们紫树市政府办公室半年了，各方情况周知，今交你一任务！”秘书长兼办公室主任老尚手捏两重真空不锈钢老板杯，啜一口茶，“如今哪，文愈发愈多，会越开越勤，文山会海，祸患无穷！市政府决定召开全市专题大会，全面贯彻省委‘挖山填海’会议精神，迅速打响我市‘挖山填海’大会战。市委书记、市长、常务副市长等领导的讲话材料已命人写，你迅即为我起草讲话稿，喏——这是省里的会议材料。”老尚布置完毕，夹起公文包急急赶会去了。

小文乃北京大学毕业的秀才，文章写得贼活，两日之内便完成文稿，交老尚审，顺利通过。老尚旋即下达新任务：“小文，你马上起草会议通知，按程序送签，尽快打印下发。”

拟稿、送签、编号、打印、校对，会议通知迅即发出，大会亦如期隆重召开，紫树市直机关局处以上单位“一把手”，各县市区长、政府办公室主任等鱼贯而入，大会场座无虚席。市政府秘书长兼办公室主任老尚主持大会，市长高瞻远瞩、语重心长阐述“挖山填海”之重要意义；常务副市长结合省里的会议精神，大诉本市文山会海之流弊，全面部署大会战；老尚做具体工作安排报告。市委书记、市人大常委会主任、市政协主席、市军分区司令出席大会并作了重要讲话，表示全力支持政府系统“挖山填海”大会战，同时希望大家发扬红军二万五千里长征精神，不怕苦莫畏难，不唯上只唯实，敢闯敢试敢冒，攻无不克，战无不胜，勠力同心真正挖出经验，填出成绩，争创全省一流战绩！大会开足四天（包括两天分组讨论）后圆满结束。

紫树市大街小巷张贴悬挂着“挖山填海”的标语横幅。《紫树日报》《紫树晚报》《紫树广播电视报》《紫树政府工作研究》《紫树政报》《紫树信息》《紫树调研》《紫树之声》《紫树文明建设》《紫树文秘特刊》等报纸杂志纷纷对大会进行重点报道，全文刊发市委书记、市长的讲话稿。紫树市电视台、紫树市有线电视台、紫树市经济电视台、紫树市教育电视台、紫树之声广播电台对大会进行全方位报道。紫树市“挖山填海”战斗正式拉开序幕。

这些日子，小文等多位拟稿秀才与科长、副科长、主任科员、科员，忙于撰写、打印、校对、装订分发、食宿安排、会场布置、讨论记录、花名册打印、购买发放纪念品，上蹿下跳，忙得似无头苍蝇。疲惫不堪的小文刚回到办公室，老尚又叫住了他：“小文啊，如今会已开毕，战斗已打响，但还不够，必须发一个红头文件。你根据大会的部署，尽快草拟文件底稿。注意，要具体，要有可操作性！”

小文复又领命而去。铺开稿纸，脑壳晕晕乎乎，用清凉油猛一抹，辣得眼冒金星。摸摸捏捏个把时辰，写得极不顺手，下午、晚上全搭上，直至翌日下午方将文稿拟就，遂急急送秘书科科长审改、办公室主管文秘的副主任审改、秘书长老尚审改、常务副市长审改，最后由市长审而签之，改得面目全非之后编号打印。

半月之后，市直机关、县市区政府贯彻会议之会议开得轰轰烈烈，汇报材料大包小包地寄往市政府。打印精美、堆成小山般的汇报材料由小文首先“欣赏”，而后选择要点摘汇成一份综合性的汇报材料，报省政府办公厅，报市委、市人大、市政府、市政协、市军分区领导阅，以节省领导们的宝贵时间。市长阅后大笔一挥：“请政府办着即将市直机关、县市区政府会战情况予以通报。”老尚揣了市长的手令气喘喘来到小文办公室，令小文着即起草通报。

通报发出一周后，没想到省政府亦下发一个“挖山填海”的红头文件。市政府焉敢造次，报请市长同意后，永无休息时间的老尚再嘱小文撰一贯彻文件之文件；另撰一明传电报稿，老尚将按省文件要求马上下去督查，请县市区政府做好接待与汇报准备。

三日之后，老尚“轻车简从”，带了督查室主任、秘书科科长、小文三人下县区督查“挖山填海”战斗的深入开展情况，开一路会，听一路汇报，明察暗访，发现不少死角，特别是拥有 100 多万人口的吴有县行动迟缓，形势不容乐观。

返市已是周末，老尚分工小文连夜炮制“督查专报”的第三部分。小文女友小丽特来为小文捶肩抚额、按摩助兴，却也说一些令小文沮丧的话，什么人家说人民政府的工作就是开会，管理就是发文和罚款，弄得小文不时走神。常务副市长牺牲假日休息时间看完“督查专报”，当机立断批示：“迅即在行动迟缓的吴有县开碰头会，坚决消灭大会战死角！不获全胜，决不收兵！”

“挖山填海”会战碰头会顺利召开并圆满结束，报刊、广播、电视部门再次推波助澜，形成强大的舆论声势，吴有县城区中学、小学、幼儿园的老师和学生纷纷上街游行，敲锣打鼓，高呼口号，会战进入高潮。

一周之后，紫树市政府发出了《关于评选“挖山填海”工作先进单位的通知》。一月之后，全市“挖山填海”会战总结表彰大会隆重召开。老尚、小文及同事们再一次忙成上蹿下跳的无头苍蝇。

如此爬山下海的折腾，懊恼、沮丧、厌倦的小文愤而挥动三寸狼毫写下“挖山造山填海造海山海何时小”，正欲写下联，电话铃响，听筒里响起老尚急促的声音：“小文啊，你现在马上来办公室加班。省政府发来了特急电文，要求尽快向省里报送‘挖山填海’总结材料，省里马上要召开先进表彰大会。你现在就来，我已派人为你购买了康师傅方便面作夜宵……”

“尚秘书长，还要开会、拟文啊？”

“真是十足的书呆子！不开会不发文行吗？！”老尚认真地开导。

全省“挖山填海”总结表彰大会隆重召开，省委、省人大、省政府、省政协、省军区领导出席大会并做了重要讲话，分别从讲政治、讲稳定、反对官僚主义、反对文牍主义、改变工作作风、降低行政成本、树立政府机关新形象、密切党群干群关系、推进改革开放、促进经济发展的角度进行总结，盛赞全省“挖山填海”第一战役取得的辉煌战果，紫树市等六个地市被评为全省先进单位，分别在会上介绍了经验。会议最后决定：第一，全面、认真、科学地总结前一阶段全省“挖山填海”工作战绩，尽快向国务院办公厅做书面汇报；第二，本着精神奖励与物质奖励相结合的原则，以省政府名义奖给紫树市等六个先进地市人民币各10万元；第三，为巩固第一战役成果，打好第二战役，将本月定为“挖山填海”宣传月；第四，发文成立以五大家领导为正副组长，各部、办委、局、厅主要负责人为成员的全省“挖山填海”第二战役领导小组，各地州市县区成立相应规格的领导小组，全面加强对“挖山填海”工作的领导；第五，建立“挖山填海”责任制，层层签订责任状，实行一票否决；第六，为使全省人民，特别是党政机关、企事业单位更好地学习“挖山填海”的先进经验，会务组尽快将领导的大会讲话和先进地市的经验介绍汇编成书，交出版社出版发行，全省党政干部人手一册；第七，从有关单位抽调优秀写作人员，组成高水准的写作班子，尽快编写《“挖山填海”务实操作指南》《人类走进和走出文山会海的哲学思考》，参加联合国教科文组织举办的“会议与公文改革”主题征文，让我省冲出亚洲，走向世界……

回到紫树，老尚见到小文的第一句话是：“‘挖山填海’战斗才开始呢……”

1996年2月 湘中娄底

动物奇缘

奇袭

一

天空蓝蓝的。

细风儿轻轻地飞吻小坪、花草，飞吻着小坪边一屋檐下漂亮的“古眼洞”。今天，古眼洞周围被打扫得干干净净，没有尘埃，没有草屑，硬邦邦的一片光滑，如同被舌头舔过一般。

一群蚂蚁从古眼洞口爬出来了，它们体态秀美，周身棕红。这些未成年的小蚂蚁快活地在洞口转来奔去，一会儿散开，一会儿又聚到一起，互相用椭圆的屁股抵撞着。接着，从洞口爬出了一队头儿大、腰臀圆的青壮蚂蚁来，为首的蚂蚁背上有一点白斑，十分醒目。这些青壮蚂蚁的触角已经长粗长长，身子也由棕红变成了棕黑，它们踢踢腿，伸伸腰，除了几只探子急急跑向远方以外，其余的便排成半圆围在洞口。这时，从洞口缓缓地爬出一只又黑又大的蚂蚁来，它触角又粗又长，六只脚坚强有力，首尾比配协调的结实身子，黑得泛出光泽来——喀斯，古眼洞蚂蚁们的首领。古眼洞里的大小蚂蚁们都崇拜它，敬畏它。喀斯德高望重，享有至高无上的权力。

它是光荣登上首领宝座的。

在很久前的一个阳光灿烂的下午，古眼洞的首领带着蚁后出洞晒太阳庆祝生日，正欢乐间，意外的情况出现了：一只快长大的小鸡飞快窜了过来，哨兵来不及预警，情况十万火急。首领带着蚁后正欲返回洞内，小鸡脖子一伸，猛一啄来，可怜权势赫赫的首领、雍容华贵的蚁后，顷刻间葬身鸡嗉，接着，围着首领、蚁后的一大队蚂蚁卫兵亦纷纷罹难，只剩下一只受了重伤的卫兵，连滚带爬钻回洞中。这天没有出洞的喀斯怒火中烧，它不顾蚁兄蚁弟蚁姐蚁妹们的苦苦劝阻，冒着遭遇袭击、葬身鸡嗉的巨大危险，毅然率领一队青壮蚁冲出洞来，巧窥战机，爬到了已蹲在地上的小鸡脖上，咯吱咯吱一齐狠劲咬将起来，杀死了小鸡！于是，身强体壮的喀斯登上了首领的宝座，成了一洞之主。不久，一只壮硕美丽的母蚁成为蚁后。

喀斯缓缓地爬出了洞口，这缓缓的爬行中，显露出极大的威严。在“一点白”的指挥下，肤色棕黑的蚂蚁们立即将半圆队变成了两排纵队。浑身棕红的幼蚁们立即停止了抵撞、追逐，迅速分散开去，在纵队的西侧摆出了两个漂亮的“雪花阵”。哨兵在远处警戒。

喀斯细细检阅了纵队，又饶有兴味地观赏了“雪花阵”，几分得意，几分慈祥。今日它格外高兴，经过好些天的挖掘、整修，只等待吉日良辰乔迁漂亮的新洞。这两天感到有点闷，便决定今日搬迁，于是，带领一群蚁兵来洞外望风观天，顺便检阅一下队伍。

今儿果然是吉辰佳日，云儿淡淡的，风儿轻轻的，小坪里的缕缕草香不时随风荡来。

喀斯和蚁兵们正在兴奋地观测着，探子们回来了，没发现任何险象和敌人。喀斯听完探子们的报告，兴奋难抑，随即下达了振奋群心的命令——

开始搬迁！

二

这实在是一个华丽的洞府。

古眼洞虽然也不失为漂亮，这新洞却比古眼洞要漂亮得多，高级得多，气派得多，结构复杂得多。无论是洞的方向位置、洞内的干湿标准还是摆设布置，都是古眼洞无法比拟的。难怪刚才在古眼洞口一下达搬迁命令，蚁兵们高兴得直蹦跳。可是，古眼洞毕竟是生活了很久的老家啊，当喀斯率领队伍搬着东西爬出洞口，向新洞走去时，回望着熟悉的洞口，兴奋之中不禁夹涌出一股若有所失的惆怅。此时已站在新洞里的它，仍未摆脱这种情绪的缠绕。下属们虽然经过长途跋涉，但个个精神抖擞，它们细心地将扛来的物品一件件整理着，安放妥。喀斯携着蚁后，这里走走那里看看，用脚去弹在厅堂中央撞架玩耍的幼蚁屁股，带着传令兵走到了厅堂的台阶上，下达了再次出征的命令。因为，古眼洞的物品实在太多了，全洞的蚂蚁们浩浩荡荡搬了一次，却只搬来了一半多点，还得再去一大队蚂蚁搬；等全部搬来，再在这又长又宽的厅堂里大会餐庆贺。

命令一下，立即有好几百蚂蚁聚集在厅堂的东侧，接着一阵呼啦冲出了洞府。

蚁后指挥着留下的几百蚂蚁，仔细布置新洞，准备着美味珍馐，等待着复去古眼洞搬东西的兄弟姐妹们回来大会餐。

好长时间过去了。等呀等呀，未见去搬家的蚂蚁们回来。又等了许久，仍没见一只蚂蚁回来。新洞里的蚂蚁们互相踢扭着，消磨着这难熬的等待时光。

一丝不祥的感觉降临到喀斯身上。

是遇上大风了吗？是撞上暴雨了吗？不会的，喀斯本能地感觉到外面正风和日丽。它正想派身边的神腿“一点白”去探视情况，忽然，在洞外望风的蚂蚁哨兵跌跌撞撞冲进来了，慌乱地报告了外边的情况。

喀斯蓦然一惊，还没转过神来，洞口又跑进了几只惊慌失色的蚁探。紧随其后的是一只只远征搬家的蚂蚁，它们满身灰土，抬的不是食物，而是一具具断脚没脑的蚁尸！

三

浓浓的凄哀充溢着华丽的洞府。

飞来的横祸震蒙了蚁后，震蒙了在美味珍馐旁等待聚餐的几百只蚂蚁，也震裂了喀斯慈善的心。厅堂的喜庆气氛一下子跌入了冰点。

几十具蚁尸堆在厅堂的右侧，有的不见了脑袋，有的不见了屁股，有的少了几条腿，有脑袋的，也成了“肉饼”。几只奄奄一息的蚂蚁，蜷缩着百孔千疮的身子，痛苦地战栗着：其中有刚刚成年的青壮蚁，也有浑身棕红的幼少蚁。

几十具尸体，加上抬着这些尸体回来的侥幸逃脱者，还不到远征搬家者的一半。

还有一大半死在外边没抬回来。

太惨了！

喀斯一动不动地立在厅阶上，看着眼前的情景，想着刚才欢闹的喜庆场面，仿佛掉进了冰窟窿，一对粗粗的触角不住地颤动着。

自从喀斯就任首领以来，还是第一次出现如此惨景。在它当首领的日日夜夜里，它从容地指挥着一切活动，古眼洞被建设得舒适美丽，蚂蚁们过着幸福快乐的生活，蚂蚁的伤亡数保持在最低数额，可是，这一次……

喀斯浑身浸泡在凄哀之汤里。

原来，几百只大大小小去搬东西的蚂蚁，怀着早早回去与兄弟们大会餐庆贺乔迁新居的欣喜之情，以最快的速度跑到古眼洞，又以最快的速度扛好洞里剩下的物品，甩开六腿飞快地往回奔。半路上灾祸忽然降临了——这路边房子的年轻女主人，今日从街上买回了大块猪板油，趁丈夫去地里干活不在家，端了一碗煎得半湿半干香喷喷的油渣，开了屋后门，偷偷去送给小坪那边房舍里的相好吃。她跨出屋后门没多远，发现地下黑压压一长队扛着物品的蚂蚁队伍，女人便用鞋底一阵蹭踏。因怕蹭久了，有人发现她端着油渣而生疑，蹭踏了一阵之后，便踏上草坪，急急往小坪那边走去。因此，侥幸没蹭死的上百只蚂蚁便丢下物品，抬了几十具尸体，跌跌撞撞爬回了新洞。

喀斯缓缓地走下台阶，从悲哀中慢慢醒悟过来。它知道，作为一洞之主在这种情形下应该怎样做，怎样去抚慰哀伤至极的下属们。果然，它这么一走动，僵立的蚂蚁们开始蠕动起来，不一会儿，竟在喀斯身边围了密密匝匝的一个大圈。它们不约而同地向喀斯提出请求，请求让它们立即去抬回死在外边还没抬回的兄弟们以及未搬回的物品和粮食。

喀斯被下属们这种举动深深地感动了，是的，死在外边的远征者必须都被抬回自己的家，决不能糜烂在路野，这是蚂蚁家族世世代代的成规。但是，大家得用了餐再去抬，这样才有劲，才跑得快。喀斯解散了这个密密匝匝的蚁圈，传令蚁后安排大家用餐。

“会餐”在一片悲哀气氛中进行。

四

从厅堂爬到洞外，从洞外爬回厅堂，喀斯就这样不停地窜动着。它惦念着刚才“会餐”后专程去搬蚁尸和粮食物品的蚁兵们，怕它们又遇到危险。尽管它让蚁兵改变行进方阵，由密密挨挨的线形长队改成散队，这样目标不那么明显，能减少危险的发生，但往回抬着时，一具蚁尸总得要二至四只蚂蚁抬呀，这样，几只蚂蚁聚在一起，目标就有些显眼了。

上百只远征幸存者，已慢慢抹去了身上的灰土，与留在洞里的蚂蚁默默处理着蚁尸。几只奄奄一息的重伤蚂蚁被抬到一旁护理。

这一切都做完了，专程去搬蚁尸及粮食物品的蚂蚁们竟毫无消息。难道真的又出了问题……

喀斯越来越不安起来，这种不安促使它想立刻知道下属们的最新情况。

彪悍机智的“一点白”应命飞奔而去。

“一点白”去了，喀斯稍稍安定了一些，但不安之感并没有完全消却，它又两次爬到洞外观测，周围的一切似乎都是那么宁静，云儿淡淡的，风儿轻轻的。

喀斯有些疲惫了，在短短的半日时间里，它经历了搬迁时的兴奋和下属们罹难的巨大悲痛。它爬回洞中，与蚁后在厅堂歇息。

喀斯刚刚歇息，一只在洞外望风的蚁探突然跌跌撞撞地冲了进来，喀斯刚刚舒缓一点的神经倏地又绷紧了，它跳起来，正欲往洞外冲，这时，“一点白”架着一只遍体鳞伤、压扁了屁股、卸了两条腿的蚂蚁出现在洞口！

——“会餐”后去搬运尸体和粮食物品的蚂蚁分散着前进，没有遇到任何险情。它们迅速抬起蚁尸、粮食物品往回走，没走多远，又碰上了那花里胡哨的女人！

真是冤家路窄。

这女人将大碗油渣送给正在家里抽烟的相好，两人快速挑逗温存了一番。大白天，不便久闹，女人来不及擦洗，快快地往回走，走到自己房子檐下的廊道上时，又看见地下黑压压三五成群的蚂蚁。女人素厌蚂蚁，挪动两脚狠狠蹭踏起来，可怜黑压压遍地的蚂蚁，顷刻间全部一命呜呼。唯一的幸存者也被踏扁了屁股，踩断了两条腿。幸存者忍着巨大的伤痛，用四条腿艰难地往回爬，往回爬，在路上碰到了前来探察的“一点白”。

洞顶仿佛訇然坍塌了下来，喀斯一阵痉挛，晕了过去……

五

黄黄的路埂上，躺着黑压压的蚁尸。

这些勤劳勇敢的蚂蚁们，怀着对幸福美好生活的向往，怀着痛失同伴的哀伤，急急地运着遗体及粮食物品，没想到再次遇上灭顶之灾，全军覆灭！它们是不屈地倒下的，它们死得壮烈，是蚂蚁家族的骄傲！

梆硬的土埂被蹭踏松了，蚂蚁们的尸体有些已被蹭入了松土灰中，躺在松土外的，尽管身首分家，胸腔破裂，但都保持着战斗的姿态，它们的两轮牙刀分明拉开着，等待着最后的一搏，然而它们的敌人太强大了！它们的敌人是神通广大的人类，是那个一百多斤重的女人，那个白日偷情的女人。

喀斯和它仅存的一百多蚁兵默默地站在这悲壮凄凉的疆场上，胸中涌动着无限的悲愤。刚才它从昏厥中清醒过来后，不顾蚁后的劝阻，立即亲率洞中活着的蚂蚁们冲来了，尽管又有全军覆灭的危险，但它已不再考虑这些，它想到的是那些死去的可爱可亲的下属们。要死，就一起死吧！它已经出离愤怒了。

一批蚁尸被抬回洞中，又迎来了第二批。一批又一批，不久，土埂上所有的蚁尸都被抬回了洞中。

几百具尸体把又长又宽的厅堂挤得满满当当。

喀斯站在尸堆下，浑身被悲愤激得一个劲地抖颤着。随即，它和仅存的一百多蚁兵同时迸出了一个强烈的欲念：

报仇！报仇！报仇！

这仇一定要报！

喀斯默默地检阅着紧紧围过来的蚁兵们，末了，它把“一点白”叫到跟前，下达了前去侦察的命令。蚁兵们立即给“一点白”让开了一条道。可是“一点白”没有动，它静静地站着，忽然，它提出要带两个助手一同前往。喀斯随即挑选了两只健壮的蚁兵，交与“一点白”。

“一点白”与两个助手飞奔而去。

“一点白”是喀斯最亲近的壮蚁，它健壮结实，彪悍英武，六只粗壮的大长腿让它疾行如飞，素有“神腿”之称。它背上那一点与众不同的白斑，让其更显得漂亮无比。一次它远征采食，碰上一只丰腴美丽的母蚁，那母蚁一见倾心，竟想拉“一点白”去做它们小洞的洞主。“一点白”为众兄弟立下过汗马功劳，这华丽的洞府，就是它指挥众蚁一同修成的。

喀斯放心地望着“一点白”与助手飞奔而去，然后命令众蚁静神休息，以便养精蓄锐，去参加复仇的战斗。

喀斯做通了蚁后的工作。

蚁后深明大义，同意只留几只幼蚁一道坚守洞中。

洞府里燃烧着复仇的火焰。

六

太阳躲到逐渐增厚的云层中去了，风儿也不见了，天地间一忽儿不见了清明之气，变得沉闷起来。

地上急急行进着一队蚂蚁，刚才同“一点白”去侦察的两只壮蚁在前面开路，喀斯在队伍中间，“一点白”断后。它们在疾行中保持着高度的警惕，一旦发现险情，全队将立即停止前进，爬到夹缝底下。它们要保存实力，去给牺牲的几百蚁兄蚁弟蚁姐蚁妹报仇！

喀斯急急地跑着，出征前的一幕幕情景仍在激励着它，它更坚定了去死的决心。

——刚才“一点白”与助手顺利侦察回来，发现了三个可以复仇的目标：一是门角落的一只孵蛋的母鸡；二是不共戴天的死敌——还在灶边煎油的女人；三是方桌上一大缸刚煎出的油。百来只被复仇的火焰烧红了眼的蚂蚁一致同意将三个目标全部攻击：咬死孵蛋的母鸡，狠咬女人两腿间的敏感部位，最后投入油缸，以肉身破坏大缸煎好的猪油。在这样的下属们面前，喀斯还有什么放心不下的呢？没有片刻的犹豫，它立下了去死的决心。作为蚁兵们的首领，自己的生命是与蚁兵们紧紧地维系在一起的。几百兄弟姐妹蹈死不顾，这是多么悲壮伟大的行为！难道非要留着自己一个光杆司令不成？更令它感慨振奋的是，当它去看厅堂一侧重伤的蚁兵，准备多留几只幼蚁照料它们时，这些伤员们为了不拖累出征的战友，为了对得起死去的亲爱的兄弟们，一只只竟都咬断了自己的腰根，自杀了！

一百多蚁兵在喀斯的率领下，全部爬到了洞口外，它们就要永别这个还没好好住上一日的华丽洞府了，每只蚁兵的胸腔里腾起一股浓烈的依依惜别之情。华丽的洞府，花费了多少精力啊，可是永远也不能享用了。喀斯告别美丽壮硕的蚁后时，更是难舍难分、悲伤莫名。

与世无争、默默地过着日子的几百蚂蚁，在这云淡风轻的日子却遭受人类的灭顶之灾！蚂蚁族类是不怕死的，古眼洞的蚂蚁们是不怕死的，它们为了报这血海深仇，就要永远离去了。看到队伍中那些浑身棕红、天真可爱的幼少蚁，喀斯浑身不觉一阵抽搐。它真想让孩子们都留在洞中！可是，幼少蚁那决绝的神情，打消了它的这个念头，再说，攻击三处目标，一百来只蚁兵也不够。

喀斯最后看了一眼漂亮洞府，看了一眼美丽年轻的蚁后，随即下达了出发令。

离洞前的这一幕幕情景，晃闪在喀斯的眼前，给它无穷的力量，队伍在它的鼓舞下，前进得更快了。

第一个攻击目标已经不远，只要从这钻入房内，就能遇见母鸡。惊心动魄的战斗就要开始。突然，从队尾传来消息，发现了可耻的逃兵！急急行进的队伍立即停下，此时，四只蚁兵押着一只健壮英武的蚂蚁急急向喀斯走来，大家骤然间全怔住了：逃兵竟是大家心目中的英雄、喀斯最信任的“一点白”！

原来，断后的“一点白”走着走着，渐渐走得慢了，接着掉头就跑。四只壮蚁发现后迅速追了上去。“一点白”跑了一阵之后，发现后边有蚁兵追来，便站着不动了，于是，它被押到了喀斯跟前。

喀斯简直不能相信，被四只壮蚁押着的可耻的逃兵，竟是自己最宠爱的英雄、平日紧紧跟随身边的忠诚卫士、今日出色完成侦察任务的“一点白”！

这是真的吗？

可是面前的四只壮蚁，平日与“一点白”无冤无仇，难道会诬陷它？！喀斯骤然被巨大的愤怒激得差点跳起来。

可耻的昔日英雄，你怕死了吗？你留恋在你指挥下修成的华丽洞府吗？你惦着小洞中那个丰腴美丽的母蚁，想去那里做洞主吗？兄弟姐妹饶不了你！洞府中山头般堆着的冤魂饶不了你！队伍中坚强不屈、蹈死不顾的幼少兄弟们将把你羞死！

败类！

喀斯真想把它立即处死，但念它曾忠诚地保卫过自己，念它曾为兄弟姐妹做出过卓越的贡献，念它今日又出色圆满完成了侦察任务，逃跑时发现来追了不再继续逃跑，喀斯终于饶了它，把它押在队伍的最前头。队伍又急急地前进了。

七

目标就在眼前，复仇的战斗开始了。

喀斯正欲命令“一点白”上前，却见刚才押“一点白”的四只壮蚁已率先冲了上去，急速向老母鸡的脖子上爬去。

老母鸡正静静地慈祥地孵着蛋。为了繁衍后代，它已经孵了十多天了，孵得精神恍惚，浑身无力，此时正闭着眼睛打着盹。忽觉面上痒痒，仰头猛一摇，四只壮蚁立刻被摇飞，重重地摔在两侧的木板上，死了。

又冲上去一批蚁兵，又死了。

喀斯诅咒着“一点白”没有冲上去，在队伍中搜寻着它，可根本没发现它的影子。难道它又跑了？喀斯胸中陡然又蹿起一团怒火。它正想派另外一组蚁兵冲上去，蓦然，“一点白”出现在母鸡的嗉子边，接着又有十来只蚁兵出现在嗉子边。

老母鸡将全身的毛张了几张，懒洋洋地喔了一声，又闭上眼皮打盹孵蛋了。

“一点白”带领十来只蚁兵迅速沿着鸡脖子爬了上去，选择下巴颏儿鸡毛稀少的地方，排成一圈同时狠劲地咬了起来，只见被咬痛了的母鸡猛然梗直了脖子，向两边摆晃，几只蚁兵被抛向木板。可是，母鸡的脖子一会就没摇了，接着，高梗的脖子慢慢向下垂去，垂去，最后完全耷拉了下来。

第一处目标终于攻下来了，“一点白”与另外几只蚁兵回到了队伍中，它们浑身都是殷红的鸡血。这一场战斗，共损失了三十多只蚁兵。喀斯整理好队伍，随即离开了鸡窝边，向发出阵阵哧哧笑声的灶间前进。

几十只蚁兵的队伍，以极其隐蔽的方式紧贴着墙壁下的缝隙，急急地行进，没多久，它们已绕到了女人身边，在女人坐着的椅子背后一个紧挨壁脚的坑洼里隐蔽了下来。

女人坐在一把光滑别致的竹椅上，跷着二郎腿，还在煎油。她大概还在回味着与相好温存逗弄的有趣情景，不时哧哧笑出声来。灶膛里火旺旺的，锅里刚放入最后一批猪板油，离灶不远的方桌上放着一大瓷缸煎好的油。满屋子飘溢着浓浓的油香。

女人盯着锅里的油，哧哧哧又笑出声来了。她感到脚踝上有点痒，边笑边下意识地用手拍了一下。又笑起来，又痒起来，又用手拍打了一下，如此反复多次，女人的脚下趴着了二十几具蚁尸，其中大多是浑身棕红的幼少蚁。

这一切都被心急如焚的喀斯得知。

喀斯气急败坏地在坑洼里窜来窜去，它真想亲自杀上去，可是自己目标太大，极容易被女人发现。它强按下怒火，从身边挑选了几只精灵的蚁兵，命令它们冲向前去，暂缓攻击，实地观察，当场设计出战斗方案，然后回来禀报！

女人的裤管本来不短，站着时也能罩住鞋帮，可坐在椅子上，裤管自然上拉，鞋帮便露出来了，而且脚踝一段的肌肤也露在外面。蚁兵从鞋帮上爬上脚踝时，被女人感觉到了，于是纷纷丧命。

几只精灵的蚁兵当即形成新的战斗方案：改进作战路线，从椅子脚爬上去，爬上裤子，然后慢慢朝下往裤管口爬；再翻进裤子里，沿着裤子爬上去。

灶火旺旺的，锅里的油不断翻滚着，吱吱吱冒着白气，渐渐地，油渣越来越小，香香的油却越来越多了。

女人端起放在灶台上的大花碗，用长柄瓢将锅里的油一瓢瓢舀到花碗里。她慢慢地站起身来，小心翼翼地端着一碗满满的滚烫的油，准备倒入桌上的大油缸中。女人刚移出一步，突然发出“啊哟”一声尖叫，用手猛拍着裤管。

“啪——”大花碗摔落在地！

“啊——”女人更加尖厉地叫着，双手拍打着裤裆，颠着被烫得揪心般疼痛的脚，一蹿一跛一跳直奔卧房而去。

喀斯率领为数不多的蚁兵从坑洼里冲了出来，向着最后的攻击目标前进了。

它们爬上了油缸，站在缸口上了。

缸子稍有些热。因女人煎油之前，缸中存有一些冻油，沸滚的油与陈油一搅，也就不怎么烫了。喀斯和它的蚁兵们，面对着这一汪热油，没有哀伤，没有恐惧，胸中涌动的是壮烈的复仇感和崇高的牺牲感！

为了牺牲的兄弟姐妹们，喀斯和蚁兵们将用身体去破坏女人的香油了！

为了维护蚁类的尊严，喀斯和蚁兵们将以最壮烈、最英勇的行为告别天地了！

一只、两只、三只……几十只蚁兵沿缸口站了一圈，咬断自己的四条腿抛入缸中，最后用剩下的两条腿用力一撑，扑通扑通，一齐滚入了油缸中，缸中香喷喷的热油上顿时浮满了一条条长长短短的蚁腿和一具具粗粗细细的蚁躯。

喀斯缓缓地走到缸口的最边沿，它摇了摇自己的触角，勾下头去咬自己粗壮的大腿，猛地发现自己身后不远处还站着“一点白”。遍身鸡血的“一点白”漠然地站在离缸口不远不近的地方，既不像要进，也不像要逃，背上那一点漂亮的白斑被污血染变了颜色。

喀斯带着首领的威仪，缓缓地向“一点白”逼去，可“一点白”

毫无表情，两根触角像两根硬硬的树杈。

快到“一点白”眼前时，喀斯猛地站住了。看着“一点白”魁梧俊美的身躯，看着“一点白”满身的血污，看着“一点白”木然的神情，喀斯猛然改变了主意。

去吧，“一点白”，去享用你辛劳建成的华丽洞府吧！

去吧，“一点白”，去那美丽的母蚁身边当洞主吧！

喀斯朝“一点白”看了最后一眼，掉头大步向缸口走去，它飞快地咬断了自己的腿，扑通一声响，投入了一汪热油中。

缸口上只剩下“一点白”了，古眼洞的几百蚁兵们只剩下“一点白”了。可是，“一点白”并没往回逃，它摇动着自己粗粗的触须，慢慢地向缸口爬去，爬去，最后，魁梧俊美的身子消失在缸口上。

蓦地，意外的情况出现了：由于女人不在，灶膛口一根根长长的、一端搭连屋角的干裂柴棍，慢慢燃到了柴棍末端，将堆放的大捆干柴引燃了。大火蹿向了楼板……

八

在一堆冒烟的废墟旁，人们扶起了瘫在地上的女人。

几天后，方圆几十里的人们纷纷感叹着：

“唉，一个女人煎油，把一座好好的房子烧掉了……”

1985 年 6 月 六都寨

散文

穿鞋

世上男女老少，一生中最离不开的身外之物莫过于鞋子了。

你一觉醒来，翻身下床的第一件事就是蹬鞋。你忙乎了一天，鞋跟着你千辛万苦；你上床睡下了，鞋才能静卧床边。鞋子无怨无悔伴你走完人生之路。人行走在地球上，鞋是连接人与地球的重要媒介。

出生在东海之滨军营中的我，自记事起就羡慕绿得诱人的“解放鞋”，可哪有我那小脚丫穿的正品军鞋呢！后来全家到了地方，随着脚丫的扩展，我终于穿上了“解放鞋”，却是仿制的，潮湿、臭脚。那时候家境不佳，一双花钱买回的鞋不穿烂是不让丢弃的。这时节阿妈开始纳鞋底，不是下大雨，我是不穿“解放鞋”的。

阿妈心灵手巧，做的布鞋远近有名。这当然与她的一大套讲究有关。每到闲时夜晚，阿妈就站在凉坪里看天象，如望见满天星斗，皓月当空，便取出平时舍不得吃的上等糯米，用石磨磨成粉末，翌早煮成糊糊，然后取来偏舍那扇活动门板，将平日慢慢集拢的大小布条抱来，待太阳从山尖上一探，射出第一道金光时，阿妈将布头迎光一抻，迅即铺平在门板上，扑扑几下，糯米糊匀匀地刷在布头上，再铺，再刷，再刷，再铺，如此六六三十六铺，九九八十一刷，成了。这时候太阳已完全爬出山尖，万道金光齐齐射在门板上。晒至酉时，将门板抬回家中，沙沙一撕，浆板立时从门板上剥脱，硬中见韧，用指一弹，咔嗒有声。此后阿妈就利用闲暇时间，取出最新潮的鞋样，剜出一双双鞋底，纳将起来。

阿妈纳鞋底可真是件乐事，她两手可同时拿着鞋底、鞋绳、小钻、粗针、蜂蜡，手背上还缠一块手帕，一边纳一边可与我们说着话，与前来取经的大妈、大嫂海阔天空神聊，聊素的也聊荤的，乐得大家哈哈大笑。阿妈纳鞋底的时光，也就是我家最快乐的时候。一双鞋做成了，那造型别致的鞋帮、纵横交错的鞋底线头，简直就是一件精美的艺术品。

我喜欢上了阿妈做的艺术布鞋。

一天，我穿着艺术布鞋，揣了早已准备好的鱼药，邀上几个铁杆伙伴去后石江药鱼。鱼药一泼，伙伴们水鬼似的在水中搅和，药效立时出来，后石江里的大小水族跳迪斯科一般亡命乱窜，其中一条漂亮的红鲤，半个背面凸在水面，似快艇一般乘风破浪，乐得岸上的我嗷嗷大叫，用长竿网捞不着，正欲飞身入水擒拿，猛想起别弄坏了艺术布鞋，遂赤脚跳入水中，脚底立时钻心般痛，一股红水弥漫上来。我的左脚板被尖石刺破了一个大口。我一咬牙，几经追逐，终于将红鲤逮住。这个暑假，我在家养伤半月，苦不堪言！ 朋友对我说，你要穿双皮草鞋下江就好了。

那皮草鞋完全是稻草鞋、笋壳鞋一般造型，只是用旧自行车、板车轮胎切割而成，当时已开始流行，高档漂亮的一块五一双，便宜的六角一双。我买了一双八角的中档货。这鞋接触脚板的是光滑的胎心，着地的带齿槽防滑，涉江时穿上既过水又护脚。后来的几个暑假，我都穿皮草鞋度夏，直到高中毕业。

在城里念大学，也穿布鞋，但较多时间是穿当时很时兴的海棠式猪皮鞋，暑天穿塑料高坡跟拖鞋。毕业后参加工作也是以上鞋子过日。1985年率团去庐山参加一个文学活动，行至庐山脚下忽发奇想：坐车上山不如步行上山。我当即将我团一行人叫下车，钻进原始次生林，循着当年诗仙李白爬过的幽幽小路拾级而上。这下苦煞我也，五个小时在陡险弯斜的山路上跋涉，一双脚被塑料凉鞋磨得红肿不堪！ 到了山顶牯岭镇，我当即在路边的商店里买了一双十二元的回力高帮白运动鞋穿了，将折磨我的硬塑鞋向山坡下的树林中高高抛下，吓得谈情说爱的一双男女提了裤子惊恐地从树下窜出。

如今的暑日，人们多穿各领风骚一两年的各式皮凉鞋或各式真皮运动鞋。我的一双十分合脚的皮凉鞋只经历两个暑日，竟有好友惊呼：啊呀呀，你还穿这种过时的鞋呀，你太太也把钱看得太紧了！接着就有同事说，部下说，顶头上司说，顶头上司的上司说，这下我才感到问题的严重，急惶惶跑到市里最高级的商场花一笔大钱买了一双中法合资的新潮皮凉鞋，择一黄道吉日穿了。

铮亮新潮的皮凉鞋穿在脚上，一脚扎在中国，一脚踏着法国，横跨欧亚两大洲，心里头立刻升腾出一种卓越、超然、富有、自信的别样情感。

我第一次感到穿高档鞋竟会让人生出这种感觉来！鞋能产生一种新的精神，让人进入一种新的心境！花钱买新心境，值！这时，太太叫我陪她去宾馆看一位出差本市的老首长夫人，步行一公里多，左脚踝下已被鞋后帮口磨得麻辣火烧，进入宾馆大堂时，左脚已不敢实实踩下去，引来不少异样的眼光。看完老夫人回来，一进门就将新鞋踢出几米远，大骂一通厂家之后，忙脱了袜子瞅，呀，左踝粗皮已去，正往外渗着半红半淡的毛细血水！

太太忙安慰，说穿质地好的新鞋都有一个适应过程，夏天丝袜那么薄，鞋帮打破皮是常有的事，鞋子适应你，你也得适应鞋，这叫双向适应。新鞋暂时搁置，让其自然软化。伤，十余天后才好，我特意穿了一双厚厚的丝袜，才敢穿上新鞋去上班。奇怪，穿旧鞋有人说，穿新鞋倒无人夸了。好在这日事特多特忙，跑上跑下的也就忘了这种期待，只觉得右脚背隐隐有些痛，下班回到家细一瞧，天啊，但见黑黑的血水将袜子紧贴在脚背上了！想扯开，却生生地疼，只好就这么粘着，用碘酒在血痂上涂抹一通。翌日早晨起床，见袜子有臭味，欲换一双新的，免得细菌感染，用力一脱，只觉得脚背一麻，袜子已卷着血痂脱下，脚背上露出一块凹陷的肉洞来。

毛骨悚然。

妈呀，我这不是花钱买洋罪受吗？！

人在痛苦的时候总喜欢寻些安慰。这时我想到了在外地学习的太太，我拨通电话后将受伤情形绘声绘色描述了一通，没想到太太却在电话那头哈哈一笑："真的？莫不是背着我上夜总会，被伴舞小姐鞋底那钢钉式的高跟戳的吧……"

我哭笑不得。

穿鞋乐，穿鞋苦，我还得穿着鞋子走着今后漫漫人生之路，这鞋还得与我生出多少故事来呢！

1994 年 6 月 娄底

我本歌星

蓝天。白云。青山。绿水。

一根弯弯长长的牧鸭竿手中一扬："啦——啦啦啦——""啦——啦啦啦——"高亢的唤鸭声朝翠绿的稻田中布下，吃饱了虫、鱼、水草的鸭子们一只只乖乖地从稻禾中钻出，嘻嘻嘎嘎跳入田边清清的小溪里。那"啦啦啦"独特的唤鸭声，便是我小时候最得意的歌唱了。

我看了《沙家浜》《红灯记》《智取威虎山》，便挺了小肚子，高唱"穷人的孩子早当家""临行喝妈一碗酒"，唱"老子的队伍才开张""只盼着深山出太阳"，真是神了，那些革命样板戏我只需看上一两遍，抄了歌词便能像模像样地唱起来。上学路上唱，在家里唱，牧鸭时也唱，唱得在溪水里嬉戏的鸭子们一一偏着脑壳听，兴奋得直往水里钻，颇似曹丕《善哉行》"淫鱼乘波听，踊跃自浮沉"描绘的景致。但天大的遗憾是：我竟未意识到自己是当歌星的料。

念完初中，便上高中，接着上大学，我那颇具穿透力的金属感的宏大嗓门，常把一批新同学吼得肉跳心惊，疑心我要上前拼命。文体部长欲发挥我的特长，拉我进系里的合唱组，排练"幸福的花儿心中开放”“跑马溜溜的山上”，拟参加全校的歌咏大赛。不到一个下午，我便能把参赛歌曲唱得字正腔圆。一合练，糟了，声音数我的最高最响，速度是我的最快，同学们“幸福的花儿”才开始“迎风”，我早已“开放”。瘦猴指挥叫我慢点，结果歌友们的“花儿”早已“开放”，我才开始“迎风”，掉在后边成了尾巴音。反复排练，我的歌声老不能与大家合拍。文体部长火了，瘦猴指挥火了，我更火了，撂下一句“我不是合唱的料”，走了，发誓今生今世再不参加什么鸟合唱！“阳春无和者，巴人皆下节。”晋人张协说得够意思！

八十年代末，歌星们端的是火爆无比，嘴巴一张，屁股一撅，票子滚滚来。“追星族”异军突起，“发烧友”遍地都是。这时节我已从政，整日里文山会海、迎来送往。好端端一歌星身材，被撑得大腹便便，腰若水桶，行走吃力，唱歌的兴头大减。转眼到了一九九三年，湘中南蛮新城出现“卡拉OK”，一帮子俊哥靓妹喜滋滋唱将起来，仿佛一夜之间均成了歌星。我竟有些心动，在家暗暗操练。一日，下来了一些头头脑脑，被安排至一家豪华雅房用膳，酒酣耳热之际，头号人物吩咐道：“小姐，把卡拉OK机开起咿——”服务小姐忙去开机，画面上立即跳出几个年轻女郎，踢腿扭胯，风情万般。极瘦无比的头号人物也不谦让，拿过话筒便唱将起来。

我是头一回听这么大的人物坐在我身边唱歌，自然无比兴奋无比新奇无限荣光，忙闭眼支耳恭听：蓦然中，仿佛一只山羊冲上山岗，仰头长嘶“咩——咩——咩——”，其声异常尖细、急促而刺耳！刚才被酒精麻醉了的神经立时被刺得肿胀难忍，我双手下意识正欲捂耳，酒桌上已响起热烈的掌声。待我睁开眼睛之时，头号人物一脸得意一脸胜利一脸自豪：“发挥不够！发挥不够！”接下来又是吃菜喝酒说俏皮话，肥硕无比的二号人物拿过话筒，捋起衣袖，道过一声“以助雅兴”，乃“沙啦啦啦”唱将起来，歌声时高时低，跌宕莫名。声高处有如肥猪被强行拽上屠桌，声低处有如壮豕拱食，嗡嗡嗡嗡，不知所唱为何物。

毕，掌声雷动。

大人物们如此大胆洒脱歌唱，我还何羞之有？我本歌星，那足能穿透物体的金属嗓音此时正好派上用场，来他个声震湘楚、韵盖雅座、一鸣惊人，“遏云声，回雪袖。占断晓莺春柳”是也！正好主陪请我代他答谢一曲。

我运运神，接过金灿灿的话筒，清清嗓子运足气力，扯开喉咙唱将起来。

我唱得扬眉吐气，唱得激情豪迈，唱得热汗淋漓，仿佛顷刻之间我已成为一代歌星。

毕，掌声火爆。

我腾云驾雾般去卫生间方便，正巧请我唱谢的主陪也一道进来。我忙明知故问：“方才歌唱如何？”主陪哈哈一乐，亦真亦假：“不准确地说吧，我刚才仿佛见到一头撑饱了食的黑驴‘咳儿——咳儿’打着饱嗝嚎叫呢！”我双腿一软，差点儿滑倒在卫生间光滑的地板上。

我本歌星，却成驴叫，想起来令人伤心落泪，全是酒精美食所害。

我再也不想，也不可能成为歌星，更遑论成为歌王了，就铁了心亦官亦文吧。

后来，“卡拉 OK”逐渐普及，进歌厅唱歌已成寻常事。若陪专家、朋友用膳进歌舞厅，我一般不唱，也不跳。

我闭着眼睛、聋了耳朵鼓掌。

偶与至爱亲朋欢聚一团，我才作一回“驴叫”。

我本歌星啊。

1996 年 2 月 湘中

大山的孩子

云山雾罩的大山里，生活着怎样的人家？站在两列大山的夹缝外，我的心里不由得升腾出几分探奇的兴奋来。

真是应验了两山之间多有溪河的熟语，当眼光从山腰上袅袅飘游的云雾中往山脚移时，便见一条不小的溪水从山口欢蹦乱跳出来，极有灵性。看到我们这些山外来客时，立时收敛起蓬勃的野气，腼腆地从我们脚下不远处一掩盖着丛丛茅草的深水沟里悄然遁去。要见识这大山里集聚出来的精灵，只有快步嵌入这山隙之间了。

我们溯溪迤逦而上，这大山的精灵躲闪不及，从我们身边飞快地跑远了，奔跑时腾出的水汽浮游在空中，落在我们的头发上，湿漉漉的。当我们深入大山的腹地，浑身冒汗准备歇息片刻时，忽然咣的一声响，令我们神经骤然绷紧。我们警觉地循声望去，顿见山腰上的两株松树上夹着两个猴似的男孩，正朝我们眨着眼睛，其中一个将手中的砍柴刀抛下，又是咣的一声，声音脆生生的。两株松树下散着一堆松枝，哦，原来是两个小樵夫！

“小朋友，下来玩玩……”我朝山上喊着。两小樵夫听后嗖地从树上滑下，捡起柴刀，撸撸裤子，从山上飞奔而下，轻盈地越过小溪上头的两根圆木，回头对我们“噢——噢——” 两声，箭似的消失在远处的云雾中。

我一面惊叹着小樵夫的精灵，一面提心吊胆，螃蟹似的横过滑溜溜泥鳅般的双木桥，跨到了山溪的右侧，正为自己没有掉下溪去而感到庆幸时，同行的寒君却在催促：“嗐，几米长的桥过了五分钟！你看，就剩下我俩在后头啦！”我口里说着不急不急，步子还是大了许多。

走进一个山塆，映入眼帘的是冬笋心似的梯田，一少年正从梯田里出来，下到溪水边洗脚。我们快步过去，少年衣衫单薄，长相英俊，裤管挽得高高，不太粗壮的腿肚子冻得通红，腰间系着一个酒葫芦似的鱼篓。我上前一看，好家伙，只见半篓子泥鳅正挨挨挤挤叽叽咕咕在取乐呢！我极遗憾于未能亲睹少年在冬水田里捉泥鳅的风采，忙以十分钦佩的口吻问着少年。少年一边够水洗脚，一边侧过脸望着我们，一脸的得意，只不说话。当我想起这天不是星期日且离放寒假还差十来天时，便问他上午怎么未上学，少年的脸上立时堆起一片漠然。

继续溯溪而行，山腰上便有了许多歪歪扭扭的木板房，袅袅炊烟与白雾杂合一起，便添了几分凝滞。我们离开小溪往山上爬去，看见屋里的男人捏着一把旱烟叶默默地切着，女人们在奶着孩子或斫着猪草，孩子们大多坐在火塘前烧着火，煮着应是中饭的早饭。男人女人大人小孩脸上均无多少表情。这无表情的背后，莫非蕴含着大山人的深沉？抑或是长久的贫穷而产生的漠然与默然。

气喘吁吁地继续往山上爬，热气和着山雾在我的髭上结成一串串的水珠。我脱掉厚厚的呢外衣，左腿弯弓，右腿绷直立在山路上喘息，眼睛朝山上扫去，但见山雾中隐隐有一团影子在艰难移动。我顾不得胸口的憋闷，招呼寒君快步爬上去看个究竟。走近了，走近了，原来又是一少年：衣衫褴褛，挑着一担水一步一停地爬着山，因个子太矮，水桶又大且高，桶底不时磕碰着山路上的茅草和石块。我提出帮他挑一段路，少年执意不肯。此时一汉子袖着两手从山上下来，见后停步发话："咯伢子，太造孽呢！山里雾大，娘得了风湿性心脏病，瘫在床上；爷是个复员军人，得了风湿性关节炎，左腿已经跛了，做不得工，担不得水。十二岁的伢子下面还拖着两个弟妹，造孽呢——"说完，摇摇头走了。

我定定地立在山路上，心中沉沉，思绪万千，城里少年吃香喝蜜，娇嗲任性，甚至连洗脚水都要父母倒的时候，这大山里的少年却已用稚嫩的肩膀挑起了生活的重担，这大山与城市之间仅仅相距几十公里啊！ 难道就因为这大山吗？ 一时间，这雄峻的大山，这袅袅的山雾，已褪去不少的诗情与画意。

我心沉沉步沉沉，不知道走了多远，在一山脊遇上了走在前面的队伍和乡政府来此催收农业税的干部们，人语喧哗，有说有笑。我说笑不出，便一人来到这农户房舍右侧的山嘴上独步沉思，不想这里正响着一少年稚嫩而急促的叫声：

"娘——快回来——"

“娘——快回来啰——”

这叫声令人心颤。我走到少年身前，顺着少年的目光往下一看：山坳里立着几座木板房，一矮个女人脚步乱颤颤地朝山上颠来，口中应着“来了来了”。

少年像是与我说话，又像是自言自语：“我说了要早点交税的，我说了要按时交税的……不交国税，天理难容呢。”

我惊异着这小小少年说出如此通晓事理、如此老练的话来！细一打量，少年约莫十一二岁，额上却有了细细的皱纹，双眉紧蹙，似有无限忧伤事，衣衫陈旧且单薄，再往下看，竟是赤脚一双！我一时大惊，慌将手从厚厚的皮手套中抽出，躬身一摸，凛冽寒风中，少年的脚似是无生命的物体般冰凉。问话中，得知少年家贫，因交不起不断上涨的学杂费，少年和十岁的大弟、八岁的小弟分别读到小学三年级、二年级、一年级就辍学在家。说话间，少年的两个弟弟不知从什么地方冒了出来，齐刷刷站在一起，脚上虽有鞋子，趾却探出鞋身。

“叔叔，我们好想读书啊！”

听着赤脚少年这悲切切的话语，我鼻子一酸，泪水已模糊了眼睛，我摸出身上仅带的10元钱悄悄塞进赤脚少年的裤袋里，少年复姓欧阳。

在村支书家里，大家端起酒碗喝高山水酒驱寒。我提不起喝酒的雅兴，匆匆扒了一碗饭便算用了餐。席间，我问及大山里的教育情况，乡干部回答得坦率而又概括：大山里经济条件差，家长交不起学费而不送子女读书；大山里学校条件低劣，一些学生不愿读书自动退学；大山里风化未开，一些家长不愿送子女多读书。教育要上去还得靠你们这些上级派来搞社教的领导干部，引导大山的人们尽快脱贫致富啊。

我们顿感肩上的担子沉沉。

正欲起身离席，却见门口已站满了看热闹的人，将门堵得死死的，一小妹子抱着一个嫩崽用劲挤到了最前边。小妹子稚气未脱，长得很甜。一问芳龄，十五岁；再一问，原来怀中所抱竟是她的儿子！ 我不禁露出十二分的惊讶。这惊讶用言语表达出来后，先是小妹子脸上烧出两朵红云，接着是门口爆发出一阵哈哈的笑声。我不知道这笑声是笑小妹子的早婚早育，还是笑我不谙山里风情，少见多怪，问得无端。

离开村支书热烘烘的木板屋，我独步山梁之上，任瑟瑟寒风刮在脸上灌进脖子里，理理我有些紊乱的思绪：为了大山的孩子们，我们的党和政府该做出怎样的战略决策来改变大山的这一切？

贫瘠的大山，壮美的大山，何时变成金山银山？

忧国忧民是我改不掉的秉性。

下山了。我又与寒君两人成行。山溪依旧害羞，急急地往前蹦，老给人追不上的感觉。我们叙说着大山，议论着大山，喟叹着大山，讨论着改变大山面貌的策略与建议，而后便是默默地走，脚步的啪啪声与山溪的喧哗声叠在一起，融进了大山。

正行走间，似有大山的乐音袅袅而下，我们驻足感悟片刻，不约而同纵声齐唱起：

“大山的孩子——”

“大山的孩子——”

“大山的孩子——”

…………

就这一句歌词，我们唱得时而激越，时而高昂，时而低缓，时而幽咽，唱出了万千文字难以描摹的意蕴，唱得我们大汗淋漓，唱得我们泪眼模糊。

“出山了！”寒君的一句提醒，我们方才停止了歌唱。此时，刚好站在了进山前观望的地方。我转身再一次望着云山雾罩的大山，幽幽的大山口，猴精猴精的小樵夫，英俊活泼的捉泥鳅高手，肩挑生活重担的少年，通晓事理被迫弃学的赤脚小欧阳，十五岁便抱着自己孩子的小妹子，似乎都一一向我跑来。忽然，山上泻下一团老雾，将这些大山的孩子拽过实实地裹着，重重地甩进大山的褶皱里。

大山的孩子啊，怎能让我就此忘怀！

1991 年 1 月 新化云溪

收税于远山

翻过一座座小山，越过一道道山岭，蹚过一条条小溪，脚踏泥泞，头顶云雾，我们进山收税来了。

倘要严格论来，我算不上真正的收税者，此行收税的，要数乡长和乡财政所的干部们。我呢，乃了解情况、陪同参与，无多大的任务压力，心情也就格外地舒坦，每见秀丽景色，免不了来上几句开心的文学语言，给此行的收税工作涂上些许别样的色彩。

进了山寨，先找村支书，支书便打发人叫来村委会主任和文书，文书不急不忙地在身上东翻西找，最后摸出一把皱巴巴的纸来，眯起眼睛细细查寻。乡长便发下话："你们村尚欠去年农业税、烈军属优抚费、民兵训练费共 1200 元。现在是新年 2 月份了，怎么办？"三位村干部也不回话，大概听惯了乡长的诘问，文书只是细细寻着欠税户主的名字，而后一一报出。乡长便又发话："现在，你们村干部先去欠交税费的户主家走一趟，再催收一次，愿意交者，从宽处理，免收百分之二十的催收费和千分之五的滞纳金。凡再次拒交者，待会我们乡干部亲自上门，催收费、滞纳金一律加收！"乡长说得掷地有声。村干部们应声鱼贯而出。

乡长这时候便又换了一副面孔，道出一句："这叫工作方法！"

而后立即与我们说笑如常，天上地下，东西南北，洋的土的，荤的素的，一道道端来，我这位平日里坐在大机关办公室里自视能说会道之徒，也只有开心听大声笑的福，没有插嘴的分。跟我同坐一条木凳、刚刚修完大专学业的妹崽乡干部小丽，早已笑得前拱后翻，只差未叫爹喊娘了。

中饭时分，外出催税的村干部们陆续回来了，一汇总，共收上800多元。对在这种情况下仍不交税费者，大家暂时也无法了，便开始吃饭。乡长一边吃一边对我说："这工作要干，饭也要吃，闲谈要扯，光干工作不吃饭工作怎么干？光干工作不扯淡不开玩笑日子怎么过？" 我对乡长的工作生活法则未加妄评，只是专注地夹一块金黄色沾着红辣椒粉的腊肉塞进口中，然后嘴角流油，鼻孔喷香，一笑置之。

饭后片刻，起身出去催税，第一户便折腾了许久！

当我们一行气喘吁吁快速爬到山脊上一欠税户主家门口时，只见大门洞开，却未见人影。带路的村支书、主任和文书轮番将两手拱成筒，朝四周大声喊着户主的名字，收获的只有一句句同样内容的大山的回音。这真把大家气坏了！长得矮矮墩墩的乡长两腿叉开，两臂抱在怀中，用手捋着下巴，稍作思索吩咐道："去屋后栏里看看，有猪就给赶出来！"几个乡干部转到屋后，立时赶出一头肥头大耳肉滚滚的猪来，大肥猪在屋前的小坪里东拱拱西嗅嗅，悠然自得。乡长大步上前，运足气力，对着猪硕大的屁股用力一踹，那肥猪便似被刺杀一般尖叫起来，叫声异常刺耳，声声滚落在山脊上；待叫声一停，乡长又是一踹，尖叫声便又起。我们正“欣赏”乡长踹猪屁股的高超技艺时，这欠税户主一男一女突然冒了出来，忙抱着乡长的腿:“乡长，有话好说，有话好说！这猪就莫踹瘦了，我们还得用它过年呢。”乡长这时便两手叉腰，两腿叉开，眉头竖起，威严无比：“我不但要踹你的猪，还要抬你的猪走！你欠着国家的税，村干部多次催收，不交；今日我们登门收税，你们竟敢躲藏起来。你们只顾着自己喂肥猪过大年，就不管给国家交一点点税、尽一点点义务了？”

这一对男女木木地听着，完了，男的便说：“乡长，这税是应该交，这道理我懂，只是……只是我手头实在……有得钱，是不是宽限几日，过几天再……”说着望了女人一眼，女人忙附和：“是啊是啊，再宽限几日……”没等女人说完，小丽已接上话：“再宽限？今天是哪年哪月哪日了？你们欠的那十八九元的税费到底要拖到哪天？为你们这点税费，你也忍心让我们这么多干部再来跑一次？我们全乡有多少村多少户你晓得吗？没钱就去借！过年杀了猪卖点肉还！”想不到小丽竟如此伶牙俐齿，毕竟已是一名乡干部。

这一男一女喏喏而去。我们想去灶房烤烤火，毕竟气温太低，但小门锁着，敞开的厅房却堆满了杂物，让人无法立脚，大家只得在土坪里站着等。凛冽的寒风一吹，身上刚才出的汗立时冷却，背脊便觉有几分凉。走着不感觉，一停下，长筒防滑胶鞋里的脚也就跟着变得冷冰冰的了。没多久，土坪里就响起了一个个感冒信号的喷嚏声。乡长又说起笑话来，只可惜大家冷得不行，笑话效果也就不佳。

一等，竟等去四十分钟，这一男一女方才回到小坪里，一开口竟是："有……有借到……"乡长强压住火气，朝身边的一干部一眨眼，那干部立即去取了一根绳子，跑到猪前，弯腰便捆。这一对男女忙不迭地窜过来："再去借，再去借。"乡长限令他们十分钟内借回，否则将猪抬走。我们只好又开始了等待，没想到只过了三分钟，这一男一女便返回了，而且手中拿着钱，口中叫着："清场，清场！"

这一户人家的税费竟收了个把小时。乡长大发感慨："对这种有钱不交的，就得想些法子。否则，你就是跑上五次十次，等上一天半天，别说收不上他的税，恐怕连人影都见不着咧。"然后长吁一口气，这第一户的税总算收到了。乡长实在厉害！

催收第二家欠税户主的税费时，户主在家，而且烧了火让大家烤，但就是不交税，理由是他先前当了五年的副书记，未拿一分钱的报酬，这次下了台，应停交两年农业税充抵工资报酬。这下惹恼了村支书，两人争执起来，村支书大声说他已干十年一直未拿工资，也没提要抵税，户主便说村支书在台上以后还可以拿，一人一句，争得面红耳赤，大拍桌子，只差未骂娘了。最后是乡长与我们一同上阵，我也说了一通大话、实话，又劝又哄，说理带压，磨了许久才将税费收上来。考虑到原副书记情况特殊，便未收催收费和滞纳金了。

催收第三户时，此户的一家人骂骂咧咧不歇口，说是这次未吃到统销粮、救灾粮，村里分配不公平，因而不交税费。大家分头做一家人的工作，说了许多道了不少，才收上了欠交的税费。

催收第四户时，这一户确实困难。鼎里煮的是苕米，锅里炒的是萝卜，且未放油，喂的猪也被人偷走了。乡长神情严肃，语气温和，晓之以理，动之以情，最后答应再来救济钱粮时予以重点考虑，户主这才交清了税费。

爬过一道道山梁，跨过一条条山溪，从这个山脊收到另一个山坳，我们一个个跑得精疲力竭，说得口干舌燥，坐在机关里只管发文的我，第一次感受到了乡干部收税的艰难，体味到了其中的酸甜苦辣。我一边收税一边默默地想，如果不尽快发展壮大农村的集体经济，不从集体经济中统交农业税，还让乡干部们这样一家一户艰难地去催去讨，长此下去，情何以堪？如果把干部们解放出来发展经济，乡村又将是一番怎样的情景？

眼看天色不早了，精疲力竭的我们只得拉大步子下山，晚饭是不能在山里吃的。吃了晚饭就下不了山，我们一行人的住宿还会给山民们添不少麻烦。

我与乡长走在最后头，乡长又说开了："人们说乡干部只是下村要粮（公粮），要钱（税费），未考虑为村民做实事，影响了党群、干群关系，个别村民甚至说什么'防火防盗防干部'，可是，这粮钱都是硬指标，不完成行吗？这么重的任务，这工作难度多大，今天你总算看到了。中央、省里、地区、县里、区里天天开大会、发文件，大多还是要在我们乡一级具体贯彻落实哪！”乡长说得一脸肃然。

这样闷沉沉地走着实在是太艰难。这样闷沉着也不是乡长的风格。工作生活是严肃的，但照样应该有笑声。于是我想活跃一下气氛，消除一下大家一天的疲劳，正好，前面有两座不高的山，两山挨得很近，两个山尖之间游动着一团团云雾，我大声提醒大家：“注意看，前方是不是两个情人大汗淋漓跑来相会，浑身冒出股股热气？”

“哈哈哈哈——”山沟里顿时爆发出一阵开心的笑声，一天的疲劳顿时全溅落在我们脚下欢快奔走着的小溪里……

1991 年 2 月 云溪电站

凤凰鸟会

鸟，彩色的鸟，白色的，蓝色的，黄色的，褐色的，红色的，灰色的……飞呀，不远万里，向着它们心中的圣地飞去，飞去，翅膀扑疼了，不歇；嘴巴渴出了血，不饮。它们只有一个念头，早早飞到凤凰身边，歇息，朝拜。

我久已被这神奇的鸟会牵动着情思。一个日丽风清的日子，我约了同事，乘车、下车，再经过艰苦的跋涉，终于到达了雪峰山麓的太源村。但见层峦叠嶂，千山涂黛，一幢幢古色古香的木板屋点缀在青翠的山坎上。那苍翠蓊郁的高高屏风界下，叮叮咚咚跳着一条清亮得叫人嘴馋的溪水。就在这秀丽屏风界的东侧、迷人小溪的上游，安详地蹲着两只巨大的“凤凰”，一大一小，雄凤雌凰。

啊，好一对令人神往的凤凰！

我俩顾不得腰酸腿疼，正欲去爬凤凰山，山民们把我们围住了。大说此山只可远看，不可近爬。奈不何我们急切的询问，山民们便纷纷描述起他们每年亲睹的神奇鸟会来。立时，我们的眼前出现了一幅百鸟朝凤的神奇画面。

——春去了，夏来了，布谷鸟叫了，每年神奇的鸟会时节就到了。小满前后的夜里，百色的鸟儿，从天之涯海之角，成群结队地飞来了，大雁、鹑鸡、杜鹃、白眉、鸫鸟、白鹭、红脚隼、丝冠鸟……当夜雾将山峰笼罩，千里而来的鸟儿们就纷纷落在凤凰山塆的一个软平的山坳上——凤凰朝会台，百鸟千鸟万鸟朝凤啦！于是，这里便成了鸟的世界、鸟的海洋。这时候，山坳上忽然亮起一堆篝火，红红的火光映红了山坳，顷刻间，百千上万的鸟，扑腾着翅膀蜂拥而聚，神奇壮观的场面出现了：只见数百数千数万大大小小的彩色鸟儿，在熊熊的篝火上空盘旋、鸣叫，偶尔有一些飞伤了身子，又被火熏昏了的鸟儿啪地掉在火堆里。然而，扑火的鸟儿并不因此而减少，而是越来越多……火灭了，山坳才静下来，间或一两声鸟儿呼唤同伴的鸣叫，荡漾在静幽幽的山坳上……天明了，雾散了，朝凤的鸟儿们也不见了。

“这百鸟朝凤，怕有蛮多年了吧……”我问一位鹤发银须的八旬老翁。

“几百年了。”

“二十多代了……”

中年汉子和后生们争相回答。老翁却只是慢悠悠地吸着我递上去的“隆回”香烟，微昂着头，眯着眼，咝咝地吐着一个一个大大的烟圈。

“……十三代哪。当年，一户人家夜间进火（乔居新房仪式），抬着家什绕过凤凰山侧时，火把上空忽然飞来了密密麻麻的鸟儿，赶也赶不走，驱也驱不散。后来，村人发现每年的这个时候夜里都有鸟，大家想到了凤形山，哦，原来是百鸟朝凤呃——”

我知道这十三代是指经历了十三代人了，然而，这也是多么的悠久啊！也许，在当年的人们发现这一奇迹之前，鸟儿们已在这里朝凤了几百年几千年甚至几万年了。可令人遗憾的是，这一罕见的奇观除当地人略知一点外，竟一直未被外人知晓，直到如今，才在两家报纸的角落里出现了一些关于凤凰鸟会的零星文字。

我正陷入一种无可名状的惆怅之中，山民们的土音俚语，又把我们拽入了另一个奇诡的场面——打鸟。

百鸟朝凤的时候到了，打鸟的时候也到了。当夜岚笼罩山头，凤凰山侧的山垴上便烧起了堆堆篝火，待百鸟们前来扑火时，蹲在火堆旁默不作声的猎鸟者，张起竹棍支撑的特制网罩，朝火堆上空盘旋的鸟儿猛罩下去。雾大的话，一户人家有时一夜可捕到几十只甚至几百只鸟，用箩筐装几大担……久之，这山垴便落了个不太好听的名字：打鸟垴。

这些年来，由于人类对鸟类的肆意捕杀，大自然的鸟类大大减少，来这儿朝凤的鸟儿也明显减少了，好在如今山民们再也不要靠打鸟来维持生活、改善生活，“鸟节”“爱鸟周”活动的开展，亦使山民们的觉悟大大提高。我想，今后的鸟会一定会更加热闹的。

太阳的余晖被高高的屏风界挡住了，远远的峰尖上出现了一抹淡淡的紫雾，山民们描绘的凤凰鸟会的神奇画面，久久在眼前未曾散去。我独自漫步在山路上，望着朦胧中的凤凰山，忽生纳闷：

百鸟真的是到此来“朝凤”的吗?

哦，这大概是鸟儿们借助敏锐的视觉，观察地表景物来作为迁徙向导的结果。或者，在几万万年以前，这里曾是一片海洋，凤凰山就是大海边的小岛，海边的众鸟在这里栖息，飞越大海的候鸟们在这里歇脚。后来，随着地壳的运动，大海消失了，崇山峻岭出现了，然而一代一代的鸟儿由于遗传基因的作用，每年迁徙时依旧来此歇脚，这便是人们所说的“百鸟朝凤”。

我正暗自得意自己因读过几本生物书而解开了这个神奇之谜，这时，同来的老宁来到了身边，深情感叹道：“百鸟朝凤，实在神奇啊，只可惜未赶上时候。”老宁的一声感叹，顿使我返入迷思。是啊，绵亘的雪峰山脉，大小山头无穷尽，难道迁徙的鸟儿们就不能在其他山头上歇息? 一定要到这个不高的山垴上? 你又凭什么说这里从前是一片海洋呢? 不，这每年千里迢迢飞来的鸟儿分明是来朝拜它们的祖王凤凰的! 脑海中刚刚淡化的神奇画面立时又定定地浮现在眼前。

哦，神奇的凤凰鸟会!

1984 年 10 月 司门前

担心

我年少时有个天大的毛病：担心。

小时候，全家人从浙江的军营被发配到湖南的山旮旯里，便担心戴红箍箍“军中骄子”会不会追过来，武斗中在街头垒起的沙袋和飘起的硝烟，都在眼前经久不散。住在臭气烘烘的牛栏楼上，老担心在牛粪中辛勤耕耘的虫子会爬上楼板，爬上床头，爬上我的肚子我的额头。鸡一打鸣，姐姐便挺起尚未长粗的腰身，下楼为生产队拾狗粪，每百斤狗粪能记 0.2 个工分，0.2 个工分可为我家挣来生产队 3 分钱的分成，我便睁了眼睡不着，担心姐姐会在哪家屋檐下被狗咬了，有几次爬起床哭着拦住姐姐，发誓每餐只吃半饱也不让姐姐在黎明前的黑暗中给狗咬。后来我的身子逐渐长粗，学校组织我们加入镇上的游行队伍，鞭炮轰鸣，口号震天，我一面振臂高呼口号，一面将担心记入每周一篇的心得之中，竟差点儿酿祸。

过“弱冠”进“而立”，我的担心老毛病愈发严重了。亲友乘了飞机，我担心飞机会不会掉下来，因为当时耳闻目睹世界上掉飞机的惨象真是太多了。老爸来娄底看我，霸了蛮要去挤公共汽车，我便担心无人让座挤坏了身子骨，更担心老爸兜里的小小钞票被人扒去。我的下属们乘着面包车外出参观，我担心得不行，生怕车子撞车子，担心车辆质量是否过得硬；又担心司机的驾驶执照是花钱买来的，即便有技术的机关司机不撞车，但个体司机的车要撞你呀，去年全国车祸 27 万余起，死亡 7 万多人哪。从牙缝里抠下一点碎银子攒起来买了彩电，老担心会炸，因为一位朋友家的彩电变成了“炸药箱”，轰隆隆浓烟滚滚、火光四射，好汉变成了“独眼龙”。星期日拉了太太去商场买衣服，左挑右选站麻了腿还未“搞掂”，总担心花一大笔钱买回假冒伪劣或者进口洋垃圾死人衣，因为先一天我就看到这种报道。有朋自远方来，接风洗尘大设宴，自己不敢放量喝，也不敢放开劝朋友饮，因为本人数月前大宴宾客喝多了假酒中毒倒地，13 个小时后才在医院急诊室里被救回人间。上个月国家权威部门公开宣布，全国各大商场所售名酒四成多乃假冒劣质酒，还有可致人死亡的工业酒精勾兑酒，吾辈哪有心情开怀畅饮？

让我担心得最久的，还是上次迎奥运。东西南北中，党政军民学，呼啦啦齐迎奥运会。走在街上，满眼是迎奥运标语牌，商场里满挂着五环标志的彩带，打开电视，则全是刷墙盼奥运、唱歌呼奥运。我十二万分担心的是，倘若届时未将奥运会主办权迎到手，那如何下得了台阶？中国人可是最要面子的呀！没想到当落空的消息传出时，我国代表依然落落大方，曰此次失败，下次再申办，此乃礼仪之邦、泱泱大国之大度风范者也。

今年的春节我是不需要担什么心了，过大年的物资早早备好，方方面面的事早早安排妥，年三十的大雪更是送来一片祥瑞。我与太太穿了厚厚的衣裤，系了毛茸茸的围巾，将全身上下捂得严严实实，神清气爽地去观雪景、逛商场，好不自在！在一家没开暖气的“精品阁”里，竟见着一位娇娇媚媚的摩登小姐，在这冰天雪地的日子里穿着极薄的衣裙，且上露双肩、中露肚脐、下露圆腿，着实令我惊讶。我怔怔望着她，心中又顿生八分的担心来：“小姐如此着装，不怕风寒感冒？”小姐莞尔一笑：“谢谢，不用担心！”随即轻盈盈飘向门外的雪中。我更增添了一份担心，不想耳朵却被太太拧着了：“好你个花脚猫，这样子看美女！”

“我这是担心，担心小姐受寒哪！一份担心，就是一份珍视、一份关心、一份情爱，担心乃人世间最可贵的情怀！”

我威武雄壮、义正词严地争辩着。

看，我这担心的老毛病真是改不了啦，不知道今后还会生出多少担心来哩。

不过，随着经济的发展与壮大、社会的进步与规范，但愿我能少一些担心，多一些安心、放心、舒心。

1996 年 3 月　湘中娄底

说话

人的嘴巴，最爱说话。

当我长到该说话的年龄却还不能说话时，急得阿妈寝食不宁，倒是老爸满不在乎："这小子说不定是个特色人物，要么是个哑巴，要么是个语言怪才。有道是不飞则已，一飞冲天；不鸣则已，一鸣惊人。贵人语迟哩！"后来终于能说话，果然比早早就会说话的兄姐说得活溜，全家大喜。上了小学，上语文课范读课文成了我的专利；念初中，我在全校大会上的发言赢得阵阵掌声。只是到了高中，变声期一过，我说话的声音变得粗重、威猛且带有金属质感，说小声则成了大声，说大声则成了吼声。一次向后排的同学请教问题，一句话震得对方身晃笔坠，惊呼："你到底是骂架，还是要吃人！"从此落下"吼话"的话柄。以后上大学，参加工作，均因"吼话"而引来"架子大""猛汉子"的"美名"，不知生出多少烦恼。领导指出："你心细如针，何以说话如雷？"做了首长的秘书后，被人看成是一个"狐假虎威"的家伙，冤得我夜里直抽自己的嘴巴。

从此我忌讳说话，害怕说话，时时将嗓子压住小声说话，闲话是少了，但老朋友们又指责起来："好你一个虎背熊腰威猛汉子，何以变得有些女人气！”我遂以“男人的一半是女人”的流行语来自嘲。我在一段时间里说话明显少了，好在自己早就爱好文学，且有相当的语言功底，于是利用夜晚或假日，挤出时间继续用作品说话。几年下来，用小说、散文、随笔轮番轰炸文坛权威报刊，很快就加入了湖南省作家协会，让老爸老妈好不得意。

但我毕竟热爱用嘴说话，最喜不做压抑状痛快淋漓放声说话，于是间或邀上一群文朋诗友君子贤人来家中一坐，我声若洪钟侃上几个小时，打一顿说话牙祭。一次与一相熟的官员同车出差，我十分放松地连说三个小时，对方大感不解：“你怎么不去当相声演员？”去长沙接出院的老岳母回家，为让其开心，在车上我说了四个小时，不停顿、不重复，声高音大、字正腔圆，乐得全车人哈哈大笑，无一人打盹，司机笑曰：“这是驾车以来最提神的一次。”一九九一年在新化县农村搞社教，飞驰而至的卡车上跳下一大群持刀拿棍的社会烂仔，欲追杀一村干部，我冲上斜坡，插在村干部与烂仔之间厉声一喝，居然镇住了他们。最后我主持协调，现场一小时解决问题。这是我吼话以来最勇猛、最无畏、最担当、最得意的一次。

而今我已主持一个部门的工作，很多场合不得不说话，在临街的嘈杂的会议室说话，减去声音损耗，我的吼话依然声声入耳。不少人说我最适合在无扩音器的会议室说话。在各种干部培训会上讲法律，我多次创下不拿讲稿一天授课六小时的纪录，结束时，会场上均自发地响起热烈的掌声。辛则辛苦，但着实过瘾。

这说话真神奇，真让人快乐！ 于是我揣摩起说话来。我惊异地发现：说话推进了人类文明，说话创造了历史，说话改写了历史。因了人的说话，这地球才充满生机。

你看轰轰烈烈的春秋战国霸业，说到底乃是一帮谋士们“说话”促成的，苏秦、张仪、公孙衍堪称一代“说话”大王。因了他们的成功，以致专事“说话”的食客们满布天下。因为准说话、说话者受重用，春秋战国思想文化百花齐放，灿烂辉煌，光耀千秋。

东汉末年的诸葛亮更是以“说话”治天下。先是在草庐中对三次造访的刘皇叔一番“言语”谋划天下，接着又去孙权帐内舌战群儒，说出一番美妙绝伦、惊天动地的话语，硬是拽出个共同抗曹的孙刘联盟来，三国鼎立势成矣。

“说话”不仅能开创历史、能治国，而且可以打仗。当年刘皇叔被曹操杀得人仰马翻、妻离子散，眼看将遭灭顶之灾，那猛张飞乃横刀立马于长坂桥头，高声说话：“燕人张翼德在此，谁敢来决死战？”话声震得气势汹汹的曹兵千军万马浑身发抖，猛将夏侯杰更是“惊得肝胆碎裂，倒撞于马下”！不可一世的曹操因了张飞的一句话落荒而逃，冠簪尽落，披头散发，狼狈不堪！正是“一声好似轰雷震，独退曹家百万兵”！

“说话”还能创造文明、传播文明。科学家们在各种各样的学术研讨会上“说话”；教授知识、传扬文化的老师们，面对学生们“说话”。有了一代代一群群的“说话”者，世界才变得文明与进步、繁荣而昌盛。

有人说“沉默是金”“君子讷于言而敏于行”，我以为，会说话、敢说话的人才是真正的君子，“说话是金”。面对邪恶，要敢于说话；面对喜庆，要善于说话。一个盛大的婚礼上，如果大家只沉默喝酒吃菜，而无人说些风趣吉祥祝福的话来，那么这个婚礼就不是喜庆的婚礼了。

说话是人的本领，人本能地爱听说话，每天竖起一对耳朵捕捉说话的声音。受尽苦难的中国人最难忘最欢欣鼓舞的是听到毛主席站在天安门城楼上说出的那句轰动世界的话：“中华人民共和国中央人民政府今天成立了！”当然也爱听伟人邓小平说出的关于改革开放的话语，提出的一国两制的构想。

正如任何事物都有正反两个方面一样，有时成在说话，败也在说话。回望历史，随处可见因说话惹出事端，掉了脑袋，甚至被诛杀九族的例子。周幽王为博美人一笑，错说一句“快去点烽火”，引来西周崩溃，自己也身首分离，一句话把国给亡了。二十世纪的西方出了个极善说话的魔鬼希特勒，这个天才的演说家用他魔鬼般的舌头传播着魔鬼般的纳粹理论，吸引和武装了一大批纳粹分子，书写了人类历史上最残酷最血腥最邪恶的一页。

反法西斯战争结束了，民族解放战争胜利了，又迎来了“冷战”。随着冷战的结束，这世界上说话的声音悦耳了许多。但依然有噪声，且噪声不小。

随着改革开放的不断深入，民主与法治的不断推进，二十世纪末的中国人可以本真开心地说话了。但令人遗憾的是，新的美丽谎言也出现了，打开电视，云集荧屏的各路名家大腕说的广告妙语，让人信他（她）哪一句？

真心期待新的二十一世纪是个好好说话、真诚说话的世纪。

倘如此，我的说话水平还得继续提高才是。

1997 年 6 月 湘中娄底

为师一日

1982 年至 1988 年，我在重点中学隆回二中分别担任高中一年级、二年级、三年级语文老师，为师六载，深受好评，并协助学校创办了以近代中国“睁眼看世界”的首批知识分子的代表之一，隆回伟人魏源的字命名的“默深文艺社”，一时声誉鹊起，名满中南。青春焕发、六年奋斗的日日夜夜，是那么充实，那么温馨，那么难以忘怀，值得纪念的日子太多太多，特从当年的日记中选取一日，略加修饰，是为纪念。

一九八六年四月二十一日　晴

“昏——睡——百——年——，国人渐——已——醒——”

香港拍摄的最红火电视连续剧《霍元甲》中的英雄歌，由远而近钻进了我的耳鼓，歌声粗犷、洪亮、威武，极雄壮，两年前在屏幕上见到的霍元甲仿佛啪的一声破窗而入立在了我床前！只酣睡几个小时的我立时猛醒，一骨碌爬起床，穿好运动衣裤，系上回力鞋，射出了房间。呀，天还不大放亮。

微风习习，泡桐花正香。我以最快的速度跑出校园，冲向学校后面的六都寨水库大坝。一路爬坡，最好锻炼腿劲。当我跑了三里多路，气喘吁吁、热汗淋漓登上水库巍峨雄伟的大坝时，才隐约听到坝下那绿树掩映的隆回二中校园里响起了起床铃声。这时，东方天际由灰变白，再慢慢由白转红，我的心里陡然腾起一股惬意和骄傲。啊，新的一日，我又走在了大家的前面，我又最先看到了新的一日新的曙色。

6 时 50 分，我已洗漱完毕，穿戴整齐，西装革履出现在教室里。我们这个重点中学一千多学生，百分之八十是住校生，早晨的自习需要语文老师和英语老师辅导。今天星期一早自习，规定是语文辅导时间。我威严地在我所教班级的教室里踱来踱去。一位手腕上戴着时髦手表的漂亮女学生提问了，我驻足停步，弓腰听着——教师需要威严，但给学生解答问题就得亲切，不然，以后他（她）有不懂的地方就不会提问了。

“肖老师，您说说，翦伯赞的《内蒙访古》，把昭君出塞写得那么崇高，那么有意义，难道民族之间的和解就只能用漂亮的女人吗？”

啊，她怎么提个这样的问题！我直起腰来，在桌边踱了几步，快速思考着怎样准确完善地回答。我一九八二年（十九岁）从高校毕业就分在这儿教高中语文，至今已有四年，教学效果是相当出色，该算年轻的“老教师”了，今天决不能在学生面前“卡壳”。

“封建时代民族之间的和解主要取决于统治者双方力量，尤其是军事力量的对比，力量均衡则风平浪静，一方弱小，就会出现战争。你说，这和亲难道不比生灵涂炭、血腥杀戮的战争好吗？”

"可是，为什么要用美丽绝伦的女人呢？普通的女人不行吗？"

"因为美人更能使对方满意，美人象征着美好。爱美之心，人皆有之……"

我一时急了，噼里啪啦说了一大堆昭君出塞的具体情况，惊得周围的几个学生掉过脸来望我——可见我还不够老练成熟，易激动。

我到了另一排桌子间踱着，心里有些不平静。奇怪，她干吗要提这么一个问题？是不是因为她长得漂亮，自认与同样漂亮的王昭君有些心灵相通、惺惺相惜？有些问题不应该是一个中学女生考虑的呀。我虽然是老师，但年龄与他们相近，同属年轻人，也未曾婚恋，看到漂亮女生，特别是发育成熟的漂亮女生，内心隐隐感到愉悦，也是人之常情。但我既为人师，必须恪守师道尊严。

我继续在课桌间踱步，最后排的一位男学生神色不对。看到我走近，一双藏在抽屉中的手急忙抽了出来，又在看"地摊文学"了？这一问题在我校不是早已解决得差不多了吗？

我大步跨过去："你刚才在看什么？""我……我……我看语文呀……"

"请你诚实些。"我声音不大，却透出几分威严。男生终于窸窸窣窣拿出一本书来——原来是《三国演义》。我不便发作，因为第十课就节选自《三国演义》，但很快就要期中考试了，我还是得简单说他几句。

接着又有几人提问，我一一弓腰解答。一看表，50 分钟的早自习只剩几分钟了，我必须赶快去打开水，不然，吃了饭后，开水房就是学生的天下了。我绕过过道，往门口走去，不料坐在门边的学生又叫住我："肖老师，《庖丁解牛》里庖丁'所解数千牛矣'，这岂不是滥杀耕牛吗？庖丁不值得歌颂，他是个真正的刽子手！"得，我不得不转过身来给他解释，还没说完，吃饭铃已响了。

吃了饭，我赶忙回到斗室，坐在桌前备起课来——第二节是我的语文课。我泡了一杯酽茶，不时啜一口。当然，这开水是从一同事房里"劫"来的。平日如果没打上开水，我必得去隔壁政治老师的房里"劫"。

"肖先生，你今天可得请客啊！"

蓦然传来一声唤，惊得我茶杯差点脱了手。"呸——"原来是一爱捣蛋的青年教师立在窗前，两手抓着窗杆。

"你这是干什么？"

"你今天有好消息，特来告诉你呀。怎么……受惊了？不高兴？总而言之，言而总之，一言以蔽之：你必须在三日之内请我的客！"话音刚落，窗杆上的两只手不见了，捣蛋的青年教师走了。

我备课有点不安心，上课时竟也走了一下神，就因为"今天有好消息"？今天我到底有什么好消息呢？是我写的小说发表了？可近来我只有两篇小说接到采用通知，一篇是五月份见刊，一篇是六月份见刊，现在还是四月呀。那么，是我给学生推荐的稿件又发表出来了？可是，这对我来说，也说不上是值得请客的好消息，因为我已给学生推荐了许多习作，在省内外报刊上发表了不少，又上一篇有什么奇怪呢？带着这一串疑问，我踏着下课铃声走出教室，回到自己的斗室，拍掉衣袖上的粉笔灰，坐在桌前处理大量的学生来稿了。

学校一九八四年底成立了“默深文艺社”，该文艺社以家乡清代著名思想家、史学家、文学家魏源的字命名，还创办了四开铅印文学报《凤声》。考虑到学生编报影响学习，质量又过不了关，校领导就让我主编《凤声》。《凤声》的组稿、改稿、编排、校对、发行全由我一人担任。我既要教学，还有个人的创作，虽苦在其中却乐此不疲，终于换来了文艺社的丰收。《凤声》报深受师生的喜爱，影响日益扩大，北京以及各省文联领导写信夸赞《凤声》，《凤声》上的主要稿件均被省内外各级报刊转载发表。自一九八五年元月至今，短短一年多时间里，文艺社的学生们已有59篇诗歌、散文在全国各地报刊上发表或转载。《第二课堂》《湖南教育》等报刊报道了文艺社的情况，文艺社被评为中南五省优秀文学社团。看到这累累硕果，我那不安的心灵似乎又得到了一丝慰藉。因之，有些同事半开玩笑半认真地对我说：“你呀，算得上是新时代的新型教师，你这位‘主编大人’、小伯乐，真是集老师、编辑、作者于一身哪！”

整整两个小时，我埋头于稿件之中，悉心地挑选、修改着。

其间，有三名学生来送稿，有两人来请教文学问题，渐渐地，“好消息”的悬念不再挂在我的心头了。吃了中餐，我习惯性地坐在桌前，学习西方超级“红色企业家”哈默的休息法，打一个盹，然后再精力充沛地工作。刚刚合上眼睛，校团委书记老史（其实他也只二十多岁）把门敲响了。我开了门，他笑嘻嘻地在我肩上重重一拍:“快走！到我房里去一下！”我是丈二和尚摸不着头脑，懵懵懂懂跟着他走。我忽然记起，老史这几天好像没在食堂吃饭，大概请假回家扛特产去了吧。

到了他房里，他把门一关，也不说让我坐，也没拿什么特产出来，两只眼睛却在镜片后闪烁着兴奋的光芒，定定地盯着我，足足有十秒钟。我心里翻江倒海，眼皮也跳了起来，正想问话，忽然，老史对着我的胸脯就是一拳，打得我几个趔趄。我正想使出从电视里学到的霍元甲“迷踪拳”进行回击，老史已将一个大红本本递到了我眼前：“请——客——！”

啊，这是怎样个红本本呀，封面上印着四个烫金大字“荣誉证书”，中间是团徽，下面是“共青团邵阳地委”七个烫金大字。打开一看，里面赫然印着“授予肖新平同志邵阳地区新长征突击手称号”！

老史在桌前坐下：“怎么样，请客吧！要知道，整个教育战线获奖的这次只有你一人。因为最近地市合并，不便开地区的表彰大会，所以，证书送到县里，我去县里开会，就领回了。”哦，原来就是这个好消息！原来捣蛋鬼老师说的是真的。

离开老史的房间，按理说，我的脚步应是兴高采烈轻飘飘的，可此时的我步子挪得很慢，很沉。党和国家这些年的工作都是围绕新长征展开，我获得了这一光荣称号，确实是莫大的荣誉，那么，今后的工作再忙再累，我也不好发牢骚了。而我是个工作要做好，又爱发牢骚的人，但愿人们能这样评价我：肖老师呀，喜欢发牢骚，但更喜欢刻苦地工作！

回到斗室，我将荣誉证书锁进抽屉。我不能再打哈默式的“洋盹”了，应当抓紧时间，早早把《凤声》报一九八六年第三、四期编好。于是，在额上抹了一把清凉油，被辣得差点流出泪来，然后一头扎进了稿件描绘的多彩世界中。

晚餐后，我们几个年轻教师相约着去散步。我们爬上了水库大坝，踅进了坝弯的梨林里，又上山采三月泡吃。走着，说着，唱着，笑着，不时有妙语从我这位“幽默大师”口中滑出。但我一直没提荣获“新长征突击手”之事。

当我们披着暮色返回校园时，学校广播里响起了教导主任的通知：

“今晚是各教研组活动时间，请老师们到各自的教研组活动室进行教研活动。”

好啊，又一个充实、奋斗的夜！

1986 年 4 月　隆回二中

纯净之美

我走过万水千山，足迹已达四大洲，悠然回眸，隆回二中之美是独到的。我已在多个地方多个单位工作过，在股级、科级、处级、厅级职务任上的单位均有温馨与美丽的回忆，但特别让我难以忘怀的，还是我工作的第一站——隆回二中的纯净之美，那里有我的青春之歌。

同仁之善

二中之美，首在人善。

1982 年 7 月，19 岁的我大学中文系毕业，被分配到重点中学隆回二中工作，一干就是六载多。几年间，让我备感温馨的是校长、老师们对我的信任、理解、支持和包容。岁月悠悠，三十多年过去了，同仁们的形象一直在我眼前挥之不去。

到二中报到的第一天，我就看到一位气宇轩昂的睿智长者，满以为是教育部领导来视察，抑或是北大、清华、北师大之类的名校教授前来调研采风。得知其竟是我们校长陈涛元，我先惊愕而后自豪，来这里工作，值！后来的感悟是：他果然是个好校长。

几年后接任的校长宋鹤鸣老师是当时湖南为数不多的中学特级教师，教化学顶呱呱，写诗词亦十分了得，还兼着县人大常委会的领导职务。每年开省人大会时，都有一辆绿色吉普车来学校接他，令人钦羡。德高望重的宋校长学识渊博、文理皆通，思想解放、锐意进取，对我这个做着作家梦的小伙子相当赏识，支持我校办文艺社、编报纸。我到娄底工作后，某个晚上他还来看过我一次，第二天早晨我去他下榻的招待所，人已离去，我未能请他吃个中饭，心中怅然。后来听说宋校长溘然长逝，得知消息后，我好长一段时间都沉浸在悲痛与愧疚之中。

隆回二中的好老师太多，与宋校长同教化学的陈建元老师笑容不多，却极厚道，后来升任教导主任也不摆架子。当时他家里居然有奢侈品——一台小小黑白电视机。我和一些年轻老师经常跑到他家去看电视连续剧《万水千山总是情》，陈老师极热情，其夫人丁乐云老师也是满脸笑意，一点也不见烦。丁乐云是英语老师，身材小巧玲珑，教学水平很高。同为英语老师的庞球娥则高高大大。袁愈生老师与我是邻居，他不光英语功底深厚，还会织毛衣，更拉得一手好二胡。周末夜深人静之时，他的房间里就会飘出忧伤的乐声，如泣如诉。后来我了解到，袁老师大学时深爱的恋人在政治风暴到来时离开了他，被打成“右派”的他，从此终身不婚，令人感慨唏嘘。刘述熬老师皮肤较黑，但精明能干，英语教得好，工作很负责。英语组后来又增加了李凯云、郭永安、刘建安、罗向南等老师。肖希跃老师讲着横板桥口音的流利英语，却疯狂地爱上了日语，因为他正与日本一位叫什么良子的妙龄少女频繁通信，经常拉着我们年轻老师去他房间看日本小姐的信，用塑料普通话摇头晃脑地念着，如醉如痴。

我之前片面乃至错误地认为，学理工科是无趣的，教理科的老师更无趣。可在二中六年间，我发现一大批老师快乐地教着物理、化学、数学：教物理的廖名齐老师很严谨，很有学问，欧阳群、夏长春、阳新苗、孙立安等老师亦颇受学生喜爱。阳同福老师眼睛不大，但文凭高，讲起段子来笑翻一片而自己不笑，我至今还记得他说过的一个段子。记性一般的我对那个段子能做到几十年不忘，可见阳老师的段子可以去竞争段子奖了。罗水和老师说话慢条斯理，却与我这个急性子合得来，多年后我们有了手机，他不仅查到了我的号码，而且一年一个信息问候。我去找他看他，在省委党校学习时，我连发三条短信要求见个面，他居然不回短信也不接电话，而后竟再无音讯。我百思不得其解，后来才知道，是他的手机被小偷摸走了，以致断了联络。物理组的美女老师有两位，一位是周冬梅老师，另一位是魏晓红老师。周冬梅老师是我荷香桥老乡，我在二中也一直尊称她为周老师，因为我在五中读高中时她已在学校教书，虽未上我们的课，却也吸引着全校师生的目光：因为年轻、美丽、知性、气质好。未想到后来我们成了二中同事，且成了我的好友、儒雅和气的阳和坤老师之夫人。周老师的儿子聪明又淘气，经常头缠纱布，像个从战场下来的勇士。魏晓红老师秀发飘飘，端庄大气，常穿着上衣有两个兜的时髦女装，友善而独特。

化学组的老师还有廖中和、胡绍祥、李轩起、黄桂华、阳自田、胡绍轩、文保佳等。阳自田老师与我关系特好，但他早早恋爱结婚，也就与我们疏远了许多，后来担任隆回一中副校长。我兄弟般的廖中和老师个子高，教学水平也高，经常骑着一部除了铃铛不响哪儿都响的自行车，箭一般消失在校门口。廖中和不想教一辈子书，想通过考研跳出贫困县，所以天天背英语单词，还节衣缩食买了台二手的收录机，一开机就像打机枪一般。家庭贫困又带着一大群弟弟读书的他，最终如愿考上了暨南大学，先读硕士再攻博士，在发达省份某市机关干上了处级领导，后来下海经商。此人特讲情义。

数学组老师特多，既当领导又教数学的陈昌合老师，不苟言笑，威信很高。欧阳如、谭曙辉、朱贤舜、袁征凯、李清萍、孙茂德、刘定宗、廖哲仁、丁火焱、隆万里、刘爱武、刘林杰等老师，人人个性鲜明，教学都是一把好手。黄孝华、周炯华老师与我交往很多，常常在一起谈天说地，两人都属于帅哥型的。朱贤舜老师还能作诗文。陈小钦老师个子不高，棋下得鬼精，常看到他与高手杀得天昏地暗。

体育组的阳映梅、王建雄、邹勇、贾京强、周庆舟老师，个个功夫了得，体育课上哨子吹得天响。其中有一位娶得一位美若天仙的夫人，时常斩蛇补阳。周末一进教师宿舍内走廊，常能闻到一股血腥味，问何故，曰某老师夫人又来了，刚杀了一条蛇。

我一闻到异香预计蛇肉熟了，预料很快会在宿舍楼发生2至3级地震，遂早早逃至刘文贤、廖中和老师的宿舍里去神侃。

生地史组的周青云、刘益轩老师名牌大学毕业，功底深厚，教学严谨，一身正气，堪为教师楷模。卢小军、郑桂求、阳业德、周鑫、陈扬乐、邹锡国、魏仁杰、金龙永等老师教学各有千秋，都有好评。卢小军老师很有才华，当时已显示出当领导的潜质，后来担任隆回二中校长，大获好评。魏仁杰老师身子有些瘦，学问却蛮高，英语也溜溜的。陈建华老师人品学问俱佳，只是方言口音太重，学生们听不太懂；喝酒易醉，醉后必在床头写上“戒酒”“忍”之类的大毛笔字，写后又醉，醉后又写，是性情中人。

政治组的卿国烈老师是我十分尊崇的领导和老师，他这位党支部书记与校长珠联璧合，治校有方，对我关心呵护有加。我自恃有才，年轻气盛，卿书记是二中唯一指出我缺点的长者。我至今记得，他说：“经过观察，你是一位前途无量的好后生，但一定要谦虚。”他热心引导并积极介绍我入党，提名我担任教工团支部书记。不懂人情世故的我，没送过他一分钱的礼，也未请过一餐饭。廖春和、刘文贤、廖月轩、刘玉江、郑典福、丁念红、刘新英、史屏越等老师个个有才，个个出色。刘玉江既当老师又当校领导，常保持睿智的微笑，有传言说是来锻炼“镀金”的。史屏越老师教书水平高，做事严谨细致，后来还担任了学校团委领导，颇受好评。刘文贤老师颇有理想，扎实肯干，很快就当上了政教主任（后来担任邵阳县委组织部部长、邵阳市总工会党组书记）。我们很谈得来，加上廖中和老师，我们成了无话不说的同事兼朋友，建立了兄弟般的情谊。志同道合的我们，经常一同去爬山、散步、健身，谈工作、谈理想、谈爱情，而谈的方式则是互相揶揄、调侃与“攻讦”。那是独特的人生风景。随着岁月流逝，离开了二中的我们，见面时依然不改当年的风格，我从欧洲文学作品中选出戴在他们头上的绰号历久弥新——给人取绰号可是我的特长。

学校最大的教研组毋庸置疑是语文组，这个组真是人才荟萃，大咖云集。我很庆幸在这么阵容强大的教研组工作。聂松山老师担任语文组长，聂松山、张嘉兴、曾昭读、欧阳辉、王庚甫、王志荣、李汉斌老师功力深厚、德高望重，堪称名师。王志荣老师后来出了不少专著。王庚甫老师是个左撇子，湖南师范学院（今湖南师范大学）毕业的他，工作经历丰富而坎坷，永远一脸微笑，对我这个初生牛犊的傲言怪语十分包容，那份和蔼友善至今难忘。同为湖南师范学院毕业的阳和坤老师，观事敏锐，沉稳大气，后来去县教育局当了领导。宁志刚老师过早结婚生子，少了许多单身汉的乐趣，有一年我去他家做客，倒茶筛水很是热情。王庚甫、阳和坤、宁志刚和我，负责隆回二中八个班的高一语文教学，当时我 19 岁，与学生年纪相差无几。范善成老师生得高大魁梧、五官别致，不仅书教得好，写文章也是高手，常以“善哉”为笔名发表小品、随笔，作品颇有内涵，常读常新。龙太佳老师是个豪言壮语的汉子，教学之余全力研究汉语语法场，有趣。

初中部的马轶麟老师是个风趣幽默、精力充沛的全才能人，能讲善写会管理，吹拉弹唱样样行，很快被提升为主任，后来担任隆回一中的校长，名满一方。普通话带有新疆味的陈尚志老师耿直可爱，陈善敏、周婉、刘胜保、米小武等几位老师中，要数刘胜保笑得最为灿烂。语文组后来又来了刘孝民、周卫平、谭奇洪、刘杰贤、曾振华、胡志仁、龙吉水、陈扬贵等老师，个个都有自己的绝活，多数是从其他学校挖来的人才、名角，大大壮大了语文组的实力。

尹爱民老师师范科班出身，文艺细胞发达，能说会道，风风火火，把学校的共青团工作搞得风生水起，树立了学校的品牌。阳金竹老师既当班主任，又管图书馆，还要管全校女生，虽然慈眉善目，做事却雷厉风行，对我十分照顾，我心存感激。

我调离二中的前一年，学校来了一位小伙子阳立刚老师，教的是美术，最擅画裸体，所画美女裸体皆丰满迷人。

风声嘹亮

从金石桥迁入六都寨的北二中，坐落在美丽的田园之中、蓝幽幽的水库之下、水声潺潺的小河前，好一方风水宝地！后来迁至县城边的赧水之滨（原邵阳师专、五七干校），也是在田园之中，俗称南二中。南二中风景更美，巨木参天，鸟语花香，文化氛围浓郁。如此二中，自然能培养出国之英才，也让诞生于此的默深文艺社迅速享誉三湘、名播华夏、跨出国门。今日提笔写来，仿佛又回到了激情燃烧的岁月。

二十世纪八十年代初的中华大地，处处涌动改革浪潮。当时的省级特级教师、校长宋鹤鸣极具改革创新意识，提出为实现“面向现代化、面向世界、面向未来”的教育理想，必须对旧的教学方法、教学手段、教学体系加以改革，决定改革第一课堂（教学课堂）、发展第二课堂（课外活动）、开辟第三课堂（职业技术教育），建立三个课堂同步发展的体系，为四个现代化培养出一大批创新型、开拓型人才。

1984 年秋天开学不久，宋鹤鸣校长亲临我的房间，征求我对发展第二课堂的意见，我侃侃而谈。宋校长有意请我抓文学课外活动，因为我在文学杂志上发表过多篇小说，已小有影响。在崇尚精神生活的八十年代，作家是全社会最可爱的人，年轻人不爱好文学根本找不到对象，所有在报刊登征婚启事者，必写上“爱好文学”，如同现在物质时代必须明确有房有车才有人爱一样，谁发表了文学作品，如同获得了诺贝尔奖一般神圣而伟大。宋校长自然是想在学生中播撒文学的种子，培养未来的作家，同时提升学生语言文字能力，让学生们的未来更有发展潜力，也让学生们将来好找伴侣，成家立业。校长亲临陋室，我十分兴奋，加之谈的是我最爱的文学，自然谈得相当投机，在隆回二中创办文艺社团、创办文学刊物的蓝图勾勒一新。

我在方方面面的大力支持下，积极筹备文艺社的有关事宜，以最快的速度拟定初步方案送审。

1984 年 11 月 22 日，这是一个值得纪念的日子。

重点中学隆回二中，以隆回先哲，清代著名思想家、史学家、文学家，近代中国“睁眼看世界”知识分子代表魏源之字命名的“默深文艺社”正式诞生了！

名誉社长：宋鹤鸣。社长：聂松山。副社长：肖新平。顾问：张嘉兴、曾昭读。文艺社下设文学组和艺术组：文学组长肖新平；艺术组长尹爱民，副组长刘文贤。我兼任文艺社社刊《凤声》报的主编，五位老师、两名学生担任编委。成立大会后，我做了第一堂关于文学创作的讲座，高中部和初中部的文学爱好者、默深文艺社社员代表参听讲座。

1984 年 12 月 15 日，四开《凤声》报创刊号出版了，师生们一片欢腾！这是一期具有特色的报纸，由宋鹤鸣校长亲笔题写刊名，我写发刊词和编后语，套红两色印刷，两只红色的栩栩如生的凤凰展翅欲飞，初看是铅字印刷，细细一看，原来是蜡版刻印。这鬼斧神工来自陈球德老师的妙手。在《凤声》报头版，名誉社长宋鹤鸣校长、聂松山社长、张嘉兴顾问均赋诗二首。宋诗曰：“桃李争春百媚生，芳心点点最含情。红楼高倚梧桐树，日立阶阴听凤声。”聂诗曰：“耳顺年华业未成，自惭老凤少才情。何妨学作乌鸦噪，飞向梧桐助凤声。”张诗云：“……米珠峰下桃千树，化作朝霞瑞色明。”独门绝技拥有者陈球德老师在第三版赋诗一首——《凤声创刊号刻写完成感言》：“老圃归耕业弗成，杏林风貌总关情。虽今未立高梧下，却听凤凰第一声。”陈老师的绝技让《凤声》报创刊号成了出版界纯手工打造的“劳斯莱斯”。从第二期开始，《凤声》报改为铅字印刷，第十期用当时中国最先进的电脑激光照排，扩为对开四版。

《凤声》报是师生们的乐园，是一方文学的小小百花园。正如我所撰写、每期必登的《征稿启事》：“《凤声》热烈欢迎——隽永流丽的散文、短小精悍的小说、活泼新鲜的诗歌、大胆泼辣的杂文、想象别致的童话、情文并茂的日记、趣味横生的故事、令人捧腹的笑话。”从默深文艺社《凤声》报诞生之日，到 1988 年 8 月我调离二中，我一边教高中的语文，一边操持着文艺社，风华正茂的我，全身心投入其中，如醉如痴、无怨无悔。我常常为从众多来稿中发现一篇好文章而兴奋不已，为修改一篇有亮点的作品熬至深夜也睡意全无。在学校的大力支持下，在师生的共同努力下，处在山野田园之中的《凤声》报惊艳登场，名声先是享誉县内外，继而省内外，后来也收到国外的来信来函。在庆祝《凤声》报创刊两周年之际，县文化馆、文联前来祝贺，邵阳地区文联表示祝贺，省作协副主席、《湖南文学》主编、著名作家任光椿题词祝贺，省文联副主席、作协副主席、著名作家谢璞题词祝贺，省作协主席、著名诗人未央题诗祝贺，著名女作家冰心从北京寄来亲笔题词，著名诗人臧克家热情题诗：“千仞岗上向天鸣，雏凤胜于老凤声。”人民文学出版社社长、著名出版家陈早春给我这位小主编写来了热情洋溢、情真意切的亲笔信。我至今不知道《凤声》报是如何漂洋过海的，美国、新加坡、马来西亚、印尼的华人华侨竟然来信了，给我印象较深的是菲立保罗先生和迪安娜小姐，迪安娜小姐还向我索要近照。这实在是默深文艺社的荣光、隆回二中的荣光！办好文学社团不光让隆回二中声名远播，也为我捧回了沉甸甸的荣誉：1986 年、1987 年我连续两次荣获中南五省中学文学社团优秀辅导老师奖。默深文艺社荣获中南五省中学优秀文学社团一等奖。《中学生报》、山东文艺出版社把默深文艺社列为全国二十家有影响的重点文学社团。文坛权威大报《文学报》等二十多家报刊及电台宣传报道默深文艺社的成果。

在我担任默深文艺社文学组长、首任文学指导老师、《凤声》报主编的几年时间里，我精挑细选、反复修改润色后刊发的文学作品有数百篇，其中 317 篇被《中国青年报》《文学月报》《湖南日报》《湖南文学》《芙蓉》《小说林》《小溪流》《春笋报》《少年文艺》《语文报》《中学生报》《中学生学习报》《中学生文学》《中学生知识报》《少年文史报》《少年作文辅导》《读与写》《少年作家》《读写月报》《作文》《作文报》《摇篮》《花朵》《新花》等数十家报刊转载发表，我还主编了两辑《凤声诗文选》出版。

这简直是个奇迹！

伴随着奇迹出现的，是默深文艺社一大批小作家、小诗人迅速成长、享誉八方：马萧萧、周亦翔、周劲翔、李傻傻、魏甫华、谭克修、龙学敏、廖朝晖、马汝萍、魏斌、胡百年、江冬、刘烨洲、王朝晖、海啸、陈洛湘、赵云超、刘定光、陈勇光、刘晓东、阳建会、王永福、陈德川、刘柏林、刘朝阳、陈家传、刘旭明、张一峰、阳雄彪、熊澜、王建、卿红、谭剑、阳竹君、刘辉、陈光杰、邓玲、阳小鸿、陈晓宇、郑明富、邹茜鸶、欧阳文邦、尹锋、刘丁、刘春玉、刘昭陵、袁飞、李君琴、陈莉莉、周恒、肖朝阳……优秀少年，群星闪烁。其中马萧萧被评为“首届全国十大中学生诗人”。

从默深文艺社走出的优秀少年，后来有的成为有名的作家、诗人，有的成为知名大学的学者、教授，有的成为能编能写的出版家，有的成为文化底蕴深厚的实业家，有的成为学者型中高级领导干部，他们分布在党政机关、人民军队、高校及研究机构、企事业单位等，有的因工作繁忙或回归家庭而逐渐疏远了文学。但我坚信，无论哪种情形，默深文艺社对他们的事业、生活乃至下一代的影响都是潜移默化和深远的。

教学之乐

1982 年，我这个 19 岁的小帅哥登上了重点中学隆回二中的高中语文讲台。

天地君亲师。师者，传道授业解惑也。老师是人类灵魂的工程师。登上神圣、神气的老师讲台，心中激动万分。望着教室里满满当当坐着的 61 个与我年龄相仿的男生女生，我没有丝毫胆怯与慌乱。因为我自视有才，有着三年如饥似渴、心无旁骛、刻苦攻读中国汉语言文学且博览群书的扎实功底，还在重点中学武冈二中进行过一个多月的教学实习，对于如何教学，早已成竹在胸，激情澎湃地早想在重点中学高素质的学生们面前展示展示我的学识功底与教学技巧。

隆回人杰地灵，人口众多，虽经济不发达，重读书尊贤达却是隆回城乡悠久的优良传统。全县有两所重点中学，坐落县城的隆回一中，负责招收隆回南面几个区乡镇的优秀拔尖学生；坐落在风景秀丽的六都寨镇的隆回二中，负责招收隆回北面几个区乡镇的优秀拔尖学生。隆回北面的耕读文化氛围更浓，学生更加爱读书，清代杰出的思想家、史学家、文学家，近代中国“睁眼看世界”的首批知识分子代表之一魏源就是距二中很近的司门前人；现代著名的教育家、文史学家、人民领袖毛主席在湖南第一师范的老师袁吉六先生（毛泽东主席于1953年亲笔题写墓碑“袁吉六先生之墓”），也是隆回北面距二中很近的罗洪镇人；当时著名出版家，作家，鲁迅和冯雪峰研究专家，人民文学出版社社长、总编辑陈早春先生也是北面金石桥人。魏源、袁吉六、陈早春的家乡都在隆回北面，都在隆回二中招生范围内，这些名人对当地学风民风的影响深远，所以隆回二中招收的学生素质自然是比较高的。要成就一名优秀的老师，拥有高素质的学生也是条件之一，否则老师在讲台上讲得天花乱坠，依然是“对牛弹琴”白费劲。

我以教学为乐，乐为人师，一看到课程表上有我的语文课，心中就乐开了花，就有了上课教学的激情与冲动。几十年过去了，我不太记得当年到底是怎么上的课，因为翻箱倒柜也只找到高二的一本备课本。倒是近年来不断来看望我的学生，绘声绘色描述当时上课的情景，他们说一辈子也忘不了我上朱自清《荷塘月色》时的大致情景：

上课铃响，我脚穿白球鞋，朝气蓬勃地走上讲台，在黑板上龙飞凤舞板书“荷塘月色”，别出心裁地让同学们闭上眼睛，放松心情5分钟，而后聆听我用普通话深情朗诵《荷塘月色 》全文，一时间同学们仿佛来到了静夜的月光下，来到了清华园里的荷塘，秀美静谧，令人神往。接下来让同学们睁开眼睛，翻开课本默读《荷塘月色》，再看注释掌握生词生字的读音与意义，而后由我介绍作者朱自清的综合情况，讲述课文的时代背景、主题思想，逐段分析文学特色，同学代表共同讨论课文并谈学习心得。

课后，同学们喜形于色，议论纷纷，说是从未听过这样别致的语文课，从未听过这么标准、这么有磁性的普通话。他们每周都盼着我上语文课呢。

我的普通话首先是小时候在军营中自然听而学之，后来到了隆回荷香桥不能说普通话，否则被人讥笑，小学、初中、高中有部分老师说不标准的普通话，我在心中默默学记。1979年，因误填大学志愿，高考高分应该上大学本科的我，补录到大学专科邵阳师范高等专科学校（后邵阳学院，今湖南理工科技学院）中文系学习。上世纪七十年代，大学少而又少，中专也不多，1979年高考录取率不到3%，所以我们都是尖子中的尖子。邵阳师专的学风很正很浓，中文系师资力量在全省名列前茅，全省的大学没有中文教授，只有两个中文副教授（高校职称改革前，全国教授凤毛麟角，据说副教授都要国务院评定审批），一个在湖南师院（今湖南师大）中文系，一个在邵阳师专中文系，教古典文学。中文系有个北京来的漂亮女老师，教我们教材教法，京腔京韵的普通话，听得我们心旷神怡、如醉如痴，我在散步时都在练老师的普通话，所以我到隆回二中上课能说比较标准的普通话。只可惜当了六年老师后改行到了党政机关，为了与同事们打成一片只能改说塑料普通话或方言，卷舌音是万万不敢用的。

学校虽然看到我大专毕业成绩优异，但毕竟是第一次正式当老师，且只有 19 岁，太年轻了，要我教高一 109 班语文。109 班是我教师生涯的第一班，学生按学号排列分别是：阳文菊、谭平秀、刘婷、郭如美、胡锡萍、阳美秀、阳元玉、刘多红、杨市珍、马明枢、田天沐、肖德恒、杨习军、杨少书、彭述军、阳征云、陈辉芳、王调告、马姣顺、刘任车、易阜堂、刘光佐、王海云、杨东堂、阳金中、陈红飞、陈立晖、黄朝阳、廖洪流、申炳国、阳明虎、戴建雄、肖伟忠、秦后木、彭秀云、刘朋喜、龚华敏、阳万民、阳生容、陈博、郭顺国、聂建湘、覃波、向乾威、李卫东、刘红、陈维文、阳春枚、刘曙东、曾润黎、阳六龙、周东翔、阳木松、范中军、廖拥军、胡建秀、王丽华、杨福田、江水、李弯起。

我上课大胆改革创新，自我感觉很好，同学们也很喜欢，但第一次期中考试便遭遇“滑铁卢”：我教的 109 班语文成绩在全年级倒数第一！

成绩一公布，我顿时蒙了，同学们也蒙了。

我闭门反思，是我这个19岁的小老师新老师没教好，还是学生们没学好？是我过于注重改革创新，还是学生们没有找到学习重点？是我太过自信有点飘，还是教学设计备课有缺陷？是我自恃有才不谦虚，还是教学功力有欠缺？总之，这一局面必须改变！否则，明年秋天我只能到初中部教初中语文了。

语文教研组是全校阵容最强大的教研组，名牌大学毕业且有丰富教学经验的老师特别多，要牌子有牌子，要经验有经验，要形象有形象，组长聂松山老师更是气度非凡，看上去像北大有风骨的教授，我登门拜访求教，聂老师关心后辈，热情指导。我又登门拜访高一语文小组长王庚甫老师，王老师慈眉善目，教学功底深厚，对我热情有加。我又去湖南师院中文系毕业、这次一同分配来教高一语文的阳和坤老师的教室听了一堂课。

我通过拜访请教观摩，深感工作中学习是最有效的学习。思考几日，我很快找到了提高学生成绩的综合方法。期末统考成绩出来，我教的109班语文成绩跃居全年级第一（语文基础知识50分以上的46人，全年级第一；语文总分80分以上的30人、90分以上的3人，均为全年级第一）。

我和我的学生反败为胜，大获全胜！

109班的语文，我教了一年，教学42周。1983年秋天起，20岁的我改教112班、113班语文，旗开得胜，1983年11月7

日公布期中考试结果，我教的两个班的语文成绩遥遥领先：112 班 90 分以上 28 人，100 分以上 4 人；113 班 90 分以上 29 人，100 分以上 9 人。我在一年两个学期中上课 38 周（因突发结石病，休病假 4 周）。1984 年下学期，学校隆重成立默深文艺社，我作为创始人之一，担任文学组长、指导老师，兼任《凤声》文学月报主编。文艺社从筹备到运行，主要具体工作都由我负责，所以学校核减我一半的教学任务，只教高二 113 班语文。1985 年秋天，22 岁的我改教高二 120 班语文，教学 42 周。

1986 年秋天，23 岁的我教高三 120 理科班语文，教学 42 周。这一年，面对 78 名即将参加高考、决定人生命运的青年学子，我在把默深文艺社搞得风生水起、享誉中南五省乃至全国的同时，高度重视毕业班的语文教学。我一改高一教学的以改革为导向，转变为以结果为导向，虽然自以为颇有教学才华，又有文学修养（已在全国报刊发表小说、散文），但毕竟是自己从教以来第一次教高中毕业班语文，需要全国高考的检验，心中有些忐忑。为稳妥起见，学校一般安排经验丰富、年富力强、50 岁上下（至少 40 岁以上）的骨干名牌老师教毕业班语文。我只有 23 岁啊！何况还是代表全县出成果的重点中学，还要与隆回一中一较高下。我非常钦佩校长、教导主任、语文组长的胆识与魄力，他们认为我虽然年轻，但已教过两个高一、两个高二，教学成绩不是年级第一就是名列年级前茅，年纪轻一点、文凭低一点不重要，重要的是有水平，第一次搞文艺社就如此成功，相信第一次教毕业班语文也能成功。谢谢领导的信任与抬爱，我暗下决心：一定不辱使命，为学校，为领导，为学生，为自己！

120 班，我是从高二教起的，对学生语文底子比较了解——整体水平不是太高，成绩令我满意的不超过 7 人，作文有灵气的不超过 3 人。120 班高二时是 64 人，到了高三插班进来 14 人，成为 78 人的大理科班，把教室挤得满满当当。进入高三，我向教同年级、毕业于名牌大学、教龄 20 年以上、每年都教毕业班的语文大咖虚心学习，借鉴他们的成功经验，同时跟踪湖南乃至全国高三语文教学的最新动态及有益做法，精心准备设计每一堂课。1987 年全国高考成绩公布，我教的 120 班高考语文人均 76.9 分，名列全年级 6 个理科班第一，也是全县理科班第一！

我成功啦！

我乐得一夜未眠。

学校拟让我再披高三语文战袍。我婉言谢绝，主要是默深文艺社的工作量太大，我又担任教工团支部书记。学校非常理解我的难处，说让我缓口劲，先教高二 129 班语文，一直教到高三高考，再创辉煌。

1987 年秋天，我执教高二 129 班语文，挟高考第一的雄风，在期中考试中再获全胜，语文人均 82.09 分，及格率高达 95.7%，均列全年级 5 个理科班第一！

我作为教育系统的优秀代表，被评为“邵阳地区新长征突击手”；因开辟第二课堂、创办默深文艺社声誉鹊起，我于 1986 年、

1987 年连续两年被评为“中南五省中学文学社团优秀辅导老师”。不仅教学能力受到认可，我还深受同学们的喜爱与尊敬，这是我教学的快乐之源。

“绿野堂开占物华，路人指道令公家。令公桃李满天下，何用堂前更种花。”唐人白居易的“桃李满天下”让我感受颇深，我的学生后来真的分布在全国各行各业，还有的在欧洲各国、在美国当教授。记得当年一次酒后，我在朋友面前吹了一句比较膨胀的“牛皮”：

孔子弟子三千，我有弟子四千！

因为我除了教 5 个大班外，还兼任默深文艺社指导老师，社员分布在初中三个年级、高中三个年级所有大小班，我在学校上文学写作的集中辅导大课，六个年级都有社员学生参加，有的不是社员的学生也赶来听课。这么说来，“弟子”可能接近四千人次。（若干年后，我先后担任过湖南人文科技学院、长沙理工大学、湖南师大、中南大学、湖南大学兼职教授，又增加了不少听课弟子，这是后话。）

1988 年秋天，我调入娄底地区行政公署工作，未能完成 129 班高三教学。学校领导对我的调离十分不舍，我也舍不得这么好的学校，这么好的领导和教师同仁，还有这些可爱的学生。学校领导为了我的前途着想，配合调动一路绿灯。感激之情终生难忘。

谢谢我的学生，是你们配合支持我的教学。

谢谢我的老师同仁，是你们无私向我传授教学经验。

谢谢我的学校领导，是你们为我提供重点中学高中部教学平台。

难忘六年的教学时光。

难忘二中的青春岁月。

谢谢二中。早安隆回。

2023 年 5 月 长沙

三响腊肉

我品过的江南绝味美食，莫过于神奇的彩虹三响腊肉。

那是一个云雾缭绕的清晨。

我们一行数人，在乡长的带领下悄然出发，穿云破雾，向云雾深处的高山挺进。大家都不说话，保持静默，以云雾为掩护，为的是不惊动深山老林之中的超生、逃税人家。

很快，我就气喘吁吁了，头发也被云雾浸湿，夹杂着热腾腾的汗气，背的水也很快喝干，立即化作汗气和尿液。好在都是清一色的男性，尿急了就对着丛林射将起来，酣畅淋漓，岂不快哉。

我们这次行动，主要目标是解决深山老林之中“七朵金花”之家的超生和税收问题。据可靠情报，这位超生大咖正准备生第八胎，誓言不生一个“带把”的男儿续香火，绝不罢休。不仅违反计生政策，还拖欠相关规费达三年之久。我作为地区社教队驻芷溪工作组组长，自然要率领队员增援乡政府的“护法行动”。

山道弯弯且陡峭，行进极为艰难。我们在云雾山中忽上忽下、忽左忽右艰难爬行一个多时辰也不过才走了十里地。由于体力消耗过大，不到午饭时间，一个个已是饥肠辘辘。乡长与我们商量一个方案：先到路边一户可靠人家稍作歇息、吃中饭，派联防队员先去超生、欠税对象家周边侦查、布控，然后我们大队伍再会合。

我们来到山中一党员堡垒户家中，烤火、吃饭、喝茶，补充能量。我一进屋，立马瞥见了灶膛上一排排黑黢黢的腊肉！

这是一户典型的山里人家，完完全全的木板屋，屋前一个小坪，一头黄毛狗在坪里欢快摇着尾巴欢迎我们。偏舍养着猪、牛、鸡、鸭，家境不错。主人五十开外，很是精神，但额上皱纹较多。老婆和媳妇忙着准备午饭。他的儿子赶了个时髦，听说“东西南北中，发财在广东”，刚刚外出广东打工去了。媳妇很有山中少妇风韵。屋里屋外搞得干干净净。乡长爱开玩笑：“老讥，你真辛苦啊，既要管婆娘，还要管咯样漂亮的儿媳妇！”主人一点也不恼。主人的婆娘笑着岔开话题：“莫调散方（不开玩笑），莫调散方（不开玩笑）。老讥，快取腊肉啰。”倒是少妇脸一红，样子更好看了。

高山主人蛮听婆娘的话，一边招呼我们这些客人，一边指挥婆娘和媳妇做饭做菜，又立马拿来一根长棍，从高高的柴火灶膛上那一排排黢黑的腊林钩下一块最大最长的腊肉。

最爱腊肉美味的我，跟随主人来到屋前的小坪。

这腊肉黑得纯粹，黑得地道，黑得无法用词语形容。我的眼里放出兴奋而迷茫的光，忙递给主人一支烟。主人接了烟夹在耳朵上，看了看我的神情，顿时来了兴致，手中提着黑黑的腊肉，眼里也放出骄傲自得的光来：“这方圆几十里，我家的腊肉是最好的。这是祖传的手艺呢！你看好！”但见他绷紧腊肉上的棕绳子，用力在坪里一块发亮的石板上啪地一摔，然后以极快的速度将反面也啪地一摔，再在侧面啪地一摔。啪啪啪三响过后，黑黑的腊肉变戏法似的立马成了金黄的腊肉。

太神奇了！

主人看到我一脸的惊愕与赞赏，愈发来了劲：“我家的腊肉根本不用水洗呢，水洗了就冲坏了这腊肉独特的香味和口感。”在我的认知中，南方的腊肉虽是美味，却极难洗。江南难道还有不用洗的腊肉？！我十分地兴奋，万分地好奇，索性把一包烟送给主人，用方言请教，愿闻其详。

这高山主人吸了一口烟，徐徐吐出一个漂亮的烟圈，仿佛遇到了难得的知音，用方言娓娓道来，大意是：他家腊肉的做法，的确是祖传的秘方、祖传的手艺，方方面面大有讲究。先是把土猪仔用酒糟催长，让小猪每日微醺，猪身红红的；再用山上的野草、野菜、野果、野中药混合煮熟喂养12个月，立冬后、过年前杀猪；开膛前把猪毛刨得干干净净，连皮带骨斫成五斤左右一块；不沾水，直接放入陶瓷大缸，用粗粒海盐腌十五天；出缸，用十八种高山香料秘方粉（此处省略五百字）将肉严严实实包裹起来，轻轻挂在灶膛上方的木架上，立马用刚摘回的松叶和其他鲜叶（讲得太快记不住）猛熏三日，让猪肉自然包裹上一层厚厚的黑衣灰，然后用干柴火在煮饭菜时自然慢腊三个月左右（越久越香），这山中第一腊肉就成啦！何以不用洗呢？因为腌泡的猪肉退水收紧成腊肉，腊肉外的黑衣灰便成了黑皮壳，香料在腊肉与黑皮壳之间大大的空隙中滑动。“啪啪啪摔去黑皮壳，就是金灿灿的香腊肉啦！哈哈哈哈！”主人说得眉飞色舞，高声笑了起来，仿佛遇到了知音。

“这腊肉还有取名，领导文化高，取个名吧？”

我在坪里踱步几圈，略加思索，随后脱口而出：“三响腊肉！”

“好！”高山主人很是爽朗，提着腊肉就进了屋，步伐矫健，肯定练过武功。我紧紧跟进，看看是不是真的不洗。但见他把金灿灿的腊肉放在菜板上，取来一把锋利的大刀切将起来，边切边说：“香腊肉没有用水浸泡过，皮硬，只能由力气大的男人切，最好是练过武功的人切，不能切得太薄，也不能太厚。”他拿起一片递给我，要我看看香腊肉的好颜色。

我捏着一片腊肉来到屋前的小坪，惊讶于这腊肉竟然呈现由浅变深紫色的层次光泽！对着天空再一看，腊肉上呈现出神奇的彩虹！这片腊肉就是一件艺术品。这三响腊肉竟是大山的精灵。名满中外的金华火腿、享誉世界的西班牙火腿也没有这般好颜色。一闻，还没烹调的腊肉竟有异香。

我立马将快溢出的口水狠狠咽了下去，期待着早点品尝这高山美味。

我敢说，这是号称小小美食家的我，在高山云雾中见过的最神奇的腊肉，也是此生中吃过的最独特、最神奇的腊制美味。中饭十分丰盛，有一盆大大的三响腊肉，有腊猪肝、腊牛血和现杀的山鸡，还有几种叫不出名字的野菜。就着热热的米酒，我们一行吃得不亦乐乎，喝得似神似仙，乡长插科打诨的金句频出，大大调节了氛围。大家吃得最多的还是三响腊肉，人人赞不绝口。这三响腊肉，掺入了辣椒粉，用山中柴火一炒，已是紫中带红，奇香，奇软，软中带韧，一口下去，满嘴是香，满嘴是油，满嘴是脆，满嘴是无穷的回味与惊奇，仿佛满世界的奇味尽揽口中。我连发感慨："感谢乡长组织我们来山里，感谢主人给我们端上绝味的彩虹三响腊肉。现在伊拉克人民正在饱受海湾战争的炮火摧残蹂躏，而我们能在这里安享美味，感谢党、感谢祖国！" 我的话迎来一片掌声，大家又喝了一碗米酒，我们把和平和幸福喝进心中。

这时候打前站的联防队员回来报告：那超生逃税户可能被人送了"鸡毛信"，放了"消息树"，人跑得光光的，且猪不见了，牛被牵走了，鸡鸭不见一只，粮仓里一粒谷米都没留，估计全进山了，一分钱的税费也没有收上。乡长骂了一句粗话，饭后速速结了账。

我们恋恋不舍地告别了这云雾山中有绝活的主人、热情好客的婆娘，告别了别有风韵的高山美少妇，告别了始终摇着尾巴的大黄狗，去另一个山坳收税。高山主人告别的一句话让我长久难忘："常来呷三响腊肉啰——"

我们向另一个云迷雾罩的山坳蛇行前进。大家问我为什么叫三响腊肉，我现炒现卖，略加演绎。

大家啧啧称奇。

…………

三十年过去了，当时的计划生育和税收政策现在已经大改，但是，那三响腊肉的余香依然在我味蕾中漫绕。

哦，我的挚爱，我的彩虹三响腊肉。

2022 年 5 月　长沙

喜头鱼儿

那一年暮春时节的周日，天空下着毛毛细雨。朋友敲门，喜气洋洋送来一桶鱼。新钓的，清一色的鲫鱼，煞是活泼可爱。

鲫鱼乃吉祥之物。

记得有一年我到湖北开会，驱车路过一家大牌子“喜头鱼店”，特停下，决定品尝从未吃过甚至没有听说过的稀奇鱼儿，点了一份红烧喜头鱼、一份清汤喜头鱼，想来个“双喜临门”。我们点了当地有名的美酒，酌上，口水匝匝地喜迎喜头鱼。我们期盼着吃上奇鱼。上菜了，店小二喜气洋洋端上了红烧鲫鱼、清汤鲫鱼。我们一行四人起立，齐呼上错鱼了！店小二却是微微一笑：“鲫鱼就是吉鱼，吉鱼就是喜鱼，这不就是喜头鱼嘛！我们这里管鲫鱼叫喜头鱼呢！”

好吧，一桶“喜头鱼”到家了，那就善待这桶鱼。为了这桶鱼不缺氧，能适当久养，我把桶中之鱼倒入厨房的不锈钢洗菜盆，让水龙头滴入活水补氧。鱼儿们果然吧唧吧唧快活地朝水面吐着喜气。这些鱼，大的有一斤左右，小的二两左右，足足有三十余条。

我像欣赏艺术品一样观赏着这一群鲫鱼，哦，喜头鱼。突然市长秘书打来电话，市政府有个重要决策，涉及法律问题，需要开会初议，我开完会回到家是下午6时左右。一进门我就去看鱼，呀，水龙头被拧紧了，家人怕水满溢到厨房地板上。其实洗菜盆内侧有溢水槽口，水龙头只要水不大不急，会从溢水槽口流入下水道。小鱼儿足足有十条翻了白。我把家人说了一通。晚餐就把还张着嘴但已肚朝天的鱼煮了。

味道极鲜。

这个大的洗菜池只能用于养鱼了。好在左边的洗菜池可以寻常洗菜、淘米。有活水滴下，可爱的小鱼儿快活至极，但每日清晨我都会发现有一到两条小鱼儿肚儿翻白。如此淘汰赛似乎太残酷，但现实情况就是若干天以后，池中只剩一条六两左右的喜头鱼了。

这条小鱼儿长得相当别致，身材健美，肚白背黑，游动起来很有力度，会在池中造一个小小漩涡。小鱼儿还特别乖巧，只要我来到池边，它便会从水池底上浮，嘴巴朝水面我站的方向吧唧吧唧，似在问候主人，又仿佛奥运会上的花样游泳。我把鱼抓在手中看，小鱼儿也不挣扎，只是不停地张合着嘴巴，似乎用鱼语向我诉说衷肠，大大的眼睛里流淌着幸福与喜乐。这真是让我快乐的奇鱼。

我愈发喜欢上了这条小鱼儿。

其时社会上已开始流行养宠物，这是中国人解决温饱之后的新社会现象，养猫、养狗、养龟，还有养藏獒、毒蛇、蜥蜴、变色龙的，五花八门，但没有听说把鲫鱼当宠物养的。这条小鱼儿这么可爱，我不妨把它当宠物养起来。

其实我早就与宠物结过缘，但大都留下伤悲的故事。小时候我随父母兄姐从浙江舟山回邵阳隆回，特别带着养了半年多的金色小龟。山高水长，一路颠簸，一进湖南，那个金色小龟竟然不动了。我伤心了好一阵子。不久我养了一条中华田园犬，可爱至极，每日回家，狗狗立马跑到我跟前，摇尾、舔手，快乐地叫着。可是不到一年，政府突然宣布搞一场打狗运动，那可爱的狗狗乃惨死诀别。多年以后，我只要一想起当年的情景，心依然隐隐作痛。

这一次已久经考验的喜头鱼，就当成特别的宠物养起来吧。但愿有一个美好的结局。

养此宠物成本极低。每天只要滴滴水，喂两根小小的面条，鱼儿就欢快地游着并向主人致敬。

全家人都喜欢上了这条鱼。

一个月后，意外发生了。

一日，我很晚才回家，妻儿在外面吃的饭，回家也没进厨房。我在外参加朋友聚会，喝了点酒，也没进厨房，躺在客厅沙发上看电视。突然听见厨房地板上似有弹动的声音。我起身进厨房，呀，水龙头完全没有滴水，鱼儿缺氧，竟然跃出水池，在厨房地板上弹动，可怜巴巴地向我求救！

我一边大骂家人，谁谁谁把水龙头拧紧了；一边大骂鱼儿，为什么不在水中好好待着，要跳将出来。从一米多高的洗菜水池跃下，不摔死也会摔晕的。鱼儿居然还没有晕，在不停地弹跳，一会儿左一会儿右。完啦，完啦，这宠物看来又养不成啦。为了发扬革命的“鱼道主义”精神，上菜板前还是放水池中泡泡水吧。这鱼身已是半干，看来鱼儿已跃出水池相当长一段时间了。这弹跳，可能用尽了最后的力气。

我心情特别郁闷。

一条送走那么多同伴、久经考验活下来的矫健小鱼，一个新的宠物，马上就要被开膛破肚成红烧时鲜，我的心情由郁闷变为沮丧，索性回客厅再看电视，从妻儿手中抢过频道看到深夜。睡觉前迟疑踅进厨房，呀，小鱼儿竟然在菜池中缓缓艰难地游动着，只是背部成了黄色，而不是原来的黑色。我惊喜莫名！

这应该是一条神鱼。

从此喜头鱼继续当我的宠物。我快乐地养着小鱼儿，小鱼儿快乐游着，每天用鱼语向我们问好，换着花样向我们致敬。庄子知鱼乐，我亦然也。

春天已经过去，夏天悄悄到来。随着气温逐渐升高，菜池中的水温也随之升高。鱼儿随水温的升高越显活力，也越发快乐了。只是滴水的频次要慢慢调快，只有足量的滴水才能让池水保持良好的氧饱和度。我想起了宋人秦观诗句“水漫鱼知乐”描绘的情景。

不料天有不测风云，鱼也有旦夕祸福。我的宠物鱼再遭厄运。

那天有个重要接待任务，我清早就去了宾馆。妻子也临时下县市检查工作，小孩在学校住宿，家中无人看鱼。我第二天晚上才回家。仿佛接收到神秘信号，我急急忙忙、惴惴不安掏钥匙开门，直奔厨房，水龙头还在慢慢地滴着水，但池中已无鱼！

我迅速在厨房地板上找寻，根本没鱼。难道猫儿进屋了？近日来晚上睡觉时老是听到猫的叫声，莫非……我急忙看厨房窗户，没有开窗啊。又到所有房间一一查看窗户，窗玻璃虽然开着但有金属纱窗护着，且金属纱窗完好无损，猫儿进不来。老鼠也叼鱼，可是我家没有老鼠啊。忙又打电话问妻子，是否将鱼送人或做其他处理，均曰无。

这就怪了，难道小神鱼飞啦？

我找得满头大汗，依然不见鱼儿影子，只好带着巨大的疑惑冲凉洗澡、刷牙漱口，躺在床上无法入睡。辗转反侧一阵，猛然想起，何不用手电到厨房各个角落细细找寻？

我翻身起床，仿佛鲤鱼打挺，拿了手电再回厨房，在旮旮旯旯细细找，但见灰尘不见鱼，最后探进身子照美菱冰箱背后的地面，灰少，再看，有一堆灰尘块块，用长铁钳子夹出来，哦，灰尘块块里有条鱼！

这鱼儿身上全是灰尘疙瘩，抹去灰疙瘩，竟是我的宠物小神鱼！鱼身已干，不黏手了。

我悲从中来，可怜的小神鱼，你纵身一跃成鱼干！

鱼呀鱼，你为什么又跃出水池呢？同样的错误，怎么可以再犯呢？这中间难道还发生过惊心动魄的故事？

啪，我把干鱼摔进了垃圾桶。

哼，喜头鱼，喜你个头！

我再上床，更加无法成眠，只好又起来，到客厅打开电视。细一想，这小鱼儿毕竟六七两，洗洗放冰箱里，明天早上熬个鱼汤，也不枉这几个月的辛劳。

我进入厨房，把鱼儿从垃圾桶中取出，放在水池中泡掉灰疙瘩，把泡脏的水放掉，再打开大龙头对着鱼身冲水，反复阵阵猛冲，鱼身已被冲得干干净净。我把鱼盛在盘中，准备放入冰箱，奇迹发生了：在塞进冰箱的刹那间，这鱼儿身子居然弹动了一下，难道它还活着？

我赶忙把洗菜水池塞上，把鱼儿放进池中放水猛冲。一会儿这鱼居然再次弹动，且张了一下嘴巴，仿佛在说："主人，我还活着呢。"

我顿觉神清气爽，睡意全无，继续急水冲鱼，不到十分钟，这鱼儿居然缓慢地动了一下身子。我放干水再冲，如此往复十来次，鱼儿已经不停歇地游动了，只是白肚朝上。再过半个时辰，鱼儿终于肚儿朝下、背朝水面缓缓游动起来了！

啊，我的神鱼，我的喜头鱼，你创造了一个神话！我立即想到了成语"咸鱼翻身"，你这是干鱼复活！

次日早起，鱼儿已完全恢复如常，依然向我致敬问好。

我心花怒放、喜气洋洋，每与朋友相聚，几杯酒下肚，我就述说神鱼的故事，惹得朋友们都要来我家看看。

我更加得意。

为防止鱼儿再从池中跃出，彻底消除隐患，我尝试把鱼儿放入一只高高的铁皮水桶中，置于我的专用卫生间，只放半桶水，让卫生间龙头慢慢滴水，一日才满，再倒掉半桶，再滴，鱼儿不会因缺氧而跃出，即使跃出，桶子离卫生间地板近，鱼也不会摔伤，我也容易找鱼。

这样其乐融融又过了一段时间。我想来一个大胆测试，由于卫生间没有太阳直射，可不可以不滴水养鱼？这样节约用水，养鱼成本降低且不费事。星期日，我把水滴关了，一小时一观察，没事儿；一日过后还是没事儿，而且鱼背更黑了，可能是陈水漂白粉没有新水高。当然也可能是神鱼练就了不缺氧的神功吧。

小神鱼又自由快活地生活了两个多月，再无舍生忘死跳到地板上的英雄壮举发生。我每三天换一次水倒也并不麻烦。这喜头鱼暮春而来，度过了惊险的夏日，现在已是深秋，再过些日子便是冬日啦，鱼儿也长大了不少，估计有七八两重，真是岁月静好，鱼儿喜乐。

就在这岁月静好中，小神鱼又遇到了新的危机。

初冬时节，妻子突然有些头疼，夜不能寐。小鱼儿所在的卫生间离我们的主卧室极近，小鱼儿晚上浮在水面吧唧吧唧的声音，影响妻子的睡眠。妻子坚决要求把鱼放走或送人。我发扬斗争精神，据理力争，争论争吵斗争，却毫无效果。

为了家中安宁和谐，我朝思暮想，十分不情愿地作出一个重要决定：把鱼送到司机家中养起来。这样既满足了妻子的愿望，隔三岔五我还可以去司机家看看鱼。

司机全家齐心协力养着鱼。

我每周都抽空去看看，危机已然解除，岁月似乎依然静好。

这段时间，我抽空看墨菲定律，总感觉这样养鱼还是有漏洞，甚至有潜在危机，也许什么时候会发生，心中隐隐不安。一个月后，司机居然把鱼又送了回来，说是他家中进了猫，这鱼已经很不安全了。

我只能把鱼再放卫生间养着。妻怒。又理论又争论又斗争。毕，只得选择一个周末的晴天去河中放生。

南方的冬日依然有些肃杀，孙水河边的冷风吹得让人不断把衣服裹紧，只有淡淡的阳光照在河面上，才让人感觉些许的温暖。湘中的孙水河在冬日的晴天显得格外清澈，水底浅处的沙石、水草，被阳光照得清清楚楚。

我提着鱼桶，静静地坐在河边的石头上，心中感慨良多。我想到了辩证法，想到了墨菲定律，想到了天下没有不散的筵席，想到了人世间的悲欢离合、月亮的阴晴圆缺，想到了再好的朋友都不可能日日相处、永久相伴，何况人与鱼呢？

罢罢罢，还是把鱼放了吧，也许大自然才是鱼儿最好的归宿。“念天地之悠悠，独怆然而泣下。”古今皆然。

鱼儿入河中，却迟迟不游走，仿佛有法力把鱼定在了水中。我用手去摸它，用水推它，鱼才慢慢朝水中游去，但一会儿又游了回来，向我甩尾施礼，然后才恋恋不舍地游往河的深处，直至不见。我是个对人、对物、对动物都讲感情的人，而且特别念旧，小鱼儿一走，我已是泪眼蒙眬。

在梦中，我常常梦见这条伴我度过春夏秋冬的喜头鱼儿。

…………

好些年后，我去美国考察，第一站来到了美丽的夏威夷。阳光灿烂的午后，因无公务活动安排，我身着沙滩短裤，披一块浴巾，来到下榻酒店后面的海边游泳。这夏威夷的海水蓝得特别纯净，让人心旷神怡。我沐浴着阳光，享受着撩人的浪花，一个多小时后才走上沙滩。

我恋恋不舍地再看看这碧蓝的海水、洁白的浪花，突然，一条黑背的喜头鱼儿，高高跃出水面……

2022 年 8 月 长沙

乱季长沙

网红长沙越来越火了。

长沙的季节越来越乱了。

“天上有颗长沙星，地上有个长沙城。”魅力四射的大美长沙，具有三千年灿烂历史文化底蕴，一千多万星城儿女，在新时代的大道上踔厉奋发，2017 年就昂首阔步跨入 GDP 万亿俱乐部，让世界刮目相看。长沙是世界媒体艺术之都（由联合国教科文组织命名、中国唯一），中国工程机械之都，中国娱乐之都，中国美食之都。长沙美女如云、帅哥如云、主播如云、食客如云，长沙的美食令人垂涎，星城遍地是美食：火宫殿的臭豆腐、红烧肉、糖油粑粑，文和友、天宝兄弟的绝味小龙虾，茶颜悦色的奶茶，新长福的辣椒海参，费大厨的辣椒炒肉，大斌家火锅，盐津铺子，墨茉点心……嗨在长沙，吃在长沙，播在长沙。长沙吸引着国内外游客蜂拥而至，特别是年轻人趋之若鹜。作为国务院定位的特大城市，长沙社会发展井然有序，垂涎于长沙美食的俊男靓女，到文和友、天宝兄弟排长队，长时间等候吃小龙虾，也未曾有丝毫混乱。但，长沙的季节却乱得离谱，乱得古怪，乱得霸蛮。

雨季长沙

雨。雨。雨。

一向春夏秋冬四季分明的长沙，一不留神居然出现了“雨季”。

2016 年 10 月，本是秋高气爽的艳阳天，却淅淅沥沥下起了小雨，从秋下到冬，从冬下到了春，从春下到了夏，方才拽住，下雨时间之长史上罕见，中间偶尔有个什么晴天或者多云间晴，太阳出来不了多久，要么被浓云遮住，要么被雾霾罩住，之后小雨马上跟上。2016 年 10 月 18 日至 31 日，基本上天天都是雨和霾。11 月上旬好不容易迎来几日非雨天，从 12 日起直到月底，几乎天天都是雨。2016 年 12 月，2017 年 1 月、2 月依然是雨多晴少。最奇葩的，2017 年 3 月 4 日至 31 日，一路满满都是雨，全月加起来只晴了一天半，还有一天半多云。

在这漫长的时间里，厚厚的雨幕，扯不断，撕不开，撵不走，浇没了秋季的秋高气爽、冬季的干爽寒冷、春季的姹紫嫣红，既无“东边日出西边雨”的浪漫，也无“渭城朝雨浥轻尘”的清爽，只剩下“无边丝雨细如愁”了。这段时间，长沙人忘记了晒衣服、晒被子，朋友见面都抱怨浑身有股霉气，只希望什么时候出出太阳晒晒霉气。

面对怪异的“雨季”，长沙人却并不生气。谁跟天老爷去生气呢？！朋友们吃饭喝酒时扯淡，都说希望长沙凭借工程机械之都的强大实力、傲视天下的“天河”超级计算机，携手 73 名两院院士，协作长沙近百家上市公司，尽快研发出人造太阳来晒一晒呢。

星城人虽较长时间见不到阳光和星光，但班照上，活照干，钱照挣，饭照吃，酒照喝，歌照唱，舞照跳，脚照洗，婚照结，崽照生，长沙郊区的蔬菜，少有太阳的光合作用，却也能悄然生长，着实神奇。5 月 5 日立夏之后总算是晴多雨少，但到了 6 月，竟下起了中雨、大雨、暴雨，全城人立即投入轰轰烈烈、可歌可泣的抗洪抢险之中。

这，是不是长沙“雨季”的延续与高潮？

旱季长沙

晴。晴。晴。

长沙 2022 年出现的“旱季”，亦如“雨季”般漫长。

2022 年 8 月 3 日，晴热多云，这是虎年入夏以来长沙最热的一天，天气预报是 27—39℃，实际温度是 30—43℃。爱国情怀向来浓厚的长沙人，看到某国一位女政要 8 月 2 日窜访我国宝岛台湾，义愤填膺，愤懑的怒火又把气温冲高了 10℃。长沙人历来是吃得苦、耐得烦、霸得蛮的。特别是耐得烦，虽然度过了一个不眠之夜，但并没有过激之举，不愧为全国文明城市。

长沙人万万没想到，这番晴热，过了 8 月，贯通 9 月，翻过 10 月，延续了整个秋天，且直奔冬天，到冬日的 2022 年 11 月

13日依然未雨——贯穿3个季节，长沙近4个月无雨。风调雨顺、四季分明、亚热带季风气候的长沙竟然出现了名副其实的“旱季”，让人匪夷所思。这期间，仅有10月5日、6日、7日、8日天气预报有小雨，但这回天气预报纯粹是逗长沙人开心的，实为阴天而已，到了8日晚上11时起，才有几个小时神仙喷嚏般的小雨匆匆掠过，第二天又阳光灿烂。

长沙的“旱季”真神奇。

跃季长沙

长沙的天气有时是一月四季。

2022年2月22日，这是一个独特的、充满爱的好日子。长沙人迎来了漫天瑞雪。2月23日，气温是0—1℃。长沙城外，山川田野，覆盖着6—10厘米厚的皑皑白雪，好一派北国风光。

仅仅一日过去，2月24日，长沙气温大幅上升至2—12℃，春光明媚，太阳暖洋洋的，一夜之间，春天的气温就温暖着长沙大地。

几日暖春过后，3月15日，长沙的气温迅速升高至18—30℃，太阳劲道十足，姑娘们打着防晒伞、戴着墨镜行走在漂亮的街道上，小伙子们则穿着短袖衬衣、T恤出门，妥妥的夏日景致，距离皑皑白雪融化还不到20日。

3月19日，长沙的气温调整到11—25℃，仿佛秋高气爽时。

短短不到一个月的时间里，长沙已经历冬、春、夏、秋四季气温。一年四季，长沙则一月四季。

返季长沙

长沙的季节，有时是倒着走的。

一月四季，气温是大跃进、大腾挪，一个月完成春夏秋冬，已是史无前例的奇观。更让人难以置信的是，长沙的季节，如同浪漫派自由诗人醉意蒙眬的独特舞蹈，进一步退一步，有时进一步退两步甚至退三步，虽是独特且别致，却完全无章可循，自由浪漫，颠三倒四，进返无序，季节翻篇又返篇。

长沙人每天早晨第一件事是看手机里的天气预报，好决定穿春天的衣服还是夏天的衣服，抑或是秋天的衣服还是冬天的衣服。为了方便，长沙人的衣柜里不少是春夏秋冬的衣服混放，短袖、单衣、毛衣、棉衣都叠在一起，绝不敢春夏秋冬分别放。早晨要洗漱、吃早餐、急着去上班，年轻人还要送孩子上学，美女们还要化妆，每天又睡得晚，一个一个衣柜来回找，太耗时又费劲。为何前一天晚上不看中央电视台帅哥美女播的权威天气预报？因为卫星云图、超级计算机也很难算准长沙的天气，晚上预报的天气与第二天早上的预报多有差别。毕竟有一月四季，甚至一旬四季、一周四季。

中华大地的大城市，唯有星城长沙有此奇观。

2022 年 11 月 1 日、2 日、3 日、4 日、5 日、6 日，都是秋

高气爽的日子，气温基本稳定在12—22℃，当然也嵌入了长沙的“旱季”。2022年11月7日立冬，气温反而冲到18—29℃，11月8日升到20—30℃，11月9日升到21—31℃，11月11日升到22—32℃。长沙立冬的时节，气温竟然返回至秋日、返回到盛夏，白晃晃的太阳射在地面上，泛着刺眼的白浪。

全城皆夏装。

空调全部开，所放皆冷气。

立冬数日，我家房前的水塘里，早已冬眠睡觉的青蛙们，匆匆结束长觉，纷纷从洞中跃出水面，哇哇哇叫将起来，雄蛙们叫得特别响亮、特别欢快，以为春夏真的提早到来了，快活地向雌蛙求偶，很可能在商量着造小蝌蚪呢。

蛙声一片，激情一塘。

辛弃疾是“稻花香里说丰年，听取蛙声一片”，长沙是立冬时节听蛙声呀!

鲐背之年的老母亲，耳聪目明，思维清晰，在我家里小住，热得不行，大发感慨：“我已生活了90年，从有见过立冬如立夏。这满塘的青蛙吵得我困不得觉！”

11月13日，长沙的气温又拽回到11—15℃，一日又返回了春天。

长沙的季节乱得无序，乱得莫名，也乱得别致。爱在雨中行走的姑娘们，在雨季，在雨中打着花伞是一种享受和浪漫，特别在伞下与男朋友可以挨挤着前行，爱意满满。市民们无法晾晒衣服，自然有解决之道，要么开着空调的除湿功能，抽尽满屋子的湿气；要么更换一台有烘干功能的洗衣机；要么安装一台有烘干消毒功能的智能晾衣架，问题都能解决。排除身体内的湿气，也有简便易行的办法，要么相约到美食店，点一大盆变态辣美食，眼泪、鼻涕一起喷，大汗淋漓嗷嗷叫；要么踅进足浴店，脚气、湿气一起泡，星城的足浴曾经独领风骚。

长沙的“旱季”让星城人有些难受。在“雨季”自然盼望着艳阳天。但“旱季”天天都是艳阳天，难免出现审美疲劳。政府调控能力强，面对“旱季”可以大开空调，大规模调度确保生产生活用电；蔬菜因干旱生长困难，也能从四面八方调运过来。美女们乐得天天热，可以名正言顺地穿得清凉，展示傲人的身材；小伙子们可以天天 T 恤、短裤，甚至在小摊前、小巷里露露胸肌，当当“膀爷”，潇洒恣意。

跃季和返季，让长沙人一年之中多了无数个春夏秋冬。

乱季飞渡仍从容。

长沙季节乱、气温乱，但长沙人的心不乱、情不乱，长沙的经济、社会发展不乱。就让我们长沙人在乱季中坚持发展、追寻快乐、享受幸福，好好地工作和生活吧。

长沙，毕竟连续十余年获评中国最具幸福感城市。乱季长沙，在奇诡怪诞的季节变化中也乱出了另一种别致与浪漫。

2022 年 11 月 长沙

鸭毛西施

深秋的阳光惬意地布洒下来，满城便弥漫着宁静、舒缓和温暖的秋韵。

周末有这么好的天气，难得；周末不开会不加班，更难得。我沐浴着阳光与秋韵，沿着屋后小道向西彳亍而行，煞是惬意。手中提着一个蛇皮袋，里面装着两只鸭子。这是昨晚一个农村亲戚特意送来的。我小时候当过鸭司令，自然知道鸭子味道虽美，但拔毛十分费劲，难度是拔鸡毛的十倍。吃过早饭，妻子便把蛇皮袋交到我手上："你今天不加班，去把鸭子杀了。屋后不远处有个'鸭毛西施'，拔鸭毛又快又好。"

"鸭毛西施"？拔鸭毛也有"西施"？

我不便多问，也不宜多问。我揣测肯定是个美女，否则何以称"西施"？又一想，若真是美女，怎么会去拔鸭毛?

记得好些年前，我到湘西永顺县旅游，在看颇有特色的芙蓉镇时，导游说领我们去看"豆腐西施"。在一条斜斜的阶梯形街道上，有一家卖米豆腐的小店。我们进店吃了一碗热乎乎软乎乎嫩乎乎的米豆腐，却未见"豆腐西施"，无论是站在店门口灶火前做米豆腐的厨师少妇，还是端米豆腐的服务员姑娘，均为湘西寻常女子也，甚至还没有导游好看，未必稍微好看一点的导游，便能叫“导游西施”？导游看出了我的疑惑，笑嘻嘻领着我们来到店门口：“‘豆腐西施’在这里！”我们定睛一看，原来木板墙上挂着一幅不大不小、有些发黄的照片，照片里是满脸笑容的电影明星刘晓庆：年轻貌美的村姑刘晓庆，满脸的胶原蛋白，热情地卖着米豆腐！哦，卖米豆腐的刘晓庆确实算得上是“豆腐西施”，只是挂在墙上。导游一解说，原来前些年电影《芙蓉镇》在这里拍摄，刘晓庆在这里当了一回“豆腐西施”。我看过获茅盾文学奖的长篇小说《芙蓉镇》，但没有看过电影《芙蓉镇》。看来湘西的芙蓉镇有商业意识，但商业意识还不足，何不选一个水灵灵的俊俏村姑，在这里卖米豆腐，不就是货真价实的“豆腐西施”吗？这是旅游的一个亮点、卖点，不愁游客不纷至沓来。

在湘西只看到照片里的“豆腐西施”，在湘中却有一个货真价实的“米粉西施”：那是一位身材高挑、头卷波浪、足蹬高跟鞋的美少妇，与丈夫开了一爿小小的“洁美米粉店”。我在一位朋友邀约下，来到这爿小店吃米粉。门店并不起眼，店内勉强摆两张小桌，令人诧异的是，穿梭于两桌之间端送米粉的居然是位穿着旗袍的美少妇！这实在是湘中星城的一道独特风景！端来的米粉更是让人啧啧称奇、口水直冒、食欲大增：一碗大大的米粉上满满覆盖着大片牛肉与木耳，大气！一吃，顿感色香味俱全！那粉汤红红的也是诱人，不喝完简直浪费了一种美味，轻轻吹开一层红油，把汤喝下，满嘴都是复合的香与味。

这爿米粉店的老板娘算得上名副其实的“米粉西施”，与湘西挂在墙上的“豆腐西施”有得一比。这“米粉西施”算得上美女一枚，有模特儿般的身材，面容也姣好，别具一格地穿着旗袍端送米粉，食客们恍惚间以为是到了民国时期上海滩的顶尖酒楼会所。所以这里的回头客越来越多，从早晨6点多到晚上10点，络绎不绝。店老板也是帅哥一个，高高的个子，挺挺的腰身，不胖也不瘦，蓄着短短的髭须，仿佛当年上海滩的大堂经理，只是默默地煮着米粉，偶尔用眼睛的余光扫一下店里的食客。

我成了米粉店的常客。

当我等食客们以为可以长期在此嗦粉时，“米粉西施”出场却越来越少，也不太穿旗袍，改穿珠光宝气的时装，后来干脆就不出场了。传言是认了一位有钱有势的干爹，改行做赚钱的生意去了；后来又传言“米粉西施”与煮粉帅哥闹掰了。当然，传言毕竟是传言，也许是个美丽的误会。最后的结局是政府要在这里建设号称中南地区最大的商业步行街，轰隆隆把米粉店拆了。从此，再也没有见过那位煮粉的“米粉帅哥”，也没有见过端粉的“米粉西施”。

我等嗦粉的食客好不惆怅。

今天，我提着装了鸭子的蛇皮袋路过曾经的“洁美米粉店”，“米粉西施”的身影老在我眼前晃动，毕竟这里带给过我们一段美好的值得回味的美食时光。

再往前走，在残垣断壁的一块空地上围着些许人，走近一看，原来正是临时新设的拔鸡毛鸭毛鹅毛的摊点。

这一带拆迁了不少房屋，到处是残垣断壁，号称中南地区最大的步行街还没有开建，所以有人就拣了这个空当，在这稍微平整一点的地方接上水龙头，架锅设灶做起生意来。

如今的城里人愈发懒惰了，不仅不再在家刷皮鞋，而且不再在家杀鸡鸭鹅，全送到专门摊点去处理，既干净又省事，又给进城的农民工提供了就业岗位，看来懒也是一种进步。好像有人说过：自私和懒惰是推动人类进步的原动力。

我把蛇皮袋子往前一扔，立即就有一位青春美少女接着，麻利地从蛇皮袋子中抓出两只活蹦乱跳的鸭子，交给一旁的中年男人，中年男人飞快地把鸭子杀了，在铁锅滚滚的水中左一烫右一烫，捞出丢在大大的塑料盆中，青春美少女也不说话，立即蹲下身子，双手麻利地拔起鸭毛来。

我细细端详这位青春美少女：头发绾着，露出粗细匀称的脖子，面庞清秀，满是青春的胶原蛋白，衣服似乎有些小而紧，裹不住高高往外拱的胸脯，圆圆的臀部被深蓝色的牛仔裤小心翼翼地包住，仿佛一不留神就会撑破裤子，秋日的阳光从一侧洒在她身上，如同罩下一层光晕，更加增添了美感，拔着鸭毛的双手仿佛在弹奏曲子。

好一个“鸭毛西施”！

“鸭毛西施”应该是提前发育成熟的小姑娘，从面庞可以看出大约十六七岁的样子，应该还是个中学生吧，可能是杀鸭子的中年男人的女儿，而不是儿媳妇抑或请来的打工帮手。趁着已拔好的鸡鸭鹅陆陆续续被提走的空当，我问中年老板："这个拔鸭毛的妹子是你的女儿吧，拔起鸭毛来好麻利！现在的中学生每个周末都补课，她来拔鸭毛会不会影响学业？"

小摊老板望了一眼半蹲着的"鸭毛西施"："书读多了冇得用。她也不是读书的料。冇毕业就不读了。她娘病了，我这里缺人手，就让她来当帮手。"

听了中年男人的一番话，好不遗憾。一个漂漂亮亮的青春美少女竟然辍学了！她应该去读艺校、去弹钢琴啊，而不是蹲在这里拔鸭毛。

中年男人简单回复了我的问话后，马上又接了几只鸭子，飞快地杀将起来。看来生意相当不错。

家禽鸡鸭鹅是解决温饱问题之后逐渐走上富裕之路的国人开始吃的营养美味，到专门摊点处理干净拎回家或炒或炖或清蒸，已成时尚。先前的小摊老板们把家禽杀了，丢入沸腾着沥青的锅中，再把裹满沥青的鸡鸭鹅置于水龙头下，用冷水一冲，沥青立即冷却成块，轻轻一扯，鸡毛鸭毛鹅毛随着沥青全褪去，沥青又被丢入锅中继续反复使用。但是家乡隆回的市场监管部门发现沥青拔毛存在健康安全隐患，因为沥青存在毒性，所以立即通令全城鸡鸭鹅处理小摊禁用沥青，一律改用传统的纯手工拔毛，虽然耗时稍微长一些，但卫生、安全、可靠。不久小摊老板们纷纷练就绝活，可以双手拔毛，然后用镊子飞快拔掉鸭子身上倒刺样的毛。隆回人最爱养鸭吃鸭，拔鸭毛的技法也独领风骚。一两年后，湘中星城娄底的市场里也弃用沥青，全改用传统拔毛技法。“鸭毛西施”很快就把鸭子的粗毛拔掉，然后又以令人眼花缭乱的手法把倒刺毛反向一搓，比隆回的镊子拔毛并不逊色。“羽毛知独立，黑白太分明。”纵然花鸭被杜甫先生高度赞赏，也经不住“鸭毛西施”的一通“神操作”，毛色发亮、泛着紫光的美丽鸭毛，顷刻间在青春美少女的手中化为乌有。人类的嘴巴一张一合，每天要吞噬多少美丽！

“老板，鸭肠子需要翻好带回吗？”

“鸭毛西施”侧过脸问我，声音柔柔的，有些稚气。我知道有些人是不喜欢吃鸭肠子的，他们多少听过养生专家的劝导，说动物内脏吃不得，发达的欧洲国家早就不吃了。但我的理解，是西方人根本不懂复杂的烹调厨艺，他们把美味的牛血、牛蹄、牛筋、牛百叶、牛尾，把营养丰富的猪血、猪肝、猪肠、猪肚、猪腰子、猪蹄统统丢弃，只知道把牛肉、猪肉切片烤着吃，且牛肉还要见血。要知道中华民族已吃过几千年的动物内脏，而且烹调出的花样多在动物内脏上。美食之乡的湘中新化以牛血、牛肚、牛肉合煮的“三合汤”，被正式评为新潇湘十大名菜，名贯三湘。在我的家乡邵阳，人们把猪血与豆腐做成“猪血丸子”，成为湖南美食的神秘武器。此外，用猪大肠做成的酸辣肥肠、肥肠煲也是邵阳人乃至湖南人餐桌上的必备。这鸭肠子是我的最爱，炒鸭、炖鸭、煮鸭，如果没见鸭肫子、鸭肠子，那鸭子等于白吃了。其实，四川人、重庆人也与我一样喜欢鸭肠子、鹅肠子、鸡肠子，这三肠是四川火锅、重庆火锅的标配。

“美女，要的要的！”我忙回答“鸭毛西施”的问话。因为碰到一些不要鸭肠子的主顾，鸭肠子就被丢到一边的桶子中，集中卖给小餐馆。

这翻鸭肠子有两种方法，传统的是用筷子翻得齐齐整整，这需要高超的技法；另一种就是用小小的剪刀剪开。“鸭毛西施”拔净鸭毛后，轻松把鸭子剖开，将鸭内脏全部扯出，用尖尖长长的剪刀把鸭肠子、鸭肫子剪开，放在水龙头下冲洗干净。没过多久，“鸭毛西施”已把鸭血、鸭肠、鸭肝、鸭肫、鸭心放入塑料袋中，站起来递给我，朝我纯粹一笑：“老板，两只鸭子收 5 块钱。”

我这人有个毛病，就是爱管闲事、爱当人生“导师”，且成绩斐然。看到这么标致的青春美少女在此拔鸭毛，我有些感慨，想指导几句，付钱后正欲说话，中年男人已把三只杀好、烫好的鸭子交给了“鸭毛西施”，“鸭毛西施”立马蹲下身子飞快地拔起毛来。

我一时无法指导。

素昧平生，也罢。

深秋的这餐鸭子吃起来特别香。

二十年过去了，调到长沙工作多年的我，前不久来到曾经享受美食的“洁美米粉店”旧地，这里已是很大的一个商场，大大的时尚商业广告牌遮住了美好的回忆，遮住了身着旗袍的“米粉西施”的倩影。走到曾经的“鸭毛西施”摊位前，这里已是春园步行街沃尔玛超市的透明玻璃出口。那个青春美少女后来是继续上学，考上大学或中专参加工作，还是去沿海城市打工、小有成就而后回家投资创业当了老板，是凭着好身材、好样貌到宾馆酒楼从事服务行业发了财，抑或什么也没干，早早结婚生子正在家带着几个孩子呢？

也许还有很多的也许。

一面之缘，却是我难以抹去的清晰记忆。

也许，当代“西施”们的命运依然多舛，令人感慨。

2023 年 3 月　长沙

人间第一美

我内心执着地认为：花儿，乃人间第一美物。

“风雨送春归，飞雪迎春到。已是悬崖百丈冰，犹有花枝俏。俏也不争春，只把春来报。待到山花烂漫时，她在丛中笑。”伟人毛泽东一首《卜算子·咏梅》激情礼赞梅花的高尚品格。歌剧《红梅赞》把革命者江姐的红梅精神演绎得淋漓尽致。中国大地上掀起赞花（梅）、唱花（梅）的热潮，且持久不衰。

把人世间最美好的词汇用来礼赞花儿，一点也不为过，因为花儿芳香、美丽，鲜艳、多彩；有红色、黑色、粉色、紫色、白色、黛色、黄色、橙色、绿色、青色、蓝色、肉色、米色，还有一花二色、三色乃至多色的；有完全花、单性花、两性花、对称花、整齐花，还有雌雄同花。全世界有 45 万多种花儿，千姿百态，争奇斗艳，万种风情，美不胜收。花儿以天下独特之美，装扮着地球，美化着人间。

美花似人。有清新之花、欢快之花，有娇羞之花、冷艳之花，有妩媚之花、雍容之花，有活泼之花、庄重之花，有喜庆之花、肃穆之花。花儿从孕育、发苞、开放、枯萎，最后飘落入泥，人从孕育、出生、成长、衰老，最后入土为安、化作泥土，人与花何其相似。《红楼梦》里清新、清醒美人林黛玉直接把花看作人了，看到鲜花飘落，好不伤感，干脆把落花葬了。其实，人还不如花呢，人死入土为安，化作泥土即永远消失；花呢，入土为泥，来年又美丽绽放。也许，人也可以轮回吧。

花通人性。新中国的主要缔造者、伟大的无产阶级革命家、战略家、理论家、军事家、书法家、大诗人、人民领袖毛泽东主席的铜像，1993 年 12 月从江苏南京运到家乡湖南湘潭韶山冲时，韶山冲的杜鹃花为了迎接“为有牺牲多壮志，敢教日月换新天”的人民领袖回家，竟然在冬季的 12 月开放了，足足提早了近 5 个月时间，这真是人间奇迹！铜像落成之日，天上太阳和月亮交相辉映（日月同辉），铜像四周高山上盛开的杜鹃花映红了山岗。这是人民领袖的传奇，这是韶山的传奇，这是花卉世界的传奇，这是科学和神学都无法解释的传奇。

鲜花实用。国际重大会议要上花，国家首脑会谈要布花，国宴桌上要摆花，婚礼喜宴要缀花，谈恋爱要送花，陪情人散步美人头上要插上一枝花，求爱求婚要献上一大束花。庆祝新生要用花，庆祝生日要用花，庆祝胜利要用花，迎接凯旋要用花，庆祝节日要用花，探视病人要用花，寄托哀思要用花，祭拜神灵要用花。

如此，人世间最不可缺的莫过于花了。

试想，人世间如果没有了鲜花，那会是怎样的人间？

鲜花把人世间装扮得美丽温馨浪漫多彩。

花可赏。全世界每年观赏花园、花田、花山、花谷、花海者不计其数，金色的油菜花乃人间大美，江西婺源、广西百色、云南罗平、重庆潼南、青海门源、贵州贵定、陕西汉中、安徽芜湖、江苏兴化、湖南锁石、新疆昭苏、内蒙古呼伦贝尔的油菜花美不胜收。每一次来到油菜花山、花田、花海，那一份心旷神怡的陶醉，那一刻对金色大地的感悟，无法用言语描述。每每在电视上看到新疆一座座开满杏花的大山、峡谷，我无不心驰神往，恨不得立即化作一只大鹏，飞到那花山、花谷、花廊、花沟上空盘旋礼赞吟唱。

花可食。鲜花中含有丰富的蛋白质、淀粉、氨基酸和多种维生素，大约有一百多种花可以成为人间美味。西南有一个奇人，一辈子研究可食之花，并且在重庆开了一家专门吃花的餐馆，生意兴隆。迎客的是花拱门，吃的是众花菜，喝的是花泡的酒，看的是如花少女跳的舞。吃一餐饭，一辈子都记得。湘中涟源有一座海拔较高的龙山，每年夏天，我都要到云山雾罩的龙山去避避暑，吃吃龙山野菜，品品龙山花菜。这龙山花菜，摘之于树上，颜色粉红，做汤、炒煮，吃起来细滑无比，令人回味无穷。龙山人把这可食之花取名“龙山芙蓉”。

花可入药。经古今医者不断尝试探索，当今可以入药的鲜花近两百种，适宜当茶喝且有药效的花有三十多种：金银花、蔷薇花、玫瑰花、洛神花、月季花、茉莉花、桂花、菊花、槐花、梅花、玉兰花、薰衣草、勿忘我、百合花……都是人间宝物。

花宜吟唱。历代文人雅士，对世间美物吟唱最多的就是花了，吟花诗词多得简直无法统计。

“庭前芍药妖无格，池上芙蕖净少情。唯有牡丹真国色，花开时节动京城。”大唐刘禹锡著名的咏花诗《赏牡丹》，大气。

“待到秋来九月八，我花开后百花杀。冲天香阵透长安，满城尽带黄金甲。”黄巢的《不第后赋菊》，匪气。

唐人杜甫《江畔独步寻花》：“黄四娘家花满蹊，千朵万朵压枝低。留连戏蝶时时舞，自在娇莺恰恰啼。”闲憩。

宋人杨万里：“毕竟西湖六月中，风光不与四时同。接天莲叶无穷碧，映日荷花别样红。”清新。

清人吴伟业：“拙政园内山茶花，一株两株枝交加。艳如天孙织云锦，赪如姹女烧丹砂。”红火。

我未吟花，但最喜欢观花、赏花、拍花，我每月发一次的微信朋友圈，多是用手机拍摄的各式各样的鲜花、小草照片，微友们误以为是单反相机的杰作。我尊花、敬花、爱花、赏花、护花。微友问我为何只发些花花草草，不在朋友圈评论世情、军情、时政，这些嘛，还是让那些专业的人去评说吧。

但我偶尔咏花。我漫步在一年四季都有花开的湖南省植物园，冬春转换季节，这里红梅傲雪，黄梅奇香，我哼唱《红梅赞》。哼着哼着，樱花便开了。这里有江南最牛的“樱花湖”。

樱花是湖南省植物园最吸睛的“尤物”。她美得清新，美得纯洁，美得热烈，美得浪漫，美得雅致，美得如诗如梦，美得令天空大地失色。一位脖子上挂着粗粗金链的醉酒土豪，斜倚在樱花湖新建的观花台栏杆上，细雨蒙蒙中大吼：“啊，樱花！你他妈太美啦！”笑煞一众观花客。

樱花是高枝树上的花，原产于环喜马拉雅山脉，在全世界都有，品种繁多，达300种以上，有一半是野生樱花。经考古发现，早在7000年前的新石器时代，位于湖南临澧的古人就开始采摘食用樱花果了。据文献资料考证，2000多年前的秦汉时期，樱花就在皇宫花园中栽种，唐朝时期已盛开于寻常百姓家的门前屋后，盛唐时期，从宫苑廊庑到民间田舍，到处是恣意绽放的樱花，烘托着大唐盛世。唐代诗人白居易诗云：“亦知官舍非吾宅，且劚山樱满院栽。上佐近来多五考，少应四度见花开。”当时万国来朝，日本朝拜者将樱花带回国内，广为种植，尊为国花。樱花的地位在全世界逐年提高。

中国现在已开始步入盛世，盛世需要高枝的樱花装点。樱花是近年来中国栽种最广最多的花，每一个城市都有大大小小的樱花园。湘中娄底这座新城，不仅建造了一个樱花园，而且从高速公路出来，街道之间及两侧，全是怒放的绚烂樱花，蔚为壮观。当然，这些都是改良杂交的大叶樱花，如牡丹樱，仿佛牡丹开到了树上，比日本樱花更大更美，而普贤象、关山樱尤有盛世风采。

湖南省植物园中最早开放的樱花是钟花樱，正月里就紧跟着红梅依次绽放，红红的，一朵一朵垂放着，不见叶子只见花；接着便是关山樱、阳光樱等在樱花大道、樱花湖绽放。最蔚为壮观的，当数稍晚开放但仍属中樱的染井吉野樱花，还有八重红枝垂樱。

普贤象樱花开得较晚，但开得最久，算得上是中晚樱。整个植物园有3000多株樱花，染井吉野就占了1800多株。20世纪80年代，中日友好氛围越来越浓，湖南省人民政府与日本滋贺县缔结友好省县关系，滋贺县向湖南省人民政府赠送了2000株染井吉野樱花树苗，作为中日友好的象征。湖南省人民政府把1800株定植在湖南省森林植物园人工湖畔及湖边路坡。

染井吉野樱花是世界上最有名的一种樱花。染井吉野起源于日本江户时代的植木屋（苗木园艺店），是大岛樱与江户彼岸樱的杂交品种，在东京广为种植，又称东京樱花。有人说在江南看樱花，要去武汉东湖，尤其要去武汉大学的珞珈山看驰名天下的“珞樱”。但我以为，珞樱虽美，毕竟曾牵扯着侵略。当年日本侵略者占领武汉后，栽了50株樱花树苗，成活了28株。1972年中日邦交正常化，日本首相向周恩来总理赠送1000株“大山樱”树苗，其中50株被转赠武汉大学。后来武大又陆续从不同渠道获赠樱花树苗，加起来有1000多株。当然，带有侵略印记的日本樱花已自然老死。而湖南省植物园里的樱花——“长樱”，一批次就有1800株染井吉野，远远超过“珞樱”。因为栽在湖畔，水分足，生长得更加茁壮茂盛，并且是纯粹的和平友好之樱花。加上我国自己培育的1000多株以及植物园的园丁培植的“沁园樱”“湘韵”栽在湖畔，几十个品种的3000多株樱花依次开放，争奇斗艳，所以南方赏樱，首选江南第一樱花湖之“长樱”也。当然，“长樱”还包括长沙橘子洲沙滩公园800多株染井吉野等多种樱花、长沙玉湖公园近2000株各式樱花、长沙王陵公园600多株山樱、湖南农业大学100余株晚樱，还有长株潭都市群株洲石峰公园新植盛开的8000多株重瓣白樱花、湖南科技大学校园数千株绿樱等各类樱花。

樱花湖的东京樱花（染井吉野），是“长樱”的“带头大哥”或“带头大姐”，正值壮年，粗大结实的树干上，满布着一个个肥肥厚厚的红唇，性感极了！每年都有不同的花色，2022年，远远看去，仿佛一条白白的雪带；2023年，远远望去，仿佛连片粉色的云。我与植物园的一位高级园艺师交谈感受，他大赞我的细心与敏锐。他说他在这里工作了这么多年，第一次听到有人看出了染井吉野每年的花色之不同，解析为花前施偏酸性的肥料，那么花开偏白色；花前施偏碱性的肥料，则花开偏红色。他赞我为一位真正的赏花人。

我喜欢中国樱花的雍容，也喜欢日本樱花的冷艳。夜晚独自一人赏花，漫步在染井吉野樱花树拱合的樱花湖畔，闻着樱花淡淡的、似有似无的清香，摸着一片片随风飘落在头发上的凉丝丝的花瓣，心旷神怡，思绪万千。偶尔想到了古人很多的诗句，总感到历代描画樱花的诗词过于肤浅与苍白。历代诗人、词人、散文家，大多钟情于中国十大名花：傲霜斗雪之梅花、国色天香之牡丹、花中隐士之菊花、清雅君子之兰花、花中皇后之月季、花中西施之杜鹃、花中娇客之茶花、出水芙蓉之荷花、芬芳高洁之桂花、凌波仙子之水仙 。中国十大名花之外的芍药、梨花、桃花、海棠、杏花、玫瑰也多有吟唱。盛世樱花，虽有吟唱，但量少韵淡，就连唐代大诗人白居易等描写樱花的诗、词、文，都明显少了一些精妙与神韵。

白天赏花，需要穿梭在人流之中，游赏人花一色之美景。每天近 5 万人在此流连赏花（这还是植物园实行预约限制，否则不可预计）。在这人气爆棚的“花市”，最别致的是花枝招展，身着汉服、唐装、宋衣还有民国服饰的盛装美女，在花前树下摆拍照片、视频，或直播发抖音。她们拍着拍着，提着裙子，款款移步到了植物园内另一个网红打卡地：世界名花广场。

世界名花广场坐落在湖南省植物园正北门，这里 40 万株全世界最有特色的郁金香盛情绽放，蔚为壮观。

樱花是高枝上的花，仰视。

郁金香是接地气的花，俯瞰。

“兰陵美酒郁金香，玉碗盛来琥珀光。但使主人能醉客，不知何处是他乡。”一提到郁金香，国人马上会想到诗仙李白这一首《客中作》名诗。盛世大唐，也包含着不可逾越的诗歌盛世。杜牧的《偶呈郑先辈》：“不语亭亭俨薄妆，画裙双凤郁金香。西京才子旁看取，何似乔家那窈娘。”写出了花人合一，虽无李白诗的豪迈，但更具情韵，当然诗人的彼郁金香非此郁金香。

郁金香色彩艳丽、华贵大气，原种地在中国新疆，后传入土耳其，传入欧洲，现在已发展栽培达 8000 多个品种，成为荷兰、土耳其等国的国花。据植物园介绍，由于郁金香出类拔萃的美艳，

17 世纪在欧洲荷兰出现了人类历史上罕见的“我为花狂”：荷兰国民对郁金香爱得如痴如醉并疯狂投机炒作，引发了世界上第一次金融危机。这是人类历史上有记载的最早的投机活动，导致千百万人倾家荡产，史称“郁金香效应”“郁金香危机”。18 世纪奥斯曼土耳其帝国的一位统治者艾哈迈德三世，作为历史上最狂热的郁金香爱好者，在位期间（1703—1730 年）每年都会举办盛大的郁金香花卉节，郁金香成为那个时代最突出的特点，史称“郁金香时代”。从狂热到冷静，把郁金香作为赚钱的大产业来发展的应数当代的荷兰王国。

湖南省植物园里的世界名花广场，每年的冬季从荷兰购买正宗的郁金香种子，空运至北京，再从北京转运至长沙，种在土壤或花钵中。郁金香不畏严寒，2023 年 1 月上旬，在长沙天寒地冻的日子里居然破土而出，到了 2 月上旬便长出三片叶并继续茁壮成长，至 3 月 1 日，郁金香早花已开放，到 3 月 8 日妇女节，郁金香早花、中花艳丽无比，仿佛献给女神们的礼物。红的、紫的、粉的、黄的、白的、黛的、花的，几十种世界驰名的郁金香次第开放，我避开中午、下午观花的人山人海，清晨来到世界名花广场，拍下了沾着雨滴的娇艳郁金香，发了朋友圈：“雨润花开，祝女神们美艳如花，智慧似狐，细腰缠万贯，乐笑赛银铃。”自然点赞者众。

这里的郁金香在栽种时已规划了别致的图案，无人机空中拍摄时看到的，是一朵巨大的玫瑰花！为了让观花者闻到花香，植物园特意在几个部位栽种了香气浓郁的紫色、红色、黄色、蓝色、白色的风信子，与郁金香同时开放，花香醉人。游人来到郁金香花海，看着造型别致的郁金香花团，闻着醉人的花香，无不心潮澎湃，用手机、相机拍个不停，盛装的“汉女”“唐女”“宋女”，亦成为美丽一景。

郁金香的晚花开放到 4 月上中旬便悄然隐去，“花中西施”杜鹃花马上接棒，湖南省植物园西面有一处神秘的“国家杜鹃园”，由国家林草局特批设立，园里国内外 230 种杜鹃花盛情开放，景色优美，赏花者惊喜莫名、流连忘返、如醉如痴。

北面的世界名花广场也是名花次第开，“花中皇后”——月季花接替郁金香浓情绽放，这里的超级月季花之多、之大、之美令人大开眼界、叹为观止！且月月开花，四季常在。旁边的牡丹花、茶花、玫瑰花、棕花、荷花也相约开放。到了秋日，世界名花广场又成了向日葵的花海，上万株观赏性向日葵绽放笑脸，永远向阳！花海四周造型别致的“天下第一高”——酒樽形紫薇花争奇斗艳，为丰收干杯，为胜利干杯！还有几百株丹桂、金桂、银桂吐着高洁的清香。深秋到冬日，吉祥、长寿的“花中隐士”菊花凌霜争妍。冬春之交，“花中之魁”黄梅、红梅傲雪凌霜，吐露芬芳。

长沙的湖南省植物园，真是一年四季都有花开的超级美丽大花园。

我们昂首阔步进入新时代，富起来、强起来的中国，还有一个显著的特点，就是全国各地的空气越来越好，环境越来越美，花儿越来越多，实现中华民族伟大复兴的宏伟事业，需要中国名花、世界名花倾情装扮。

盛世花开。

花迎盛世。

礼赞盛世，也要歌咏人间第一美：花儿。

2023 年 4 月 长沙

随笔

天下文章三不看

文章千古事。古人一句话便把文章的重要性说绝了。

文章是人类文明成果的载体。这是我说的，可见我对文章是多么看重。

只可叹现在做文之人的地位一再往边挪，奇怪的是，文章却是空前高产。中国目前有万余种报刊，居然没有一家出现稿荒，好多家报刊公开透露：一百篇来稿顶多采用一篇，而且只用小得似芥菜籽的小五号字发排，否则便编排不下。

面对如此盛况空前的文章世界，你不看白不看，看了也白看，白看还得看。笔者先前是见文就读，后来便有些选择，现在已颇“得道”，我常对来访的文友说：“天下文章三不看。”

一是大名人的文章不看。

现在整个儿是世纪末的浮躁，某些大名人亦未能免俗，且比寻常人浮躁得更甚。他们出名之前自然呕心沥血、工于文笔，文章极其好读；一旦功成名就，出手之文便糙得让我辈看了都脸红，全无贾岛的“两句三年得，一吟双泪流”和李频的“只将五字句，用破一生心”的耐心，更不要说卢延让的“吟安一个字，捻断数茎须”了。打开各类大报大刊，基本上是这些名人的文章，写的不是自己在某名城做报告、闲游，便是一些生活琐事，抑或跑到洋人的屋檐下接了一滴屋檐水品出的“系列美文”。一位原先靠写诗杀出来的名人，现在连篇累牍炮制随笔、杂文，如今我一见其文立马将整张报纸扔进废纸篓中。有一位因“玩深沉”而享誉文坛的“批判现实主义作家”，最近出了一本长篇小说，我只看了一半，便被文中的浮躁、矫情噎得半死！当然，远离浮躁、刻意工文的大名家也有，西北有个路遥，只可惜已经作古。相反，报刊上无名之辈的作品均有闪光的独到之处，否则，编辑们绝不会大方地把版面让给他们，此等文章不妨一读。

二是钱文不要看。

现在是金钱的时代，报刊上便冒出不少用银子码出的“钱文”。此类“钱文”的最大特点是：文过饰非、涂脂抹粉。编辑们且均有搪塞之盾：经费不足自然需要补贴，乃不得已而为之！敝人前些年被一篇包装得十分地道的钱文害过一回：那刊是名刊，那责编是名编，那按语系总编所加，那照片中合影的是党政大员，那文章的作者是文坛大名鼎鼎的“文曲星”，遂将钱文一气儿读完，好多天都沉浸在一代儒商的辉煌佳绩之中。乃向多位朋友，特别是经商的友人鼎力介绍，可半月后，报上竟报道了其被捕的消息：原来此公乃贪污受贿一百余万、五毒俱全的大坏蛋！遭受如此愚弄的我，一气之下将放名刊的柜子砸了。后来又见着两桩“精彩”事：一位著名企业家的光辉业绩油墨未干，人已被抓；一名开拓型改革家的崇高事业刚印入画册，尚未装订，人已畏罪自杀。这真是钱文炮制者的悲哀，报刊的悲哀，社会的悲哀。因此钱文是万万不可多读的。

三是嗲文不要看。

“请你抚摸我”这样的文章是不宜读的。“在雨中，我等待第三者”“傍大款的潇洒”“哇！我的帅哥”……读了肯定让人生病。个别雄性荷尔蒙充足的男编辑，见了有姿色或名中有“媚味”的女作者，便热情似火，争当“伯乐”“导师”，执意将其“扶”上文坛，“拽”上艺苑。女作者只要有货，立马刊出，此等文章自然寡淡无味也！更有我认识的一位五大三粗的壮汉，文稿质量平平，自然屡投不中，乃换一娇嗲嗲女名，从照相馆买来一张千娇百媚的美人玉照附稿寄出，一刊男编辑果然火烧火燎乐当“伯乐”，在不长的时间里连发三篇。待“伯乐”风尘仆仆赶来当面辅导时，西洋镜才被戳穿，委实让人喷饭。

我的“天下文章三不看”侃到此，不知读者诸君以为然否？如今已是信息时代，时间就是金钱，时间就是生命，读者阅文不可不加选择甄别，但愿你说：然！

1996 年 4 月 湘中娄底

文坛冷面“杀手”

一位著名作家、退休前任一知名刊物主编的老先生向我讲述了一则真实的故事：一业余女作者，穷尽三年可以利用的白昼和黑夜，呕心沥血，千辛万苦，创作了一部二十余万字的长篇小说，寄给一家出版社，经历了长久毫无消息的痛苦等待后，三番五次去信催问，稿子终被退回，但未有一字评论，显然未被审读；又寄一出版社，苦盼一年后音信杳无，乃花上一大笔车船费赶到出版社，编辑翻箱倒柜才在待处理稿柜底找到稿件，原来根本还未被翻阅！作者一气之下索回了稿子，寄给这位同乡老先生。老先生看过稿子，感觉相当不错，却不敢向省会的文艺出版社推荐，因之前向该出版社荐过多部长篇，均压了一年多未看，有一部竟“尸骨”未存，哪里还敢荐稿。业余作者找上门来，老先生道明缘由，悲愤万分的业余作者夺过稿子冲到门外，唰唰唰将其撕个粉碎！老先生追到门外，顿足扼腕：“撕了一部好稿子，撕掉了一部好稿子啊！”我听完之后也是义愤填膺：可恶的文坛冷面“杀手”！！！

新时期的文学曾经十分辉煌，佳作迭出，名满中外，可谓百花齐放，作者和读者均感谢任劳任怨、极端负责的编辑们的无私奉献。后商品经济大潮滚滚而来，文学的位置一再边移，相当多的作家或多或少生出一种前所未有的失落感。在这种需要安慰、激励作家的背景下，个别编辑倒翘起了不该翘的尾巴，马脸一拉，鼻孔朝天：蹒跚学步的文学青年的稿子是断断不看的，业余作家的稿子是爱理不理的。为了省事并尽快完成出版任务便四处向名家大腕约稿，稿子约到手后马脸也是照样拉着，粗粗一看合胃口便胡乱编发，也不细心校对即推向社会，好多作家看到错误百出的作品时真是欲哭无泪；发了稿子后也是半年八月不寄样刊、不汇稿酬。作者遇到这种情况还是幸运的。对不合胃口的约稿件，个别编辑也大胆“改革”：瞥一眼便扔进废纸篓。更有一位活得滋润的知名女作家，作品下的大名竟然被一马大哈编辑莫名其妙地打了黑框。事后主编大人登门道歉，原来那责任编辑是凭着“莫须殁”的记忆把女作家给“杀”了。

诚然，认真负责、编风严谨的编辑依然是当今主流，他们甘于清贫与寂寞，一丝不苟、默默无闻地为他人作嫁衣裳，他们是文坛百花齐放的辛勤园丁，是闪亮文坛的默默燃灯者，可亲可敬且崇高。

文章至此，正欲罢笔。忽有一文友破门而入，手中举着一张全国知名大报，指着第 12 版的一则消息叫我看——原来，一家全国发行的大报将三番五次约去的一位名震四海的老作家的得意之作退回了，稿件上贴有一打印退稿笺：“望你不要灰心，继续努力练笔，相信你的稿子总有被采用的一天！”可怜这位受人尊崇的文坛泰斗，被这么一“鼓励”，差点气得中风偏瘫！

嗟乎，社会如此，编辑如是，长此以往，文坛岂不百花凋零？！

1996 年 2 月 湘中娄底

文人相轻好？

“文人相轻”这一论题的正式提出，至今已近2000年了。在漫长的历史长河中，岁月悠悠，沧海桑田，文人相轻却是一个永恒的话题。多少帝王将相、文豪大家均有各具特色的妙言佳论留在世间，文人相轻的典例、流弊以及相轻之法足可编一本洋洋数十万言的《文人相轻大观》了。此书一旦印行，必定销路看好，因为当今中国文人之多数不胜数，文人相轻依然是个大热门话题。

颇让人有些费解的是，在大力提倡“文人相亲”，努力建设精神文明的今天，文人们非但没有“相亲”，反而是越发地“相轻”了。说文人相轻，自古皆然，于斯为盛恐怕并不为过。你打开各种文人办给文人看的文论报刊看看，除了文坛信息、宣传广告以及因补贴而撰的“好好好”文章外，也有不少是正轻反轻、明轻暗轻、直轻绕轻、明枪暗箭、各具特色、异彩纷呈的“相轻”之作。

男文人轻男文人，男文人轻女文人，女文人轻男文人，女文人轻女文人；同龄的轻同龄的，年轻的轻老龄的，老龄的轻年轻的；高个子文人轻矮个子文人，矮个子文人轻高个子文人；漂亮文人轻丑文人，丑文人轻漂亮文人；胖文人轻瘦文人，瘦文人轻出臭汗的胖文人；喝酒的文人轻不喝酒的文人，不喝酒的文人轻喝酒的文人；行走自如文人轻坐轮椅等残疾文人，坐轮椅等残疾文人轻行走自如文人；A 省的轻 B 省的，B 省的轻 C 省的，C 省的轻 D 省的；南方的轻北方的，北方的轻南方的；南北方的轻西部的，大漠西部的轻南北方的；内陆的轻沿海的，沿海的轻内陆的；现实主义的轻浪漫主义的，浪漫主义的轻现实主义的；现代主义的轻后现代主义的，后现代主义的轻现代主义的；新古典主义的轻新写实主义的，新写实主义的轻新古典主义的；超然的轻媚俗的，媚俗的轻超然的；写小说的轻写诗的，写诗的轻写小说的；写白话诗的轻写古典诗的，作古典诗的轻写现代诗的；在“岸上”的轻“下海”的，“下海”的轻“岸上”的；富文人轻穷酸文人，穷酸文人轻富文人；纯粹的文人轻亦官亦文的文人，亦官亦文的文人轻纯粹的文人；专业作家轻业余作家，业余作家轻专业作家……一地鸡毛，喧嚣聒噪，泱泱文坛，怎一个“轻”字了得！

鄙人颇为尊崇、人品亦佳的一位小说大家，辍笔长篇之后乃专作相轻文章，为免受到反攻，专轻已作古的或古代名家。近日拜读其一篇洋洋数千言、刊于一名牌刊物头条的美文，老先生把个大改革家、政治家、文学家王安石轻得体无完肤，让人觉得此公乃轻家高手者也。可他一贯提倡文人相亲。又见一名家大咖，歇斯底里轻伟大的旗手，已有历史定论的文学家、思想家、革命家鲁迅，仿佛一代巨匠就是要点短小文字的赤脚医生而已。这样的名家大概是为了轻巨匠、抬自己，滑稽不已。

辩证来看，文人相轻，弊多利少。弊不赘述，利的一面：文人相轻，可鞭笞别人品性中的黑洞，完善自己及后人的人格；文人相轻，可剖析别人作品中的丑陋，防止自己及后人无意中仿效；文人相轻，让文人们找回一点自己创作的自足与荣耀，自荣自娱；文人相轻，使文坛少一些帮派和山头，多一些沉醉于自我创作的散淡之士；文人相轻，鞭策文人另辟路径、独创文风，促进文坛百花争艳、万紫千红。

如此，则文人相轻也好。

1995 年 10 月 湘中娄底

明星与流行病

二十世纪末，一部分中国人得了一种怪病："明星病"。这病呈流行性，传染性极强，发病率高于欧美国家。人一旦患上此病，一切都必须与星相连：帽子要选明星们戴的，衣服要仿明星们穿的，裤腰带选明星们系的，袜子鞋子也不例外；洗发水、润肤露、指甲油、红唇膏的品牌必须到电视中的明星们那里去找；穿的、用的、吃的，乃至走路的姿态、说话的腔调都必须与明星们保持一致，尽管明星们未必真的使用电视广告中的商品，一部分病患者也清楚这点，但这些商品至少在明星们拍电视广告时接触过，自然也就沾了不少星光与星气，病患者焉能不闻星而动？这种烈性流行性传染病传播极广，患病者也越来越多，俨然成族了，名唤"追星族"。这真成了当今中国一道独特的风景。

我开始以为这病只有青少年患，没想到我所熟知的几个老者也患上了；我还以为只是没多少文化的人患，没想到一大群知识分子也患上了，"社会信息的辛勤传播者"——记者中患此病者更多。有一大帮这样的记者，特别是香港、澳门、台湾的记者，整天围着明星们的屁股转，一会儿报道明星们参加某庆典，一会儿报道明星们参演新节目，一会儿又是明星与某某某"拍拖"。

如果未见着明星们时，则凭空造出某明星情场失意、某明星私下堕胎甚至某明星已出家为僧为尼的假消息，把明星们炒得沸沸扬扬。

知识分子中与记者们同属操笔一族的作家、评论家患上此病后，已无心再做什么“经济文章”。他们睁大眼睛盼着明星们出书，待书出来后便撰文连篇累牍地“评论”“研讨”，抑或“义正词严”地声讨：先是针对刘晓庆及其《我的路》《从电影明星到亿万富姐》，接着针对赵忠祥及其《岁月随想》、倪萍及其《日子》、杨澜及其《凭海临风》、潘虹及其《潘虹独语》、姜昆及其《笑面人生》等，把书说得一无是处，把明星批得体无完肤。我在所订的大牌报刊上，竟然不时看到此类文章。这实实在在是“星病”的另一种症状。我同属“作家”，看着心里窝火，心想作家们这病，患过一阵也就过去了，而且写作者大多名气不大，年纪较轻，心里也就没有太在意。

我实在是太低看了“星病”的传染性。没承想一位文坛名将、老将，前不久居然在赫赫有名的刊物上发表长文，大骂明星们出书，而且从文中还得知此公已写过好几篇骂“明星”长文了。着实让我大吃一惊。

我们已不知不觉中步入了明星社会，人们不知不觉中进入了明星时代，信息化时代自然会产生更多的明星。如此看来，明星们的书还会一批一批地印出来，但愿作为文化人的记者们、作家们少去炒星、骂书，至少不要目无法纪地从自己的名利出发，毫无理性地大“炒”大“骂”，岂不知这些虚张声势的无聊吵骂，反让“星病”大传染大流行。

行文至此，猛然想起拙文也没少涉星，莫非自己也不知不觉间患了“星病”？也许，进入明星时代，谁也少不了与明星有些干系吧。

我浑身一阵激灵。

1998 年 10 月 湘中娄底

濯洗心灵的蓝天

天空中瑞雪翻飞。

大地上炮仗轰鸣。

室内，全家人围坐于摆满美味珍馐的桌旁，喜气洋洋过大年。忽然，刚刚学会说话的“小皇上”尖声怪叫：“哇——好好吃啦！”一家人先是一愣，接着夸赞：“对对对，好吃，小宝多吃点。”不料“小皇上”发下话来，令全家人一一仿说。面对如此“圣旨”，一家人面面相觑，但为了避免“小皇上”大闹年宴的扫兴场面出现，只得违心“遵旨”，一一“哇”将起来。最后轮到年近古稀的老爷爷了，老爷爷连说三声“好好吃”，“小皇上”未见“哇”“啦”，马上翻脸，抓起饭碗就要摔。可怜当年高唱“雄赳赳气昂昂跨过鸭绿江”、高喊“冲啊——杀啊——”的老爷爷，只得瘪了嘴：“哇——好好吃啦！”

如今商云翻滚，打开电视，那打着“赤膊”的小姐满脸涂得妖怪似的，举着几片火腿肠，扭着屁股：“哇——好好吃啦！”实在令人气憋。广告过后，便是翻新花样的“爱”字戏，“爱”得千奇百怪，“爱”得天花乱坠，全在一个“商”字——好卖钱。滚滚商云，尘埃飞舞，致使这些革命接班人——小朋友们不会唱革命歌曲，不会说革命故事，不会喊爱国口号，甚至不会唱儿歌，整日里不是唱情歌“妹妹我坐船头，哥哥在岸上走”，就是拿着饮料、食品大呼小叫：“哇，好好吃啦！”

软绵绵、甜腻腻、充满尘埃的商业文化不仅污染了少儿的心灵，更污染了他们的知识视野。走上街头， 抬眼看到的是错别字迭出的大小广告，有的还是金字招牌。偶尔无错别字的店名也是“帝王饭店”“贵妃舞厅”“鸿运影楼”“豪门商场”“少爷酒吧”“花花公子录像厅”“南霸天浴场”……从小诱惑你去恢复帝制，去当皇帝，当贵妃，诱惑你慕奢华、入“豪门”、做“少爷”；教唆你不讲礼数，横行无忌当“南霸天”；鼓励你不劳动，只求“鸿运”滚滚来。回到住宅打开电视，电视节目也全是错字别字：取水果刀，“一剑钟情”；见朋友，“酒别重逢”；求好运，“鸡不可失”；论交情，“天尝地酒”；要出名，“衣鸣惊人”！

这不无副作用的商业文化铺天盖地而来，更有那裹着糖衣的外来文化登陆上岸，不仅侵蚀了少儿，更毒害了青年，同时也骚扰着中老年人；吞噬着人们的理想，麻木着人们的信念，销蚀着民族的刚性。其危其毒，当引起有识之士的高度重视，并采取切实有效的措施予以濯洗，还我一片纯净的蓝天。

惊天动地、波谲云诡的二十世纪即将过去，充满希望与挑战的二十一世纪就在眼前。面对新世纪的曙光，我们应该有新的理念、新的文化、新的创造。滚滚的商尘也许能刺激出短暂的“繁盛”，却难以构筑华厦真正的辉煌。

濯洗文化尘埃，已成为当务之急。让我们携起手来，共同来纯净天空、纯净大地、纯净心灵吧，清清爽爽地跨进新世纪。

1996 年 2 月 湘中娄底

老祖宗有话

国人做事，不论好坏善恶，乐于寻寻古训，看看老祖宗是否有话。倘老祖宗说过或做过，则办事理直气壮，雄赳赳而气昂昂，事易成矣。倘在列祖列宗的书籍里翻不出一言半语，则颇有些名不正而言不顺，说起话来底气不足，办起事来诚惶诚恐。

记得七十年代末八十年代初，城里人兴穿"喇叭裤"，始遭一片骂声。凡着此裤者，均被视为"小溜妹""水老倌"。因了那时髦裤子，多少恋人分手，夫妻反目，父子（女）成仇。幸有高人翻箱倒柜得出妙论："喇叭裤"在中国古已有之！于是国人心安理得穿将起来，"喇叭裤"立时风靡大街小巷，就连邻居退休老太太也"追风"起来。后来时髦小姐们开始袒胸露背，一时又沸沸扬扬。又有高人论得，中国早有一个民族袒胸露背且露脐千余年矣，此实为民族风俗传播之标志也！于是大小姐们心安理得大露特露起来，甚至身挂"三点"或"两条"泳装登上全国各地的舞台，台下掌声一片。至今颇让我得意的是，当年女性们兴系胸罩，名家医者频频著文论及利少弊多。我当时凑个热闹，从古书中寻得唐玄宗李隆基"第一夫人"杨玉环最先发明并试系乳罩，时名"诃子"，真正是古已有之的"国粹"呢！接着，论述此举合理性之文章连篇累牍，大抵是利多弊少。如此一来，商店里的胸罩骤然多了起来，城里人戴，农村人也学着戴，大益于女性同胞们的身心健康。当然，一些时尚美女参加晚会或颁奖典礼不戴胸罩，是为了显示特别的性感而临时为之，自当别论。

改革开放是华夏大地上掀起的一场前无古人的伟大创举，开始时的景象却颇不容乐观：尽管中央已作决定，但街头巷尾、田间地头存异议者不在少数，何也？盖因“老祖宗”未有明言。改革者在一些不理解中怀着壮烈情怀投身改革，以事实教育人，以改革成绩说服人。好在理论家们陆陆续续在马克思那里找到了理论依据，国人心底始才释然，改革阻力才逐渐减少，以至成为民众的自觉行动，这样才有人民生活水平的不断提高，才有综合国力的不断增强，才有东方古国的勃勃生机。

当前，我国的社会和经济已进入一个全新发展时期，建立社会主义市场经济新体制，振兴中华，已成为举国上下的共同行动目标。这是十余年改革开放坚实基础上的大飞跃，是综观国际风云和国内态势作出的伟大而正确的崭新决断。

要真正强国富民，看准了就去大胆地试、无畏地闯、果敢地干，不可只认老祖宗是否有话！

1995 年 12 月 新化

莫名的世界

这世界变得越发神秘莫测了，纷纷扰扰让人摸不透到底将发生什么，一切是那么蓦然，来去是那般无序，权威的学者、战略分析家们，一个个在这莫名的世界面前黯然失色了。

你看那雄视全球的苏联，被精明的研究家们预测为由盛及衰，但衰而不败。没承想，几乎在一夜之间就忽剌剌土崩瓦解了，令研究家们目瞪口呆、脸红耳热，惊呼莫名。数十年“繁荣昌盛”的墨西哥，在其如茵的国土上倏地冒出一片操枪弄炮、杀声震天的军队来！让全世界特别是养着一大批研究专家、拥有超一流信息系统和情报网络的世界超霸大邻居美国惊愕莫名。一家历史悠久、享誉世界的巴林银行，竟然被未及而立之年的毛头小子里森谈笑间轰然踢倒，让世界金融巨头们连连做了好长时间的噩梦。

可叹某些学者，只能放着“马后炮”，在猝然而毙的“尸体”上剖析，用发臭的脓血撰出一篇篇高级论文来，赚些儿稿酬，涂红自己的教授帽子，使其熠熠发光。

不过，这世界既已变得如此邪门，也难怪地球上这般可怜的学者、教授了。一九九四年我国经历了改革开放以来最大的通货膨胀，通货膨胀率一路上扬，其势甚猛，十分怪异，让中国乃至世界上众多高人，也让我这位自视饱读经书、懂点经济的“聪明人”闹了个大糊涂。

联想到近年来国内外、社会生活方方面面发生的一桩桩不可理喻的事情，我的大脑袋里一时混乱如麻，彻夜难眠，人也落得个面黄肌瘦、咳嗽不已。为求清醒，近日特拜会了一位德高望重、气宇轩昂的大学者，老人家竟然一声长叹：“我读了一辈子书，做了一辈子学问，搞了几十年的研究，我研究的东西也是让我越来越糊涂，我越研究越感到心里没底了……”

我坠入无边雾海之中。

为求解脱，为寻清醒，我夜晚只得在床上对着太太梦呓起来：

“明天早晨，北极南极冰雪融化，海水暴涨，五大洲七百多个沿海城镇立时淹没，只露出电视发射塔尖……

“后天中午，太阳突然爆炸，碎块散落四大洋中，击沉无数航空母舰，海水开沸，煮熟大小水族，人类黑、白、黄、棕等各色人齐唱颂歌，共赴盛大海宴……

“月亮自身奇异地发光发亮，柔柔地照亮整个世界……”

1995 年 3 月 湘中星城

黑白美丑新语

“雾里看花，水中望月，你能分辨这变幻莫测的世界？

“涛走云飞，花开花谢，你能把握这摇曳多姿的季节？

“借我借我一双慧眼吧，让我把这纷扰看个清清楚楚、明明白白、真真切切……”

哼着旋律优美、充满哲理的《雾里看花》，我时常感叹，当今旋转世界的黑白美丑，实难看个清清楚楚、明明白白、真真切切。

记得数年前我无意中在一家报纸上看到一行标题，大意是南美洲一教授创立了“光辉道路”组织，我心中为之一热，以为这块古老神秘的大陆上有了开创光辉道路的革命者。半年后我偶得闲暇，在图书室细读了“光辉道路”组织内幕后大吃一惊，原来是打着漂亮招牌的恐怖组织！一时让我感慨良多。日本有个叫“奥姆真理教”的团体。瞧，“真理”，这名字多神圣。但这些真理教徒们净干些伤天害理之事，竟制造了震惊世界的东京地铁沙林毒气事件，致使5500多人中毒、13人死亡，哪有什么追求“真理”可言！拿起“真理教教主”麻原彰晃的彩照一看，这“真理大王”披头散发，似男非男，似女非女，脸凸皮浮，一对眼睛全被黄皮包裹，初看是“有眼无珠”，细看是“有珠无眼”！不管用哪种审美标准去衡量，结论只能是一个：奇丑！ 恶心！

原来这世界上一些美丽堂皇的招牌后藏着丑恶，洁白的颜色后堆满黑污，这“白”其实就是“黑”了。

生活中这样的事真是俯拾皆是：某君说自己没发财没发财，其实他发了大财；某人说自己女儿调皮生厌，其实最是美丽与伶俐；有人夸自己功夫非凡，其实只会花拳绣腿；某人说自己不恋仕途，其实官瘾十足； 标榜自己是清官者，往往是贪官一个；说自己才疏学浅，其实学富五车；有人伏着酒桌哼“没醉”，其实早已烂醉如泥，说自己已醉者，其实最为清醒；高喊自己是无畏的勇士者，往往是一介懦夫。

红透的柿子马上就要腐烂。

青皮的橘子正孕育着金红。

斑斓的枫叶随即入土为泥。

时髦之极也就是过时之始。登峰之极亦即下坡之始。成功之极就是失败之始。聪明之极也即糊涂之始。伟大之极其实是渺小之始。

因之，黑与白、白与黑，美与丑，丑与美，互为关联，互为彼此。美之极即丑之始，丑之极即美之始；白之极即黑之始，黑之极即白之始。在某种意义上，有时美即丑，丑即美，美中有丑，丑中有美；黑即白，白即黑，黑中见白，白中有黑。明白了这一切，在这纷扰的世界面前，你才会少一些迷乱与失败，多一份睿智与成功。

1995 年 11 月 湘中娄底

弗洛伊德的幽默

弗洛伊德长着一张瘦长而固执的马脸，高高的额头里面尽是一堆堆的心理“意识”，一副小小的圆圆的眼镜横空一架，满脸挂着的便是“幽默”了。

弗洛伊德的精神分析着实幽默得可以。他把人的本能分为自我保护本能和性本能，让人在惊奇中发出会心的微笑。他把人格的发展划分为口唇期、肛门期、性器期、潜伏期、生殖期等多个阶段，并认为处在0至1岁口腔期的婴儿吃奶、2至3岁肛门期的幼儿排粪，均能获得性满足。不管谁首次听到或看到这种高论，均忍不住开怀大笑。这种一切定位于性的精神分析，既是一种惊世骇俗的创造，也是弗氏的一种极端。在这样一种极端性面前，也难怪弗氏的关门弟子荣格等纷纷离他而去、另立起门户来，固执的弗洛伊德只好关门培养女儿安娜来捍卫、继承和发展自己的无意识理论、性的理论。弗氏的这种乖戾的行为，本身便是十足的幽默。

弗洛伊德在1907年12月6日，面对着九十位热心的听众，大谈作家与白日梦，将富于想象力的作家和“光天化日之下的梦幻者”进行比较，虽然有些滑稽，但人们不得不佩服弗氏的精神分析涉猎之广、研究之深。刨掉弗洛伊德精神分析学说上面滑稽、幽默、极端的黑泥，沉淀在底下的则是金灿灿的传世黄金。

1927 年 8 月，弗洛伊德这位无意识的“幽默”者，干脆直接论起幽默来。他用五天时间完成了一个独到的研究——《论幽默》。

弗氏从他特有的角度分析了幽默的产生、幽默的特质和幽默的功能。虽然弗氏对幽默与玩笑、喜剧的关系，论述得不尽如人意，但对幽默发生的两条途径及幽默特性的分析，让人大受启发。

幽默，是一种智慧；幽默，是一种风度。幽默引发的是人类情感中最需要的快乐。中国现在大搞现代化建设，要用几十年的时间走完发达国家几百年走过的路，确实让人们感到紧张，感到压力，感到疲惫，感到累；中国物质和精神文化的相对不足，也让人们感到累；竞争的严酷和生存的不易，更让人们感到累。“真累”似乎已成流行语。人们要想在累中求乐，唯有幽默。因而以幽默为主要特征的相声艺术一时在中国大地流行开来。另一种以幽默为核心的小品艺术迅速风靡全国且长盛不衰。相声只能靠演员说（唱）出令人开怀的故事，而小品则更直接地表演故事，基本上能够全方位地释放幽默——人们接受了幽默，从而接受了相声，更接受了小品。

如今，文坛上带有幽默性质的小说时有出现，带有幽默内核的散文、随笔、诗歌也点缀文坛；幽默电影、电视剧更是层出不穷，甚至出现不少幽默绘画等艺术作品，大大丰富了人们的精神世界，展示了地球村的东方美。

弗洛伊德论道：“幽默不是屈从的，它是反叛的。它不仅表示了自我的胜利，而且表示了快乐原则的胜利，快乐原则在这里能够表明自己反对现实环境的严酷性。”中央电视台春节文艺晚会上买红妹与郭冬临表演的优秀小品《有事您说话》，恰到好处地诠释了弗氏的这一论断。小品中的“丈夫”在单位是个小人物，处处受冷眼，为了反抗这种严酷的现实环境，他谎称自己与火车站有特殊关系，能轻而易举地搞到十分紧俏的卧铺票，于是单位里的人对他另眼相看，纷纷找他买卧铺票，这位“丈夫”只好背了被子，每夜去火车站排队，深夜或第二天早上将票买回，有时排一夜队未买到票，只好自己垫钱将高价票买回。小品释放出一种独到的幽默。在《论幽默》中，弗洛伊德说：“我们有必要去了解幽默的几种特性，就像玩笑和喜剧一样，幽默具有某种释放性的东西；但是，它也有一些庄严和高尚的东西。”

让人感到快慰的是，近年来的幽默小品中，“庄严”“高尚”的类似于“正剧”的作品逐渐多了起来。在笑声中，观众的灵魂得到净化，情感得到升华。社会和观众既欣赏讽刺性的“幽默”，也需要歌颂性的“幽默”。巩汉林与蔡明合演的小品《问路》，歌颂了人间的真善美。第三届全国戏剧小品电视大奖赛中，荣获专业组第一名的作品便是歌颂性的“高尚”小品《山妹子》。

弗洛伊德是二十世纪最有特色、最具影响的人物之一，尽管早在 1939 年即已辞世，但他的学说终于打开了一扇“研究人心”

的大门，从而使得二十世纪被称为“心理学的世纪”。他学说中的伟大创造，必将影响和启发二十一世纪的人们。处在另一个“世界”的弗洛伊德先生可以放心地“幽”他一“默”了。

1997年1月 湘中娄底

天地间好大的"陪"字

人是高等群居动物，愿意享受孤寂者只在少数，大抵都是乐于让人陪的。

皇帝大老爷端坐权位之巅，高处不胜寒，是天底下最爱让人陪的：上朝议政，必让群臣陪着；登堂入室，得让宦官嫔妃陪着；饮茶用膳，要让奴才侍立一旁；花园休闲，要有宠妃爱奴陪游；听歌看戏，要拉爱妃宠臣陪乐；即使上床快乐也得让宦官在帐外陪着；倘若出巡，则更是了不得，文武百官、弓弩剑卒、皇后宠妃、男女宫奴、车船马驾，浩浩荡荡、遮天蔽日，创天下之大陪。皇帝对陪者各有所施，或送官帽以享俸禄，或赐金银以饱钱囊，或施宠幸以填虚荣，众陪者各有所需，各有所得，乐不可支，山呼万岁。只是先前皇帝驾崩，还得抓一些宠臣爱妃近奴陪葬，着实大煞风景。

皇帝的陪风刮入民间，这中下层官员、黎民百姓亦步后尘，陪行日渐增多。不过，唐人杜子美则陪得有些独特：见穷苦百姓被凶恶的官兵抓走，"吏呼一何怒，妇啼一何苦！"在一旁陪着同情落泪；见豪门奢华、路有饿殍，便疾呼"朱门酒肉臭，路有冻死骨"，陪着义愤；自己的茅屋被秋风所破、居无干室，不是想到自己如何度日，而是想到千千万万居在破屋中的寒士，仿佛已置身寒士中间，陪着呼唤“安得广厦千万间，大庇天下寒士俱欢颜！”一千多年前的一介封建官吏、落魄诗人尚有如此“陪”的情怀，实在令人感佩！ 当然，杜夫子有时也“苦中作乐”，偶尔“无路从容陪语笑，有时颠倒著衣裳”。

历史老人步入二十世纪末，地球上陪业泛滥。西方发达国家已从“人陪”渐入“物陪”，大养猫、狗、狼、虎、狮、蛇、鸟、虫等等动物陪人过日子。发展中的中国呢，则已率先与西方陪业“接轨”，“物陪”已经起步（卖猫、狗、虫、鸟者开始赚钱），“人陪”中除法院“陪审”有些冷清，其他则盛况空前，不仅赶超英美，而且开始“领导世界新潮流”。比如这“官陪”与“陪官”，欧美官场大抵是一陪十（或不陪），而礼仪之邦的中国呢，竟然有十陪一的，上级下来一两个官儿，作陪者有时不下一二十人，“群仙迎兮塞云汉，俨前导兮纷后陪”。一些官人不敢不陪、不得不陪，陪得无奈、陪得痛苦，陪得酒精中毒肠胃出血，陪得天昏地暗日月无光，陪得腐败丛生。另一类商业性的、充满铜臭的“三陪”，在各类陪场（大酒店、夜总会、歌舞厅、健身房、按摩房、足浴馆）大增的情况下，也大行其道，花样翻新，千奇百怪，泛滥成灾。如此“三陪”现象，必将遭到禁止。

如今，新的商业性陪种又诞生了：你寂寞，我陪你聊天解闷；你生病住院了，我陪护你送饭喂药；你亲人因故不能回家团聚，我陪你过节过年凑热闹；还有专门的陪你哭、陪你笑、陪你神州天地游……虽然陪完之后立马伸手索银子，但毕竟给人一个方便、一方照顾、一丝温馨。

人类已进入信息时代，科学技术和生产力的高度发展，使人们的生存空间显得越来越小，都市化进程的推进，使越来越多的人挤入了灰色冰冷封闭的水泥森林之中，孤独与寂寞也愈来愈多地降临身边。高等群居动物的天性，使人们对“陪”产生巨大的需求，社会的商业化，人类的老年化，又让合法合规合伦理的陪业充满了发展后劲。

人世间永远存在好大一个“陪”字。

你不是在陪他人，就是他人在陪你。

人们越来越需要陪了，世界也少不了陪。

但愿陪之中少一些无聊、无耻和丑恶，多一些新鲜、独到和温馨。

1996 年 3 月 湘中娄底

有钱自天上来

二十世纪末的最大寂寞，是孤零零地剩下一个世界超级大国美利坚合众国，没有了苏联的对垒、叫阵和冷战，百无聊赖的世界霸王只好没事找事叫骂四方，今日指责这个国家的市场开放不够，明日批评那个国家的人权状况不佳，后天谴责另一个国家在搞核武器扩散……昔日的山姆大叔俨然一个令人讨厌的长舌妇，不仅亚洲、非洲、南美洲国家深感不安，欧洲亲戚十分恼火，邻居墨西哥、加拿大亦有些不满。当然，被霸王叫骂、丑化、制裁得最厉害的乃是社会主义的中国。

世界霸王之所以如此中气十足地指手画脚教训别国，乃自诩“五最”：政治制度最好、经济实力最强、军事实力最强、科技实力最优、国民素质最高。有一篇文章甚至说美中两国的国民素质根本不可同日而语。我对国人素质的有待提高，特别是对曾经的道德滑坡一直持客观正视的态度，并学着鲁迅大师虔诚撰文剖析。倘要论起真来横向一比，我以为中国国民素质，特别是文化素质虽亟须进一步提高，但整体水平并不比美国低，其中最重要的道德素质甚至比美国高。

我不必在此一一叙说邱少云、罗盛教、雷锋、戴碧蓉、焦裕禄、李国安、张鸣岐、孔繁森、李润五、李素丽、徐虎以及千千万万无私奉献爱心的"莫文隋"所代表的国民精神。当然，也不必专说霸王国"高素质"的国民们干出的刺杀总统、焚烧教堂、邮寄炸弹、种族歧视、团体自焚、爆炸奥运公园，以及性犯罪、性骚扰，也不提其总统大人"拉链门"事件，以免有以偏概全之嫌。下面，我选取东半球、西半球、南半球、北半球，黄种人、白种人、黑种人，男女老少人见人爱的钞票，来检测中美两国人的素质与道德水准，应该算比较科学、客观、公允的吧？请看：

——中国：1996 年 12 月 13 日下午，吉林省延吉市街头，一男青年抢了女青年冯景玲装有 11.5 万公款的布兜猛跑，富于正义感的百余群众闻讯奋力追擒，小偷亮出匕首乱舞乱刺，勇敢的群众无一人退缩。小偷在逃跑中将布兜之钱抛向空中以转移视线，漫天飞舞的钞票散落在熙熙攘攘的大街上，素不相识的群众将满街的钞票逐张捡起无一人私藏，经查对竟分文不少！

——美国：1997 年 1 月 8 日早晨，迈阿密一立交桥上，一辆载有 370 万美元的运钞卡车突发故障直冲而下。此时正值上班高峰时间，面对从天而降的钞票，美国公民们狂喜不已，纷纷跳出公共汽车，钻出小车，不顾卡车司机及押运人员的死活，疯狂地捡着大把的钞票，只恨自己口袋不多；特别是斯文美丽、容光焕发的女士们，两眼发出绿光，顾不了尊严和面子，一个个跪在地上撩起衣襟猛装。事件发生后警方宣布了 48 小时的"特赦"：凡将拾到的钱在两天之内上交的，一律不追究法律责任。"特赦"

时间过去，只有两人主动交出了捡到的花花美元。

呜呼美国人！美哉中国人！看看发生在同一地球，前后相差不到一月时间，且同是光天化日之下的两个鲜活场面，不知美国的饶舌英雄们是否气短，是否脸红？奉劝曾经可爱的山姆大叔，千万别再做令人生厌的长舌妇，千万不要在没有法理的基础上，老想着领导别国、领导全球，先领导好、管好自己吧！

1997 年 3 月 湘中娄底

面对西方

面对“西方”，中国人的心情是颇为复杂的。

早在那部神神怪怪的神魔小说《西游记》中，西方乐土的诱惑就让人魂牵梦绕。唐三藏历尽九九八十一难，义无反顾奔向“西天”，取回了几大箱“真经”。中国寺庙林立，香火更加旺盛，方丈如云。那时的“西方”，自然是“金光万道”的。

世易时移，风云变幻，到了十九世纪，比唐玄奘去的西方更远的西方的人，竟然不请自来，开了巨舰，装着鸦片，操了洋枪洋炮洋刀呼啦啦杀向中国。好端端一个中国被糟蹋得支离破碎、哀鸿遍野。更有圆明园那一把火，烧得国人剧痛至今。西方，此时在国人眼中俨然是一个盛产恶魔的可怕地域。尽管中国有“睁眼看世界”的魏源先生看出了西方的长处，并疾呼 “师夷长技以制夷”，也有一帮新思想的“洋务派”在操作，但大多数国人心里坚决地拒绝西方，仇视西方。

在长久的仇视和拒绝中，新的世纪到来了。十月革命一声炮响，给中国送来马克思列宁主义，西方先进思想的光辉照耀着古老的中国。这时候的西方，在相当一部分国人，特别是先进的知识分子眼中，已发生根本的变化，以世纪伟人毛泽东为代表的千千万万的革命者，在马列主义指导下，结合中国的实际，掀起了一场惊天动地的革命运动，推翻了“三座大山”，建立了中华人民共和国。

在马列主义指导下建立起来的新中国，立即又成为西方人的“眼中钉”“肉中刺”，千方百计围堵、封锁、打压，欲置之死地而后快。可是，不屈的中国人民毕竟坚强地站立了起来，不管外部形势如何险恶，依然巍然屹立在世界的东方。尽管后来有部分西方国家伸出友谊和平之手，但国人在二十世纪上半叶刚刚消退一些的仇恨，又自然地填充了胸膛。

一位哲人说过：世上没有无缘无故的爱，也没有亘古不变的恨。二十世纪七十年代末，伟人邓小平，看到了西方物质文明的高度发达、中国科技文化的相对落后，以无产阶级革命家的胆识作出了打开国门、把党和国家的工作重心转移到经济建设上来的历史性决策。改革开放使中国的经济迅速恢复了活力，人民生活水平逐步提高，综合国力稳步增强，在社会主义阵营大震荡，甚至世界上第一个社会主义国家也解体易帜的险况下，中国这艘红色巨舰依然乘风破浪、平稳远航。

尝到西方现代高科技文明甜头的国人，胸中积郁的仇恨自然又慢慢消退，多数国人能平心静气地看待西方，左眼看到了西方的美艳，右眼也看见西方的脓疮。但一部分国人，穿着西方的名鞋，戴着西方的钻戒，手端西方的美酒，口含西方的奶酪，室中享用着全一色的西方家电，兴奋得昏了头脑，狂语“全盘西化”，露出一副“西崽”相。他们看到中国实施改革开放的第二步战略——与世界经济接轨（当然，主要还是与“西方”发达国家的经济接轨），竟大“接”起“鬼”来，西方的一些腐败丑恶之“鬼”在社会主义的中国登陆上岸。“接鬼”者们的如此行为，正中了西方“和平演变”者的下怀。

中共十四届六中全会专题研究精神文明建设并作出重要决议，真正是下了一着战略性的好棋。党的十五大报告再次强调要加强精神文明建设，“坚决抵制各种腐朽思想文化的侵蚀”，“法制建设同精神文明建设必须紧密结合，同步推进”，用法律手段来加强精神文明建设，让国人充满信心！

我们不必仇视西方，因为西方毕竟产生了马列主义；我们不必拒绝西方，因为西方的先进科技可以强壮中华母体；我们不必仰视西方，因为我们国格人格比洋酒奶酪更为重要；我们更不能搞全盘西化，因为坚持四项基本原则是我们的立国之本。

随着改革开放的进一步深化，随着中国的进一步强大，随着精神文明建设的不断加强，面对西方，二十一世纪的国人必然会有新的更加正确的心态。

我充满信心。

1996 年 8 月 湘中娄底

丑陋的嘴巴

主宰地球的两脚动物——人，其实丑陋得很。

地球人的一张身子，或白或黄或黑或棕或肥或瘦，瞧一眼便见肉见皮见骨见汗毛，皮肤既不如虎豹牛马厚实，亦无任何用于审美的花色，且动不动就长麻子痱子疖子痦子冻疮，经不得冷风吹、骄阳晒、茅草刮，全靠衣服裹着，哪比得狮、虎、豹、斑马们的漂亮花纹身子壮实矫健美丽，又不需裹上累赘衣服负重前行，一个赤条条的人站在一只斑斓的虎旁，孰美孰丑便立显分明了。但人类偏偏喜欢自吹自擂其靓丽和性感，陶醉在自己是地球上最美丽动物的可笑臆断之中。

譬如地球人的嘴巴，早已被文人骚客们描画得别致动人。其实也丑陋得可以：扁扁的、平平的、薄薄的、软软的，燥风一吹便起裂，热水一烫就起泡，硬物一碰则出血。倘咧嘴露一口黄垢牙，喷一口臭气，那简直是大煞风景。

地球人的薄薄的扁扁的平平的软软的嘴一张，伴随着口水的溢出，这世界便不太平了——

那准备开出艳丽花朵装扮世界的油菜茎被拦腰折断送进了嘴巴；

那与世无争的路边小草韭菜伸出头迎风摇曳，被蛮横一割送进了嘴巴；

那长在高高椿树上的嫩芽尚来不及伸展身子享受春天，就被一把拧下送进了嘴巴；

那深藏于地下的冬笋在睡梦中被人掠去，剥光身子碎“丝”万段被送进了嘴巴……

人类的这张扁嘴不仅吞吃花草，还消灭动物：

猪、羊、兔、鸡、鸭、鹅，吃！

辛勤劳作的耕牛、扬蹄奔腾的骏马、躲在水中的鱼虾，吃！

地球上的大动物被吃了，微小动物亦难逃劫难：将蝗虫做成“天鸡虾排”，吃！将黄粉虫捏为“干煸旱虾”，吃！将蚕蛹煎成“油爆金豆”，吃！将蝇蛆炒成“玉笋麻果”，吃！将红铃虫炸成“朱银双爆”，吃！将毒蝎子也油炸了下酒吃。只要地球人的嘴巴一张，屠刀下、菜砧上便一片血腥。

地球人之扁嘴，不仅爱吃、能吃、会吃、贪吃，如我节俭的国人一天也要送进嘴巴75万吨粮、6万吨肉、1.7万吨油、5万吨糖、4万吨酒，这是正常的吃（大吃大喝的饕餮之徒在中国比比皆是，撑死者醉死者不计其数，天津某区一位小小的劳动局副局长，14个月时间吃喝挥霍公款53万元，成了中国官场上因吃被判决死刑的第一人）。

嘴吃了还要喝，喝红酒、白酒、黄酒、啤酒，喝果汁、咖啡、绿茶、红茶、黑茶、白茶、青茶，喝人奶、牛奶、马奶、羊奶、骆驼奶。

嘴喝了还要吸，要吸天下名烟，超级大国首都华盛顿的前市长锦衣玉食了还偷吸毒品，这张嘴也够臭的！

嘴还贪玩，不管会不会传播感冒病毒、肝炎病毒、幽门螺杆菌，情到浓时就要接吻，原来多在室内、屋檐拐角处，如今在大街人多的地方也大吻特吻。

嘴还喜唱，咿咿呀呀哇哇啦啦全无百灵鸟儿的婉转动听，歌星们却被捧为“天王”，寻常嘴巴们则在遍地开花的卡拉 OK 厅中大吼特吼，自我陶醉。

当然，嘴巴更多的还是喜欢说话，但豪言壮语、甜言蜜语少了，花言巧语、胡言乱语多了，流言蜚语、冷语谗言更是搅得天下不宁，轰轰烈烈无聊至极的冷战时代虽已结束，但欧美等国部分政客、记者嘴中依然伸出冷战语言的毒芯子。

这丑陋的嘴巴，大则搅乱了世界，中则搅乱了一个个单位一套套班子，小则引发了家庭地震。斯是陋嘴，祸害无穷矣！

嘴巴虽丑，但人人需要。奉劝地球人都管好自己的嘴，充分发挥嘴巴的正常功能，可食也必食，但食应有道，不可吃野生保护动物，不可吃濒临灭绝的植物，不可吃人类朋友的动物，更不可以公款大宴、吃民脂民膏！嘴可喝，喝干净的天下酒、天下茶、天下奶、天下咖啡；嘴可吸，多吸香气正气，少吸烟草少吸城市废气，更不可吸毒！嘴可吻，应多吻丈夫、妻子和孩子，莫吻别人的先生或太太！嘴可唱，多唱心灵净美之声，少唱淫词秽音！

嘴可说，多说和平进步、发展稳定、意美情真妙语，莫说是非恶言咒语。万万别似意大利的嘉朗妮被法院判决缝嘴闭口。

地球村的人们，让我们共同用嘴来发布决策、传播知识、弘扬文明、营造和平、增进团结、传扬友爱吧！让原本有些丑陋的嘴巴，成为地球上美丽的一景。

1997 年 5 月 湘中娄底

永远的足球

地球人真该庆幸共同拥有一个精灵，一个缩小了的地球——足球。

你看地球是圆圆的，这足球也是圆圆的。地球运转中的风雨雷电、火山地震，虽有规律可循，但也充满了不可预判性，足球的踢抢顶射虽也有道有术，但实在有太多的捉摸不定与瞬息万变。地球上充满了美也漫溢着丑，足球场上的矫健潇洒同样掩盖不了种族歧视、行贿受贿、黑幕交易、毒品兴奋剂及足球流氓。地球上时时出现战火硝烟，一场足球比赛其实就是一场没有硝烟的战争，激烈的拼抢厮杀同样令人惊心动魄。地球上永远时髦的政治、经济、文化、艺术及国王、总统、主席，在足球世界里同样存在，“球王”“足球皇帝”比总统和国王更加八面威风且收入更高。地球在不停地旋转，气温一年比一年升高，圆圆的足球每天在世界各地旋飞，足球热也日益升温，足球已热遍了全世界，特别是四年一度的世界杯大赛，热得地球人几近疯狂。

足球，足球，你这个让人们说不完道不尽的“地球之球”，究竟给人类多少馈赠？ 你到底是怎样一个魔球？

——足球乃健体、团结之球。作为世界第一运动，它让人头脚并用、心智并举，最大限度地健体强身。它不仅锻炼体能和技能，同时锻炼智力和心灵，锻炼了地球上群居动物的团结与协作。一场球赛，实际上是一场体能技能之战、智慧和心理之战、团结协作之战，更是一场友谊之火的燃烧。

——足球是激活情感之球。随着物质文明的高度发达，地球村的人们日益变得冷漠起来。这旋转翻飞的足球，真正刺激着人类的情感系统，引发美妙难耐的期盼、豪情万丈的自信、惊天动地的狂欢、彻骨寒心的沮丧与失望。但足球永不让人绝望，输了，等待下次的辉煌。

——足球是充实休闲之球。这世界因为有了足球，人们的休闲才变得如此丰富：你可以选择去绿茵场上观球，可以选择在电视机前看球，可以选择在收音机旁听球，可以选择各式各样五花八门的报刊读球，可以邀三呼四，聚在一起天南地北、云里雾里聊球侃球。更可以体验一下猜球的刺激！如果全世界的人都选择以足球为中心的休闲，地球上将少许多政治谣言、经济谎言、生活流言、战争预言，世界将变得更加美好。

——足球是创造就业之球。这小小的足球带给我们最大的实惠，莫过于创造了大量的就业机会。一个经济尚未达到发达国家标准、踢球水平名列世界第56位的中国，竟办有《足球》《足球报》《足球世界》《足球天地》《足球之谜》《足球快讯》《中外足球》《足球文萃》等数十种足球报刊，还有数百家报刊开辟有足球专栏，给多少编辑、记者、校对、广告从业者、财会人员、造纸工、印刷工、邮递员、零售人员创造了就业机会。至于经营有方的足球俱乐部，不仅供养了大批球员和管理人员，自身也赚了大钱！足球场外的小摊小贩靠出售小旗、小帽、小喇叭、小鞭炮、小啤酒也跟着发点小财。当然，中国人靠足球发财毕竟有限，这首先是国脚们水平不高，气跑了大批的准球迷候补球迷；其次是足球俱乐部太少、足球职业化时间太短，人口和面积均在中国之下的巴西有 501 个足球俱乐部，小而又小的西班牙也有 122 个足球俱乐部； 再者是足球与商业结缘连体不紧，迄今全世界经国际足联颁发营业执照的足球经纪人已达 286 名，分布在 35 个国家，而 12 亿人口的中国竟没有 1 名。上海人的商业头脑与精明是出了名的，但只把全运会开得轰轰烈烈，却不会多生产纪念品来赚钱，让游客满街跑也买不到一枚小小的纪念章。此外，中国人未把足球作“无烟工厂”来办，未能真正形成产业，中国众多的上市股票中难觅一只足球股。其实，这圆圆的足球上满布着一个个网格，正是一个个“钱眼”、一个个“孔方”，足球一转，金银万两。从全球来看，足球已变成一个巨大的产业，支撑地球文明的汽车工业，每年只能创造 1700 亿美元的产值，而圆圆的、小小的、薄薄的、软软的、轻轻的足球，每年可以创造 2500 亿美元的产值，小小的足球之身竟裹着如此丰厚的价值！

地球上的超级宠物莫过于足球了。

足球能带给我们如此多，不管你狂爱它也好，厌恶它也罢，我想，这魔幻的地球之球必将随着地球气温的升高而进一步热起来。只要地球不灭，这魔球就不会停止它的旋飞，而且会旋得更加漂亮，更加让地球人着迷。

你好，永远的足球！

1997年11月 湘中娄底

享乐的反动

我常常喜欢一个人独居一室，静静地遥想老祖宗们创造的五千年历史的中华文明，想象着他们的学习、奋斗、创造、生活、繁衍和享乐。但除了天子及少数宠臣在“云端里”尽情享乐之外（也有没有享乐的皇帝），太平年代平民百姓基本上只是平和地生存着，实在没有太多的享乐可言，有饭吃、有衣穿、有屋住、能繁衍就十分知足了，而知足则常乐（遇到兵荒马乱的非常时期，自是家破人亡、饿殍千里）。尽管繁华城市里设有并不太多的青楼，但前去享受性乐者毕竟只占老祖宗们的极少数，且多为社会、道德和家庭所不容（也有开放包容的朝代）。小说中的西门庆享乐思想是重了些，家里养着四位美女，还去勾引武氏夫人潘金莲，乐是乐了，但乐极生悲，落得个身首异处的下场，且永背骂名。

远离社会之外的皇宫里的皇帝们追求享乐自然不必提心吊胆，但许多有为的皇帝依然专志于治国，清朝的雍正皇帝一天到晚在皇宫批阅奏折，明思宗朱由检生活相当地简朴，简直谈不上享乐。创造了“开元盛世”的唐皇李隆基到了晚年搞点享乐，抱着贵妃睡睡懒觉，立时引起军政大员的强烈不满，白居易先生的名诗“春宵苦短日高起，从此君王不早朝”，让李老皇帝贻笑天下。

魏晋时期的竹林七贤，经常聚会，无非就是喝点酒、唱点歌、写点诗、绘点画、吹点牛、骂点娘，算不上中国享乐主义的师祖，放浪形骸为的是逃离现实、反叛现实、嘲讽现实，且不久死的死、逃的逃、官的官，聚会都搞不成了，实在也算不上享乐主义一派。

美食似乎挨着享乐，但祖宗们创造的“食文化”，虽名扬天下，但重在食饱食好，健体强身好打仗、好种地、好干活。偶有“今朝有酒今朝醉”“牡丹花下死，做鬼也风流”之享乐说，但实践者少之又少，且多为市井无赖，并不为主流社会所接受。长久地对享乐的看淡乃至拒绝，“存天理灭人欲”的理学终大行其道，让享乐在人性中逐渐泯灭。

纵观几千年的中华文明史，老祖宗留给我们的不仅有浩瀚的思想与文化，还有四大发明与农耕技术等，没有留下“享乐文明”。由此观之，说中华民族是勤劳勇敢、乐于奉献的民族一点也不为过。

生生不息的中华民族对享乐没有过多去想，自然没有深入地理解，如果实在要理解可能就是享受快乐；基本认知是不想享乐，不提享乐：少年不能享乐（忙于成长和求学，偶尔可以玩耍），青年不能享乐（忙于成家和立业，结婚就算快乐），中年不能享乐（忙于敬老和抚幼，吃好喝好就是快乐），老年不可享乐（儿孙满堂享享福，而后善终）。人老了才可以享福，这是与享乐最接近的两个字。《现代汉语词典》对享乐的解释是“享受安乐”，这符合人性符合天道人伦，人来到世界上，不就是享受点平安喜乐吗，难道是来遭受不幸——灾难与夭亡，悲伤与苦难吗？但是，这正常美好的事情“享受安乐”，在《现代汉语词典》中加上了一个重要判断：“（多用于贬义）”，也就明明白白告诉人们，大家不能享受安乐。上海辞书出版社的《辞海》不解释“享乐”，只解释“享乐主义”：“把享受感官快乐作为人生最大幸福的观念。认为感官快乐、物质的肉体的享乐是人生的目的和善恶标准。用生物学和心理学的观点，把人看作自然生物，把人的多层次需求简单归结为趋乐避苦的自然本性，归结为追求自我的感官快乐。是一种腐朽的人生观念。”

看来，享乐是贬义的，享乐主义是腐朽的。尽管，“享乐”与“享乐主义”是两个不同的概念。

在半封建半殖民地、民不聊生的中华大地上建立的共和国，理当秉承中华民族的优秀传统，致力于创造、发展、强国，大倡艰苦奋斗、勤劳奉献。但有意无意中，把艰苦奋斗与勤劳奉献推向了极致，这是强大的历史与意识惯性作用的结果。

“无产阶级只有解放全人类才能最后解放自己”；“人活着就是为了革命和奉献”；“生命不息，战斗不止”；“追求人生的享受无异于行尸走肉”；国人们就是吃不饱穿不暖，也要慷慨援助外国兄弟。奉献的极致使得国人们度过了一段完全没有享乐的非常时期。

历史的步伐总是那般匆促。新中国在经历了几十年的创造和波折之后终于进入了一个全新的时期，思想的大解放带来了生产力的大解放，迎来了国门的大开放，闭目塞听了多年的国人终于惊奇地发现外面的世界确实很精彩，欧美等西方发达国家的人们在创造、奉献的同时从容不迫地享受着生活，他们中的绝大多数人住着宽敞的房子，坐着舒适的小轿车，享受着彩电、冰箱、电话、电脑、空调等现代化消费品，享受着丰富多彩的生活。享乐思想在西方文明中是源远流长的，是浸入骨髓的。作为社会生活反映的文化，欧洲国家早在十八世纪就有了具备享乐主义情趣的艺术——“洛可可美术”。中国画尽管历史悠久，至今也未形成过享乐及享乐主义流派。美国、英国、法国、德国、俄罗斯的领导人都对外宣称从几日至几日在哪度假，虽然这是与享乐主义并不沾边的休假，但远在东方的中国各级领导对此仍是讳莫如深，唯避享乐嫌疑。

中华民族与西方民族的差异在各方面都是非常明显的。

历史上中国人往往把享乐放在“来世”，所谓“生死有命，富贵在天”，生时不宜享乐，要享乐来世到天堂去，到“西方极乐世界”去，而现实中的西方世界果然存在享乐主义。这到底是相对封闭的中国人的一种先知或神知，抑或是一种巧合？

中华文化博大精深，她既不同于西方文化，更不同于中西亚某些国家的保守文化。中华文化呈现出丰富多彩的复合性，一方面具有巨大的主体意识，表现出鲜明的独立性；一方面又潜含着极大的包容性，呈现出成熟、大度、从容与兼容，显示出相对开放的色彩。因此，面对国门的洞开，面对西方的繁盛，伴随着经济的高速发展，国人对生活水平的要求得到了一定程度的满足，中国人迅速从吃饱穿暖有房住中解放出来，开始追求吃好（吃得卫生、吃得健康、吃出花样），穿好（穿得漂亮、穿得气派、穿出个性），住好（住得宽敞、住得舒适、住得豪华），在吃穿住解决之后逐渐开始找乐：工作辛苦了、头晕脑涨了，可以去开着空调的发廊洗头美容，在洗干洗净之后接受头部按摩，享受一种独特的惬意，于是美容美发厅遍地开花；行得远了，站得久了，指甲长了，可以去足道馆“洗脚”，一番药香水的浸泡，一阵穴位的推按，让脚底疲劳顿消，以至足道馆风靡大江南北，足可领导世界新潮流；如果是浑身疲惫与酸痛，则进入桑拿浴室，一番“干蒸”或一阵“湿蒸”，再一阵推拿按摩，顿时让人神清气爽、心旷神怡、精神焕发、干劲倍增。此外，还有“洗脸”“洗耳”“洗眼”“洗手”等项目。歌舞厅、夜总会的不断开张，让人们尽情享受夜生活，卡拉 OK 厅总数高居世界第一。政府特意历史性增加的周末两日休息日，以及一年几个小长假，让越来越多的人去名山大川旅游，去美丽城市旅游，继而去国外旅游，几千年古老文化中难觅踪影，历来只是士大夫、文人们偶尔为之的“旅游”，转眼之间已成当代中国人的寻常事。

中国经济在短短的时间内突飞猛进，欲望的大开禁，如奔腾之水滚滚而来，夹泥带沙。“玩的就是心跳！”“过把瘾就死！”一些违法行为，这已成享乐的反动。

少数国人掉入“享乐主义”的泥淖，完全放弃了创造与奉献，一味地追求享乐，或为享乐而贪污受贿，或为享乐而偷盗抢劫，或为享乐去杀人放火，已成为享乐的毒瘤。

中华文化毕竟是博大精深的成熟文化。我们可以充分相信中华文化在吸纳异域文明的同时会充分发挥其过滤的功能。

应有一种文明的力量悄然推动健康的享受、适度的享受、合法的享受、文明的享受，让人们去追求真正有利于身心健康、有利于经济发展、有利于社会进步的合情合理合法的享受。同时充分利用法律的、纪律的、道德的、舆论的、伦理的、亲情的力量，形成一种强大的声势，坚决遏制住反道德、反伦理、反人性、反法律、反社会的极端享乐。享乐主义的盛行，必然会扼杀享受。享乐主义也是享乐的反动。

我相信，二十一世纪的中国人一定会在创造、奋斗、奉献的同时，快快乐乐地生活，平平安安地享受，营造出美丽的东方人间乐园。

1998 年 10 月 湘中娄底

人性的光辉

世界上最弥足珍贵的是美好的人性。

人世间最温暖心扉的是人间的真爱。

人性的光辉照耀着人类在艰难困苦中昂首前行。饱经磨难、愈挫弥坚、在现代化道路上疾行的中华民族，在特大地震灾害面前闪耀出的伟大人性的光辉，感动着世界，并将光耀千秋。

我们赞美着母爱，朝朝代代、岁岁年年传颂着无数的母爱故事。在 2008 年 5 月 12 日 14 时 28 分山崩地裂的汶川特大地震中，我们中华民族乃至人类绵绵不绝的母爱故事，又在这里续写出震撼心灵的新篇：都江堰市一位年轻的妈妈，在骤降的巨大灾难面前，在即将失去自己年轻生命的瞬间，她一手紧紧地护抱着三个月大的女儿，一手掀起衣角给女儿喂奶而成为永恒。当救援人员在地震废墟一个角落里看到满挂尘土的年轻母亲时，发现她掀起的衣角下女儿依然惬意地含着乳头，小脸红扑扑的，而这位伟大的年轻母亲早已身亡。在深夜看到这报道，我的心灵受到极大的震撼，伟大母爱人性的光辉照亮了夜空，光耀于天地间。

那一刻我泪流满面。

在北川县，又一座伟大母爱的“雕塑”展现在救援人员及记者面前：一位年轻的妈妈双膝跪地，整个上身向前匍匐，双手扶地支撑着身体，誓死护卫着身下的儿子，毫发未伤的小男孩得救了，而母亲已僵硬。包裹小男孩的一条红底黄花的小被子里塞着母亲的手机，手机屏幕上是母亲生命的最后留言："亲爱的宝贝，如果你能活着，一定要记住我爱你。"救援人员无不潸然泪下。因了这份伟大的母爱，因了这位伟大妈妈在临终前的从容和淡定，我敢说，这是 2008 年度全世界最具人性光辉的手机短信。

让历史和全人类都记住这些伟大的母爱故事吧，不论是哪个民族哪种肤色。

在满目疮痍的地震废墟上，有着说不尽的母爱故事：贵州一位从未出过远门的农村母亲，得知儿子打工的地方发生强烈地震，千里迢迢前去找寻。也许是她的千里寻子感动了上苍，她居然找到了被解放军刚刚救出的儿子，这位被废墟深埋长达 125 小时的小伙子居然活下来了！我们祝福这对母子并分享惊喜。江油市公安局一位年轻的警察妈妈蒋晓娟，把嗷嗷待哺的半岁儿子托付给父母，自己每天跑到灾民安置点，给八九个从灾区救出的孩子喂奶，有时同时给两个孩子喂奶。美丽大爱的"警察妈妈"，我们向你致敬！

同样值得致敬和铭记的还有惊天动地的另类父爱。张米亚，这位汶川县映秀镇小学的男性老师，这位爱唱"折下自己的翅膀送给你飞翔"的年轻小伙，这位 29 岁的年轻父亲，在遭遇大地震的非常时刻，他没有庇护同在一校的妻儿，而是把他伟大的父爱及为师之爱献给了被他视为儿女一般的学生孩子们。地震后三天，人们发现了这只“雄鹰”：他双腿跪着，双臂紧紧搂护着两个学生，像一只展翅欲飞的雄鹰。两个学生活下来了，而“雄鹰”的身体已经僵硬，救援人员只能含泪将他死死箍住孩子的手臂锯掉，才把孩子救出。“折下自己的翅膀送给你飞翔。”张米亚用生命诠释了这句歌词，用血肉之躯为他的学生牢牢把守住了生命之门！崇州市怀远中学的吴忠红老师本已逃生，为救两名学生，义无反顾地反身冲回正猛烈摇晃的教学楼内，丧生在轰然倒塌的楼房中，豪迈而壮烈！谭千秋，这名有着明星般面庞的须眉男子，这名从湖南来到德阳市东汽中学支教的学生工作处主任、高中政治老师，这名两个孩子的父亲，在天摇地动的生死时刻，毅然放弃了转瞬即逝的逃生机会，用他的双臂和身躯死死地护卫着四个孩子，四个孩子都得救了，谭老师却耗尽了最后的生命之力。这是何等惊天动地的大爱啊！谭千秋，用他的名字书写着千秋大爱，大爱千秋！

汶川特大地震让方圆十万公里内的美丽成为废墟。片片废墟中却闪耀着无数惊天动地的人性美丽。总书记、总理、将军、士兵、警官、医生、干部、百姓、老师、学生乃至乞丐，生者与逝者，都在抒写着令人动容的人间真爱。这些美丽人性的光辉，向世界、向人类展示着中华民族无与伦比的情与义、坚忍与顽强。这些大爱深情，让我们的国家和民族感到骄傲，让世界和人类感到温暖。

2008 年 5 月 湘中娄底

特区的鱼

我特别喜欢特区。

我去过改革开放后国家最早批准建立的深圳、珠海、汕头、厦门经济特区，也到过后来批建的海南经济特区。经济特区是中国几千年发展进程中一道独特亮丽的风景，是我国改革开放伟大创举的新名片。这些特区各具特色、各有千秋，无论公务或私务，我都喜欢往特区跑。当然，跑得较多的还是成立最早、发展最快、影响最大、财富最多的深圳经济特区。

我几次到深圳特区，每次都有深刻的印象、独特的感悟。

记得上世纪 80 年代初，我第一次踏上深圳特区的土地时，所见所闻皆感震撼。那青春靓丽的美女、阳光进取的帅哥，那“三天一层楼”的深圳速度，无不让我心潮澎湃，叹为观止。一个小小的渔村，仅仅几十年过去，如今变成了可以与香港媲美的现代化大都市，这是世界城市发展史上的奇迹！特区深圳几十年的奔跑，走完了西方最发达大城市几百年的建设历程，而且是没有侵略、掳掠、殖民和人口贩卖的。

壮哉，特区。

美哉，深圳。

当然，每次到深圳特区，我看得最多、吃得最多的是特区的鱼。

深圳的鱼多。且不说那大小餐馆里一排排鱼柜中游动的活力十足、令人眼花缭乱的可食之鱼，也不说水族馆里那千奇百怪、叫不出名儿的大鱼小鱼，只说在公园湖中悠闲游动的各色观赏鱼，就能折射出特区的变迁与风貌。

第一次来到深圳一个有湖水荡漾的公园内，我漫步于水榭楼台，特区的别致之处，美不胜收，好不惬意。但见一美貌少妇携小童将面包捏碎抛入湖水中，好家伙，立时便见几十几百条红鱼、黄鱼、橙鱼、白鱼、黑鱼、花鱼从四面八方箭一般地冲向水面之面包，争抢着、拥挤着、摩擦着、冲撞着、堆叠着，那场景实在太奇妙，委实太壮观，令我无比震撼。完全不似内地公园湖中的慵懒之鱼，面食抛在水面，鱼儿爱吃不吃爱抢不抢，完全是两种景象、两番天地。

数年之后再到深圳，在繁忙的公务之余，我又去了深圳公园的湖中看鱼。这特区的鱼，依然保持着冲劲、闯劲、挤劲、抢劲，依然是活力十足、劲力百倍。鱼儿还是上次看见的那般让人震撼。同时，公园环境更加秀美，公园内的步行道更多更宽了，景观树也更具青春活力。美中不足的是水体营养过于富足，湖水不太清澈，但并不影响湖中鱼儿的欢快兴致。让人欣慰的是，内地的鱼也开始打起精神、活跃起来了，也开始冲刺、拼抢、堆叠，公园也打扮得漂亮多了。漫步内地公园，仿佛徜徉在特区之内。我时常感到一阵阵惊喜。

近年我再去深圳，自然一定会到公园湖中看鱼。这特区的公园，建设得更加大气，更加秀美，树、花、草更加让人赏心悦目。最大的变化是湖水营养度降低不少，已是清澈见底，水草在微风、水波中摇荡，只是好多的鱼儿已大腹便便，小童在爷爷奶奶的带领下往湖面上抛撒捏碎的面包。大腹便便的鱼儿慢悠悠地游了过来，一闻一望，却不抢食。好在还有一大群小鱼，闻食起舞，依然箭一般地冲将过来，拼抢冲撞。但整体场面已无第一次见到的那么壮观，那么令人震撼。特区的鱼已经发生相当大的变化，长此下去，大腹便便的鱼儿会越来越多，抑或都变得慵懒起来？

我思绪万千。

但愿下次去深圳，我能看到特区的鱼，依然是青春之鱼、矫健之鱼、活力之鱼、冲刺之鱼……

一鱼一乾坤。

2022 年 9 月 长沙

明星与普法

明星，顾名思义乃明亮之星星，古书上指金星，《现代汉语词典》解释为“有名的演员、运动员等”。这个解释并不全面，新时代每个行业都要有明亮之星星，不只是演员运动员明星，还要有政治明星、科技明星、法治明星、企业明星、教育明星、医疗明星、军旅明星、创新明星、创业明星、草根明星等，好在词典解释中有个“等”字。明星已成为新时代一道抹不掉遮不住的亮眼风景。我们只要克服上世纪的“明星病”，就可以减少些明星弊端，多发挥明星的正能量，这符合辩证法。毕竟人们在白天享受完太阳的温暖、撸起袖子加油干后，在夜晚看看明亮的星星，既是一种自由与随性，也是一种激励与惬意。中国如此，世界亦然。

明亮之星星，自然量少但影响力巨大。我国持续建设社会主义法治国家，全面依法治国，坚持法治国家、法治政府、法治社会一体建设，特别需要全民守法。要全民守法，必须让全民知法懂法，用明星来宣传新老法律、普及法律，无疑是一种科学的选择。我们可喜地看到，政法各家都在请明星普法，长沙市中级人民法院还特别邀请明星主播担任审判执行的宣传代言，效果良好。汪涵、大张伟、王一博走进长沙市雨花区人民法院，过了一把法官、法警瘾，普法角度新，收看者众。特别是红红火火的一线明星孙红雷来到长沙市中级人民法院旁听案件庭审，让旁听一时格外热门。男女老少都喜欢的一线明星靳东来到长沙市中级人民法院、长沙县人民法院等地拍摄电视连续剧《底线》，《底线》开播，火遍全国。

由最高人民法院、湖南省委宣传部、湖南省广播电视局联袂指导，靳东领衔，王劲松、张志坚、成毅、蔡文静、左小青等一干明星倾情演绎的法治案情剧《底线》，融政治性、艺术性、专业性、故事性于一体，无疑是近年来法治剧的扛鼎大作、巅峰之作，好评如潮。前些年同样在湖南卫视播出的、明星陆毅领衔演出的《人民的名义》也大获成功，虽也普法，但只涉及刑法的一部分，重点是体现检察官办案的权威性、艰巨性，且法官、警官形象负面，引发争议。明星孙红雷领衔主演的《扫黑风暴》也创造了高收视率，大获成功，也普法，但同样涉及的只是刑法的一部分，重点展示扫黑除恶的必要性、复杂性和成果。《底线》政治站位高、艺术水准强，突出了政法工作的主旋律，剧中无论是法院还是检方、警方都尽职尽责依法办案，展示了党领导下的政法干警良好形象，精彩诠释演绎刑法、民法、行政法，特别是民法典的社会与人生故事近50个案例，成功展示了中国司法改革的最新成果，宣传了最新的审判理念，展示了中国新时代法官的最新形象与真实情感，极具专业性、前沿性、引导性，不仅法院的新老法官、法助、法警、书记员在看，检察官、警官、律师也在看，连企业家、医生等社会方方面面的人民群众都在追剧，这无疑是宣传法律的大好事，推动全民守法的大实事。

明星们还有一种另类“普法”。绝大多数明星是守法明德的，但令人遗憾的是个别明星违法失德。明星必须珍爱名誉，绝不可以逾越底线违法失德，让星光黯淡、世人痛惜。曾经深受观众喜爱的范冰冰、李云迪、李易峰等人的违法行为令人痛惜。他们的负面消息也普了法，范冰冰之于税法，李云迪、李易峰之于治安管理处罚法，成了一种反向的普法宣传。

明星闪亮的时代特别需要明星们严于律己、守住底线，用自己的良好形象助推社会进步、经济发展，特别是推进全民守法。明星们参与普法，乃是不错的选择。让我们共同崇法、尊法、学法、守法、用法，特以《底线》中主演蔡文静的一句话收尾：“让我们携手传递法治声音，共建法治中国！”

2022 年 10 月 长沙

不老的情人

我有一个情人——文学。

缘起

1982年，16岁的我高考考了高分，却迟迟未见录取通知书，天天在生产队搞“双抢”，晒得脱了两层皮，苦不堪言！老爸感到奇怪，跑到当年的录取地韶山问缘由，才知道是我误填志愿补录于湖南邵阳师专政治系。我本拒绝上大学专科，因为高考分数比我低的同学录取在湖南财经学院（后并入湖南大学）及其他本科大学。隆回五中的班主任老师反复做我的工作：如果拒绝入学，三年不准参加高考，这是政策；现在考上中专都难，何况大专，考上就是干部；今年的高考招生录取率不到3%，千万不要放弃啊。老师语重心长。

我只好独自背着被子、提着行李来到邵阳市李子园的邵阳师专报到，在大大的操场排队办入学报到手续。忽然有一位老师模样的男士走上来，对我上下打量一番，热情地说：“欢迎你，新时代的大学生！你愿意转到中文系吗？”我一脸茫然。男士继续说："学中文可好玩了，你爱看小说吗？看小说考小说都是课程。"我虽然在政治课方面有特长，但我小时候特别爱看由小说《西游记》改编的连环画，《三打白骨精》我看了几十遍——看小说都是课程？好玩，带劲！我稀里糊涂就跟着这个老师模样的人来到大操场中文系的报到台前办了入学手续，莫名其妙成了中国汉语言文学专业的学生，从此与文学结缘。

追求

我惊喜连连，完全没有想到邵阳师专中文系师资力量竟然十分强大，大咖云集，老师教学水平特别高，湖南高校中文系当时仅有两个副教授（职称改革前，据说副教授都要国务院审批），一个在湖南师范学院（今湖南师范大学）中文系，一个就在我所在的中文系，教我们的古典文学，还是我的邵阳老乡。

既来之，则安之，则学之。我安下心来，心无旁骛、如饥似渴地投入汉语言文学的学习中（我们同步使用北京大学中文系、复旦大学中文系的教材）：学习古典文学，辉煌灿烂的历代名家诗词歌赋（一本本砖头似的教材全是繁体字）令我目不暇接，其中大唐诗歌最令我折服；我细细研读《西游记》，总算看到小说了，深感美女妖怪太多，妖怪多是天庭来的，好生奇怪；看《水浒传》，十分羡慕和钦佩好汉们的敢作敢为、不墨守成规；看《三国演义》，为历史上鲜活的英雄感慨万千；读《红楼梦》，为富贵人家的锦衣玉食惊叹不已，为美女们的悲惨命运辗转反侧；《聊斋志异》写绝了人鬼情，深夜阅读令人心惊肉跳；《西厢记》《窦娥冤》《牡丹亭》《长生殿》《桃花扇》让我见识了古代的戏曲丰碑。学习现代文学，《家》《春》《秋》《子夜》《雷雨》《日出》《围城》《沉沦》《边城》《阿Q正传》《凤凰涅槃》《骆驼祥子》《太阳照在桑干河上》等让我爱不释手，但是，我最崇拜鲁迅的骨气、傲气、硬气、才气，最钦佩其作品的沉稳大气及深邃的思想。学习当代文学，我认真研读小说《红岩》《百合花》《创业史》《红旗谱》《青春之歌》《林海雪原》《山乡巨变》《暴风骤雨》《第二次握手》等等，尤喜“山药蛋派”“荷花淀派”；复旦大学毕业的帅哥老师用上海普通话讲评《假如我是真的》等伤痕文学，让我这个十多岁的少年变得成熟并深入反思。学习外国文学，世界文学大师巨匠作品，一部部、一篇篇世界名著让我大开眼界，如醉如痴。

文学的魅力实在太大了，我不知不觉中深深地爱上了它。上政治课时，我看到坐在前排的女同学偷偷看《当代》大型文学刊物，也是如醉如痴。上文学概论课时，看到坐在身边的男同学居然忙着写小说，还有的在写诗歌。有个隆回籍的高学识大咖老师，人到中年也在写唐代背景的小说，发表在《新花》文学杂志上。

我偷偷下定决心：写小说、写散文，当作家！把这当作人生中的最大追求。

不久后我参加一个小型班会活动，同学们竟然公开说毕业后不当老师，要当作家、诗人。还有一个年纪比较大的同学语重心长地说：“军队里不想当将军的士兵不是好士兵，中文系不想当作家的同学不是好学生！”听后我更加坚定了自己的人生追求。

通过大一大二的聆听、阅读、思考、积累，我认真学习文学理论、文学美学、文学佳作、文学语言、文学技巧，大三时终于利用周末尝试创作短篇小说。

热恋

二十世纪八十年代是我国全面改革开放的时代，也是最为崇尚文学的时代。作家在当时简直是神一样的存在。解放思想的人们居然到报刊上去找对象，花钱刊登征婚广告，所有的征婚广告必须写上“爱好文学”，如同现在必须亮出的“有房有车”。文学空前的热度，让我也有些头脑发热。大三时写的短篇小说寄出后泥牛入海的残酷现实，让我冷静了许多，没有作品发表就没有稿费，没有稿费怎么生活？专业作家是万万当不得的，也是当不了的，必须先好好工作，解决生计问题，工作之余再关门密会“情人”——文学。

高校三年的博览群书、扎实学习带来的优异成绩，让我与湖南师院毕业的高材生一同分配到了家乡的重点中学隆回二中，教高中语文。我认真备课、上课、批改学生作业，深受学生好评，开展第二课堂，协助学校创办默深文艺社，担任文学指导老师兼

《凤声》文学月报主编，干得风生水起，享誉江南。工作之余，除了晨跑、散步，我把所有的心思全放在文学创作上，不打牌，不应酬，不娱乐，不交际。功夫不负有心人，1982 年、1983 年创作的小说发表在河北的《长城文艺》、浙江的《海檀山文学》，1984 年起有 28 篇小说陆续发表在面向国内外公开发行的《新花》《小溪流》《小说林》《小说天地》《文学月报》《作家生活报》上。看到自己精心创作的小说发表在报刊上，那种激情快感、兴奋幸福及巨大的成就感、获得感洋溢全身，经久不散，晚上抱着散发着油墨清香的杂志入梦，仿佛抱着馨香袅袅的美人入睡。

1988 年 4 月，当时发行量高达百万份、居湖南省内第一的《湖南广播电视报》整版发表我的电视小说《夺魁》并附作者简介，让我收到大量读者来信，其中一人后来成为我的妻子——由此我特别领悟了“文中自有颜如玉”。

感谢优秀编辑老师王以平、潘吉光、舟挥帆、黄亦鸣所在的名刊《湖南文学》，在 1989 年 2 月发表我的小说《三夫子养鸡》（1987 年创作于隆回二中，1.5 万字），不仅插图 3 大幅，用较大号字，发作者简介，而且排短篇小说头题，小说产生较大影响并多次获奖。

1989 年 10 月，著名作家谢璞在湖南省文联主办的《文坛艺苑》杂志刊发公开信:《兴而不衰，惟楚有才——致青年作家安敏、肖新平、康纪钊》。这是我第一次被文坛大家称为“青年作家”，诚挚感谢谢璞老师对我的鼓励与教导。

1989 年 12 月，我加入湖南省作家协会，后来简介被编入湖南省作家协会未央、谭谈主编，湖南文艺出版社出版的《湖南当代作家小传》。

痴情

1988 年秋天，我调入娄底地区行政公署办公室，之后又来到大庸地级市（今张家界）筹备组，到大领导身边工作。在大的平台上，我开阔了视野，丰富了创作素材，准备在文学上大干一场，创作一系列短篇小说、中篇小说乃至长篇小说。但是，全新的工作环境需要我尽快适应，繁重琐碎的工作任务令我无暇他顾，每天清晨就要上班，晚上 10 时以后甚至更晚才能休息，周末要么陪领导到工厂企业、县乡调研，要么到办公室加班批转大量的文件资料，实在没有任何空余时间创作小说。但我对文学依然是痴情不改。好几次在陪领导调研的车上、在会场想着文学而痴痴发呆，那是一种绵绵的忧伤、矛盾、痛苦和无可奈何。

我已有几年没碰文学创作，但不能长期不碰，虽然我几年前写《三夫子养鸡》时首次找到了写小说的感觉，现在也只能遗憾地放弃。我找到了幽会文学情人的新路径：写散文、随笔、评论，想到一句写一句，不需要完整的故事情节，于是从 90 年代开始，我的散文、随笔、评论陆陆续续发表在《中国作家》《中国文艺家》《人民日报》《作品与争鸣》《当代电视》《电影世界》等几十家报刊上。

我从副科长到科长，从副处到正处，特别任厅职十余年，肩上的担子越来越重，我不敢辜负组织的重托、人民的信任，全身心投入工作事业中，也取得了骄人的成绩，暂时与文学保持一定的距离，但心心念念久违的文学。

拥抱

我现在已如愿卸下重任，又可以自由拥抱文学情人啦。我拾起有些生疏的笔头，开始创作十年前构思的散文《三响腊肉》《喜头鱼儿》及随笔《明星与普法》等，写完之后还要打印，十分耗时费劲。我尝试改变写作思维与习惯，在电脑上直接敲写散文随笔《乱季长沙》《鸭毛西施》《教学之乐》《人间第一美》，接下来还想恢复中断了多年的小说创作，力争散文、小说一起上，全面拥抱“想说爱你不容易”的文学创作。

我相信几十年的世事洞明、人情练达，以及较为独特的政府机关，特别是政法机关中高层的阅历，能让我在创作上蓄满正能量。

文学不老，情怀永在。

2023 年 5 月　长沙

评论

解读水均益现象

中国最热门的行当是主持人
最热门的话题之一是“水均益现象”

屏幕前蓦然跃出一匹“黑马”，直踏得荧屏云烟四起。

演播室里兀地坐着一位英俊的硬汉，比画着手势侃侃而谈。

这匹“黑马”，让多少电视人刮目相看。

此名俊汉，令万千观众击节赞叹。

水均益，你的手势何以如此潇洒，令仿者如潮？

水均益，你并非播音主持“科班”出身，何以盖过许多“科班先生”？

“水均益现象”，一个值得谈论的有趣话题。

天生一副刀刻斧削般的雕塑型俊脸

主持人的形象十分重要。虽然并不要求貌似潘安、美如海伦，但光鲜俊朗总是多数观众所期盼的，中央电视台新闻主持人水均益无疑在形象上胜人一筹。你看有着这冷僻姓氏的西北汉子，俊脸轮廓分明，黑发浓密，天庭饱满，眉梢粗硬，眼睛炯炯有神，鼻梁傲然直立，一对福贵大气的硕耳点缀在脸的两侧。整个脸盘，显得干净利落，全无一点赘疣，如同刀刻斧削，是雕塑型的。这样一副面相，不仅大受女观众欢迎，也让老少爷们看了舒服。

机智敏捷，初入荧屏即引来一片喝彩

如果水均益仅仅只有一张好面庞，那就只能去做发胶、美容广告了。而这位水先生偏偏又有九分的机智和敏捷。凭这，他在荧屏前展现一道独特的风景，博得一片喝彩——

1993 年，我国申奥落空，代表团返京，心情沉重可想而知，代表们无言摆手拒绝采访。水均益心生一计，上前截住一位官员："我是中央电视台的，现在正现场直播，请您谈谈……"面对"直播"，那位官员忙整衣作答。

凭着机智与敏捷，水均益曾在海湾战争期间，与数百名外国记者角逐，第一个向美国总统布什发问……

凭着机智与敏捷，水均益成功采访了大名鼎鼎的基辛格博士；将叙、以驻华大使请进演播室，用流利的英语直接对话。特别是采访联合国秘书长加利，水均益那恰到好处的提问，潇洒大气的姿态，让人击节赞叹！水均益采访"古巴国父"卡斯特罗时，与之并肩合唱《美丽的哈瓦那》，一边是银须飘飘的高大老者，一边是风度翩翩的英俊少年，观众看上去觉得他们竟然那般和谐，让人分明感觉主持人身上冒出一股股“英雄”气来。

有了如此的机智敏捷与潇洒大气，便不难理解早在1994年，人事、工资关系还来不及转入中央电视台的“打工仔”水均益，竟荣获1994年度中央电视台先进个人；1996年3月《北京青年报》的一次观众调查，水均益荣登“最受欢迎的新闻主持人”榜首。

颇具魅力的手势

屏幕上的水均益主持节目时温文尔雅，文质彬彬，硬中见柔，从容大方，这是水均益给观众的整体印象。但我以为，水均益最具魅力的是他的手势。你看看，多少国际战争、世界纷争，在水均益的手势中比画得分分明明！这潇洒的手势成了水均益主持节目时最重要的辅助语言。水均益比画的成功，让广大的电视节目主持人大受启发，仿者如潮。观众一打开电视便不难发现，CCTV的几位男女主持人正比画得起劲。省市电视台的主持人也开始比画。前不久，我出差一边远小县，那小县电视台的主持人亦生生地比画着手势，我一时惊呼：水均益“高徒”何其多也！

良好的教育与不凡的经历

除了英俊的形象与机智敏捷，水均益的成功还得益于良好的教育与不凡的经历。

水均益生长在一个真正的教育之家、学问之家：祖父是教育家，伯父是教授，父亲是教授；生长在这样的家庭之中，水均益拥有得天独厚的条件，从小广猎知识，加上天资聪颖、博闻强记，以及能说会道的教师遗传基因作用，水均益注定比常人能说善侃。

1984年从兰州大学外语系毕业后，水均益一脚跨进了新华社，做了九年的国际部记者，大开了眼界、大长了见识，特别是海湾战争期间，身为新华社驻埃及开罗中东总分社的记者，水均益目睹了二十世纪末最大的现代化高科技战争场面，其丰富的收获，让坐在广播学院教室里的同仁们好不艳羡！正因为有如此独特而丰富的经历，使得水均益端坐于演播室里主持节目时，另有一种综观世界风云后的沉稳与大气。

阅历丰富的水先生潇洒跨入主持人行列并大获成功，成为主持界的一匹“黑马”，让一大批有主持天赋的记者大受启发，纷纷做起了专职或兼职主持人，并不乏成功者，在主持人圈子中刮起一股大风来。这种“水均益现象”，使得一些评论家断言：中国未来的电视明星主持人，很可能出自记者而不是广播学院出来的播音员。播音员播音技巧娴熟，善于处理场面，镜头感好，但文化素质可能不及老记，更无老记们走南闯北的丰富见识，自然难成驰名国际的超级主持沃尔特·克朗凯特。

据说，中央电视台《东方时空》已经制定了一个培养规划，核心是从采访第一线的记者中间选拔培养主持人。目前的《东方时空》已频频请记者出镜，特别是中央电视台黄金时段的《焦点访谈》，主持人基本上是清一色的记者，不得不让人惊叹“水均益效应”。

期待着水均益持久的魅力

“现在，我追求最好！”这是水均益信心的体现，也是水均益的追求目标。他向名师学习，广泛涉猎各门知识，这是做一名有后劲的主持人极可取的态度。我对水均益全面加强自身修养、不断提高主持艺术、形成自己的独特风格充满信心。

水均益，我们期待着你主持节目的持久魅力！

1996 年 8 月 湘中娄底

王憨山花鸟世界之“五气”

——评王憨山花鸟画作品

论及当代中国颇具代表性的花鸟画大师，自然要提到王憨山先生。国内顶级书画鉴赏家、美学大家，一流美院的教授、学者有不少称其为大师，有的甚至称其为国宝，正所谓英雄所见略同。大师佳构被国宝荟萃的故宫博物院所青睐，有六件入藏其间，另有十件为中国美术馆收藏，中国所有权威的美术出版社都在排队出版王憨山画集。王憨山先生毕其一生于花鸟创作，创造了一个别有洞天、异美绝伦的花鸟世界，细细品来，其画作萦绕“五气”。

一曰大气。进入憨山先生的艺术世界，给人的第一感觉是大风起兮气飞扬。《胜乎败乎》两只大公鸡叫阵，颇似两个威风凛凛的角斗士。《逍遥游》中，一只苍鹰恍若神鸟大鹏，大翅遮天蔽地，气势雄悍而傲视天下。最令人叫绝的是王憨山先生的小虾。齐白石笔下恬淡清丽的小虾，到了王憨山纸上，放大一看，顿成肌肉发达、力撼万物、勇往直前的“海军陆战队”勇士！小小寻常虾，在王憨山先生的艺术世界里显得如此大气、硬气、猛气、霸气、王者之气，古今难觅。

二曰硬气。大气盎然的王憨山艺术世界同时潜蕴着硬气，所谓大而硬之，阳刚充盈，几无当今画坛之纤弱之气、妖媚之气，让人感觉到挂着“田园宰相”名头的憨山“老农”，站在丰收的坚实大地上出手硬而实在，全无神仙世界的虚无缥缈、仙妖怪诞。南人北相的憨山先生，也确实长得高大伟岸，硬骨铮铮。世人均觉其人硬画亦硬。

三曰拙气。王憨山先生造画，无论是造虾、鱼、鸡、鸟、鸭、蛙、虫、猫、牛，还是花、草、荷、菜、树、果，均粗犷硬实，不雕琢，不拐弯抹角，粗粗拙拙戳在那儿，拙劲十足。虽然少了几分纤丽、圆润，却给人一种别样的粗拙美、朴拙美、自然美，这也是憨山先生的画作有别于其他画家、让人过目难忘的独到之处。《便觉春光四面来》，独具特色的一群公鸡母鸡，百看不厌，越看越美，在拙中见大美，且美到极致，乃王憨山先生广受好评的代表作之一。王憨山先生能在当代画坛独树一帜，并奠定其地位，其作品之拙美是成就王憨山先生大师地位的重要美学“基因”。

四曰清气。观憨山先生的画作，江南农村的清新自然之气扑面而来。王憨山先生作为名师弟子，南京美专科班出身却蛰居乡野数十年，他既是一位才厚艺高的文人，又是一位憨厚实在的农民，其故居就坐落在双峰县走马街镇的一片田垄之中，朝朝暮暮沐浴着田野的清新之风，时时刻刻吮吸着乡野的自然之气，经意或不经意间，在其画作中满布田野的自然清新之气。这种自然清新之气绝非城市大公园的那种气息，也不是北方农村的气息，而是典型的江南农村所独有的。因而憨山先生作品中的自然清新气韵，也就有了独特的地域色彩，其花草虫鱼、飞禽走兽，均有着独特的江南印记。

五曰憨气。世人绝少以“憨”字入名，而先生偏偏叫憨山。憨山先生曾与笔者相交十余年，十余年的忘年之交，让我深感憨山先生秉性善良、憨气十足。王憨山先生高大魁梧，为人刚直不阿，确实是条硬汉。但一见到朋友、遇到百姓，立马藏匿其硬气，露出一身的憨劲来，真的是人如其名。王憨山先生的画作也充满憨气，又是地道的画如其名。王憨山先生造于甲戌春的《正是河豚欲上时》，几只小鸭，在春寒料峭的早春时节，挨挨挤挤、互相取暖走向河边，憨态可掬，十分惹人喜欢；还有《红了樱桃绿了芭蕉》中的小鸭亦是如此。王憨山先生作于乙亥年的《七十无闻悟是吾》中的一群小鸡，东张西望，着实憨气袭人；还有《五子登科》的雏鸡，《先发江南第一花》的麻雀，《哪个虫鱼敢作声》中的青蛙，《日长如小年》《桃之夭夭》中的懒猫，《无题》中的猕猴，《野牛图》中的老牛，无不洋溢着最独特的憨气。王憨山先生在虎年给朋友画的老虎贺卡，两只山大王在山溪边饮水，凶猛本性全无，颇像两只顶着“王”字、披着斑斓花衣的大熊猫，憨态毕现矣！当然，《大风起兮云飞扬》中的老虎则是标准的山大王。

大器晚成的王憨山先生挟此“五气”，在无敌天下的湘军统帅曾文正公故里、距巨匠齐白石家乡不足百里的双峰乡野，掀起一股田园飓风，横扫画坛之躁气、矫气、纤气、媚气、腐气，开一代新风新气，必将影响深远。王憨山大师花鸟世界中萦绕着奇异的“五气”，构成了王憨山艺术世界独特的审美特征。

2006 年 1 月 湘中娄底

大师画风有传人

——画家王雪樵作品赏析

王憨山先生是当代中国杰出的花鸟画大师，其作品颇具“五气”：一曰大气，二曰硬气，三曰拙气，四曰清气，五曰憨气。憨山先生挟此“五气”，在无敌天下的湘军统帅曾文正公故里双峰，掀起一股乡野飓风，横扫画坛之躁气、娇气、媚气、腐气、臭气，震撼国人。国内美学大家、书画鉴赏家纷纷撰文称道，其作品有六件被国宝荟萃之地的故宫博物院收藏，十件被中国美术馆收藏，名传海内外。

某日，憨山先生之家人邀我去一博物馆赏画。

进得大厅，一条大肥鱼晃入眼帘：《事事如意》！

一只雄赳赳、气昂昂的大公鸡威风凛凛向我走来：《勇者不惧》！

一只巨鸟傲视天下：《不羡天地大》！

一只大腹便便的青蛙望着金灿灿稻谷之上的青虫，满心欢喜：《田间拾得》！

一只肥猫正惬意地休息：《赏心花三朵》。

迷离间仿佛走入了憨山大师的艺术世界。

然定睛一瞧，此艺术世界均为中青年画家王雪樵所“造”，看来这王雪樵相当了得！

王雪樵何许人也？乃王憨山之子，在大师耳提面命之下习画四十余年，后又进大学美院一番熏陶，颇得憨山大师画风之真传。大师画风有传人，实乃画坛之幸，也是我等文化人之大幸。

我等继续挪步前行，继续徜徉于王雪樵的艺术世界，发现王雪樵不仅仅是承继大师之画风，而且在承传中迈开了创新的步伐：

一是表现在题材上的拓展。大师毕一生于花鸟，王雪樵不仅用憨山画风画花鸟，且画山水，其山水画雄浑大气、浓墨重彩，颇有憨山画作之遗韵！《悠悠岁月》拙气十足而令人难以忘怀；《有雨天边高》让人震撼于滚滚的雨云、隆隆的雷声！《夜课桃花源》亮丽奇诡，异趣盎然，几近佳构；《山村晨雾》的构图、用墨、层次感均恰到好处，清新之气逼人！

二是表现在书法上的演进。王雪樵的书法既有憨山先生独特的“憨体”佳韵，更突出的是其榜书大墨，“天道酬勤”“无欲则刚”等确已比憨山先生之书法有更多的硬气、大气、阳刚之气！

难得难得！可喜可贺啊！

诚然，王雪樵毕竟年轻。观其作品，水平有些参差不齐，部分作品无论是选材、构图、用墨、着色、题款均可找出一些明显缺憾，随意有余，老到不够，意蕴不足，亟须王雪樵正视、修正和提高。

当然，我们不能苛求画家的每一幅作品都是完美无缺的精品，特别是处于中青年时期的王雪樵。王雪樵在画坛权威杂志《美术》等众多报刊发表的作品，被美国、新加坡等海外藏家看重的佳构以及在中国香港出版的画集，都足以证明其脚步是扎实的，创作的精品在逐渐增多。

王雪樵正在艺术的殿堂里拾级而上，脚步沉稳而具锐气，其画作已明显涵蕴憨山大师之“五气”，只要王雪樵继续刻苦砥砺，专心而不旁骛，大师的传人一定能创造出新的辉煌。

我们期待着。

2006 年 1 月 湘中娄底

率真而温馨的情感世界

——读谭仲池散文集《人生的风景》

一名政府高级别官员、一位著名作家，谭仲池先生在他特有的人生之路上观察到了独到的景致。且看他最新出版的散文集《人生的风景》，作家真诚坦露着率真而温馨的情感世界，描画着人生的片片风景，读后心中不禁怦然。

舒展浓情一派

刘勰在《文心雕龙》中早就说过，情者文之经。《人生的风景》是谭仲池的第 11 部著作、第 3 本散文集，作品以情为经，充分展示了作为官员、作家的他广博的爱心与温馨的情怀。他对党和政府的工作钟情，对干部职工、黎民百姓深情，对新知故旧念情，对老人、妻子、孩子牵情，对青山流水、花草虫鱼、风霜雨雪、云海白雾、阳光明月、海涛江潮、草垛石田锄头甚至一枚小小的书签都充满着别样的情意。

在《枯萎的书签》中作者展示了对人生的热爱，并抒写人生的情怀，诉说着独特的人生感悟，喟叹人的生存境遇、生命价值以及对命运的皈依。“一本厚厚的诗集里夹着一朵枯萎的书签。曾经是一朵花样鲜丽的书签，曾经是一只鸟一样会歌唱的书签。谁说书签不会说话，它明明白白地向我倾诉了这么多年。”

在《人生》中，作家在救助一位残疾青年时深有感慨：“世界如此之大，有智者、愚者、穷人、富人、残疾人、健康人、胜利者、失败者。不论哪种人，都在沿着自己选择的道路走向人生的终点。为什么总有人看不透这份生存的沉重。”《孤帆》《忆念》《飘逸的黑发》《读黄鹤白云》展现了人生的离愁别恨。《午夜独白》描画了人生冰凉的孤寂。《雪韵》《听泉》《君子兰》《女人·月亮》《女人的梦境》则表现了作家对贤妻美丽的欣赏、情爱的笃真。《我爱老人》《我的母亲》《父亲的锄头》写了至爱亲情。《情寄江南雨》则洋溢着阳光灿烂的友情。巴金曾经说过，散文写作最重要的是“把心交给读者”。谭仲池的散文难能可贵的是把心灵与情感大胆展示给读者，不虚伪，不矫饰，质朴而浪漫，率真而温馨！

流淌氤氲诗意

《人生的风景》洋溢着醉人的浓情，同时流淌着氤氲的诗意。作家无论是记事抒情、写景状物，无不诗意盎然。在《雪韵》中，飞舞的雪花被描画得那么圣洁，那般翩然。在作家眼里，天空哪里是在下雪，分明是天公在兴高采烈地抛洒诗行，作家也随着诗雪飞翔起来：“人在此时，也会化作一只白色鸟飞向苍穹，在玉树琼楼、冰山雪河与白皑皑的天庭之间翔舞。”好一个梦幻般的诗情世界！

在《情寄江南雨》中，天空和山城因了作家迎接远方的友人而充满诗意：“浓重的暗云散去，一抹霞光透亮世界，刚雨又晴，美丽而温暖的阳光洒满山川，经雨水洗过的浏阳山城变得妖娆动人。一切都是水灵灵的，一切都泛着彩色和轻盈的光波。”

无需更多地采撷分析，随手拾起几枚题叶，就已嵌成一片诗情世界：《听泉》《听涛》《雪韵》《雪恋》《秋之梦》《忧伤的雾》《河边夜画》《采摘清纯》《芳心一片》《冰凉的月光》《飘逸的黑发》《读你的眼睛》《追念是一片云》《月夜，琴声悠悠》……

简约而老到的诗画语言

契诃夫曾说：“简洁是天才的姊妹。”谭仲池这位勤奋的作家，不管工作与生活环境如何变换，工作和事务如何繁杂，肩上的担子如何繁重，他始终没有停止过创作，深厚的文学功底加上长久的笔耕实践，使《人生的风景》的语言鲜丽而流畅、纯净而雅洁、简约而老到，充满了文采美。《还似昨日》中：“你的归来，让燥热的天气平添一片清凉。我很远就看见你，撑着一把小花伞向这边移动。虽然读不到你的脸庞和那双美丽的大眼睛，但看那行走的姿态一定是你。”《山夜寻幽》中：“碎银似的月辉，轻悠地洒落在青枝翠叶上。那用翠绿堆起来的山脊，在春夜的晚风里晃动。似一扇扇城墙，好巍峨，好峻峭。”

在《平凡的美丽》中，语言不仅简约鲜丽流畅老到，而且凸显出一种空灵美：“那天，你走得匆忙（下笔简约到位）。分手时，我看见有泪珠在你眼眶里转（一个电影中的特写镜头！），是细细的雨丝，悠悠地飘拂着，模糊了我们的视线（以寻常笔墨画出了情感的翻江倒海）。车轮滚动的声音叩击着地面，把离愁别恨拉得很长、很紧（一‘叩’一‘拉’一‘紧’贴切而别具神韵）。你走了很久，我还站立在窗前凝望那洁白的茫茫雨雾（以雾之浓喻情之纯）。”

毋庸讳言，《人生的风景》中似有少数几篇“急就章”，这是作家在极繁忙的政务间隙接待完一批批工作汇报者、上床睡觉前极短暂的时间里灵感的记录，无暇细细打磨。作单篇散文来读似有失厚重，但组合起来则别具神采；倘纳入散文诗的框子里，顿感妙不可言！这，也是《人生的风景》中的另一道“风景”。

1996 年 10 月 湘中娄底

逍遥剑法